得好别人称赞我们，那仅仅是因为我们干得好，而不是因为我们本身已经有了被称赞的优势。我们希望真价实的工作赢得光荣者型，我们也不怕没有别人的帮助，自尊不意味着拒绝别人的好意。只想帮助别人而一概拒绝别人的帮助，那不是绝着，那其实是一种心理的残疾，因为事实上世界上没有任何人不需要别人的帮助。

我们既不能忘记残疾朋友，又应该始走出残疾人的小圈子，怀着博大的爱心，自由自在地走进全世界，这是克服残疾、超越局限

史铁生
作品全编

·增订版·

·7·

创作谈
评论（序跋）
书信

人民文学出版社

**图书在版编目(CIP)数据**

史铁生作品全编. 7, 创作谈；评论(序跋)；书信 / 史铁生著. -- 增订版. -- 北京：人民文学出版社, 2025. -- ISBN 978-7-02-019083-6

Ⅰ. I217.2

中国国家版本馆CIP数据核字第2024508XP6号

·史铁生像·

# 本 卷 说 明

本卷收入创作谈20篇,评论(序跋)20篇,书信65封。

# 目 录

## 创 作 谈

几回回梦里回延安 …………………………………… 3
杂感三则 ……………………………………………… 8
交流·理解·信任·贴近 …………………………… 10
随想与反省 …………………………………………… 12
答自己问 ……………………………………………… 21
"神经内科" …………………………………………… 42
自言自语 ……………………………………………… 43
笔墨良心 ……………………………………………… 64
没有生活 ……………………………………………… 66
也说散文热 …………………………………………… 69
谢幕 …………………………………………………… 70
《史铁生作品集》后记 ……………………………… 72
获"庄重文文学奖"时的发言 ……………………… 74
熟练与陌生 …………………………………………… 75
宿命的写作 …………………………………………… 78
文学的位置或语言的胜利 …………………………… 81
获"华语文学传媒大奖"答谢词 …………………… 86

在残疾人作家联谊会成立大会上的发言 …… 88
写作与越界 …………………………………… 90
北京文学节"杰出贡献奖"获奖感言 ………… 94

## 评论（序跋）

洪峰《瀚海》序 ………………………………… 99
读洪峰小说有感 ………………………………… 101
超越几近烧焦的局限 …………………………… 111
认真执着的林洪桐 ……………………………… 114
何立伟的漫画 …………………………………… 118
韩春旭散文集序 ………………………………… 120
短评三篇 ………………………………………… 122
周忠陵小说集序 ………………………………… 129
新的角度与心的角度 …………………………… 131
季节的律令 ……………………………………… 136
郑也夫《游戏人生》序 ………………………… 138
陕北知青影集序 ………………………………… 141
湘月的写作 ……………………………………… 143
刘咏阁画集序 …………………………………… 145
石默《故土的老房子》序 ……………………… 147
皮皮《儿歌》序 ………………………………… 149
曾文寂《咀嚼人生》序 ………………………… 150
沉默的诉说 ……………………………………… 152
梁筠《焰火》序 ………………………………… 154
潘萌散文集序 …………………………………… 156

## 书　信

给王安忆（1） …………………………………… 161

| | |
|---|---|
| 给王安忆（2） | *163* |
| 给杨晓敏 | *165* |
| 给《音乐爱好者》 | *170* |
| 给盲童朋友 | *173* |
| 给 XL | *175* |
| 给安妮（1） | *178* |
| 给安妮（2） | *183* |
| 给安妮（3） | *185* |
| 给 HDL | *189* |
| 给 LR | *194* |
| 给柳青 | *200* |
| 给陈村、吴斐 | *209* |
| 给王艾 | *211* |
| 给胡建 | *213* |
| 给 ZLB | *214* |
| 给 LY | *216* |
| 给曹平 | *218* |
| 给 GZ | *220* |
| 给李健鸣（1） | *222* |
| 给李健鸣（2） | *226* |
| 给李健鸣（3） | *231* |
| 给苏叶 | *235* |
| 给栗山千香子 | *237* |
| 给傅晓红 | *239* |
| 给洪如冰（1） | *240* |
| 给洪如冰（2） | *242* |
| 给洪如冰（3） | *244* |
| 给 LLW | *245* |
| 给苏炜 | *247* |

给严亭亭(1) …………………………………… *248*

给严亭亭(2) …………………………………… *250*

给严亭亭(3) …………………………………… *251*

给严亭亭(4) …………………………………… *258*

给严亭亭(5) …………………………………… *260*

给《散文(海外版)》 …………………………… *262*

给傅百龄 ………………………………………… *263*

给谢渊泓 ………………………………………… *264*

给Z ……………………………………………… *266*

给伯父 …………………………………………… *270*

给陆星儿 ………………………………………… *272*

给田壮壮 ………………………………………… *274*

给陈村 …………………………………………… *277*

给南海一中 ……………………………………… *278*

给S ……………………………………………… *280*

给姚平 …………………………………………… *288*

给肖瀚 …………………………………………… *290*

给山口守 ………………………………………… *296*

给章德宁 ………………………………………… *298*

给米晓文 ………………………………………… *300*

给北大附中 ……………………………………… *301*

给孙立哲(1) …………………………………… *305*

给孙立哲(2) …………………………………… *306*

给阎阳生 ………………………………………… *310*

给姚育明 ………………………………………… *312*

给胡山林(1) …………………………………… *315*

给胡山林(2) …………………………………… *318*

给胡山林(3) …………………………………… *322*

给CL …………………………………………… *325*

给 FL(1) …………………………………… *338*

给 FL(2) …………………………………… *345*

给冯小玉 …………………………………… *347*

给邹卓凡 …………………………………… *348*

给谢菁 ……………………………………… *351*

给雨後 ……………………………………… *353*

创作谈

# 几回回梦里回延安

——《我的遥远的清平湾》代后记

从小我就熟读了贺敬之的一句诗:"几回回梦里回延安,双手搂定宝塔山。"谁想到,我现在要想回延安,真是只有靠做梦了。不过,我没有在梦中搂定过宝塔山,"清平湾"属延安地区,但离延安城还有一百多里地。我总是梦见那开阔的天空,黄褐色的高原,血红色的落日里飘着悠长的吆牛声。有一个梦,我做了好几次:和我一起拦牛的老汉变成了一头牛……我知道,假如我的腿没有瘫痪,我也不会永远留在"清平湾";假如我的腿现在好了,我也不会永远回到"清平湾"去。我不知道怎样才能把这个矛盾解释得圆满。说是写作者惯有的虚伪吧?但我想念那儿,是真的。而且我发现,很多曾经插过队的人,也都是真心地想念他们的"清平湾"。

有位读者问我,为什么我十年之后才想起写那段生活?而且至今记得那么清楚,是不是当时就记录下了许多素材,预备日后写小说?不是。其实,我当时去过一次北京动物园,想跟饲养野牛的人说说,能不能想个办法来改良我们村里耕牛的品种。我的胆量到此为止,我那时没想过要当作者。我们那时的插队,和后来的插队还不一样;后来的插队都更像是去体验生活,而我们那时真是感到要在农村安排一生的日子了——起码开始的两年是这样。现在想来,这倒使后来的写作得益匪浅。我相信,体验生活和生活体验是两回事。抱着写一篇什么的目的去搜集材料,和于生活中有了许多感想而要写点什么,两者的效果常常相距很远。从心中流出来的东西可能更好些。

因病回京后,我才第一次做了写小说的梦。插过队的人想写作,大概最先都是想写插队,我也没有等到十年后。我试了好几次,想写一个插队的故事。那时对写小说的理解就是这样:写一个悬念迭起、感人泪下的故事。我编排了很久,设计了正面人物、反面人物,安排了诸葛亮式的人物、张飞式的人物。结果均归失败。插过队的人看了,怀疑我是否插过队;没插过队的人看了,只是从我应该有点事做这一方面来鼓励我,却丝毫不被我的"作品"所感动。费了九牛二虎之力,得此效果,感觉跟上吊差不多。幸亏我会找辙,我认为我虽有插队生活,但不走运——我的插队生活偏偏不是那种适合于写作的插队生活。世界上的生活似乎分两种,一种是只能够过一过的生活,另一种才能写。写成小说的希望一时渺茫。可是,那些艰苦而欢乐的插队生活却总是萦绕在我心中,和没有插过队的朋友说一说,觉得骄傲、兴奋;和插过队的朋友一起回忆回忆,感到亲切、快慰。我发现,倒是每每说起那些散碎的往事,所有人都听得入神、感动;说的人不愿意闭嘴,听的人不愿意离去。说到最后,大家都默然,分明都在沉思,虽然并不见得能得出多么高明的结论。每当这时,我就觉得眼前有一幅雄浑的画面在动,心中有一支哀壮的旋律在流。再看自己那些曲折奇异的编排,都近于嚼舌了。这种情况重复了也许有上百次,就过了十年。我才想到,十年磨灭不了的记忆,如果写下来,读者或许也不会很快淡忘。十年磨灭不了的记忆,我想其中总会有些值得和读者一块来品味、来深思的东西。于是我开始写,随想随写,仿佛又见到了黄土高原,又见到了"清平湾"的乡亲,见到了我的老黑牛和红犍牛……只是不知道最终写出来能不能算小说。当然,我也不是完全盲目。通过琢磨一些名家的作品(譬如:海明威的、汪曾祺的),慢慢相信,多数人的历史都是由散碎、平淡的生活组成,硬要编派成个万转千回、玲珑剔透的故事,只会与多数人疏远;解解闷儿可以,谁又会由之联想到自己平淡无奇的经历呢？谁又会总乐得为他人的巧事而劳神呢？艺术的美感在于联想，如能使读者联想起自己的生活，并以此去补充作品，倒使作者占了便宜。这些说道一点不新，只是我用了好些年才悟到。

我没有反对写故事的意思，因为生活中也有曲折奇异的故事。正像没有理由反对其他各种流派一样，因为生活中有各种各样的事和各种各样的逻辑。艺术观点之多，是与生活现象之多成正比的。否则倒不符合历史唯物主义了。我只敢反对一种观点，即把生活分为"适于写的"和"不适于写的"两种的观点。我的这个胆量实在也是逼出来的。因为我的残腿取消了我到各处去体验生活的权利，所以我宁愿相信，对于写作来说，生活是平等的。只是我写作的面无疑要很窄，作品的数量肯定会不多，但如果我不能把所写的写得深刻些，那只能怪罪我的能力，不能怪罪生活的偏心。所有的生活都有深刻的含义。我给自己的写作留下这一条生路，能力的大小又已注定，非我后悔所能改善的，只剩了努力是我的事。

有位读者问我，一旦我的生活枯竭了怎么办？或者以前积累的素材写完了怎么办？我这样想：我过去生活着，我能积累起素材，我现在也生活着，我为什么不能再积累起素材呢？生活着，生活何以会枯竭呢？死了，生活才会枯竭，可那时又不必再写什么了。虽然如此，我却也时时担心。文思枯竭了的作者并非没有过，上帝又不单单偏爱谁。但我倾向于认为，文思枯竭的人往往不是因其生活面窄，而是因为思想跟不上时代，因为抱着些陈规陋习、懒散和遇见到新事而看不惯。我就经常以此自警。不断地学习是最重要的。否则，即便有广阔的生活面也未必能使自己的思想不落伍。勤于学习和思考，却能使人觉到身边就有永远写不完的东西。我当然希望自己也有广阔一点的生活面。视野的开阔无疑于写作更有利，能起到类似"兼听则明"的作用。我知道我的局限。我想用尽量地多接触人来弥补。我寄希望于努力。不知我借以建立信心的基础有什么错误没有。退一步说,不幸真活到思想痴呆的一天,也还可以去干别的,天无绝人之路,何况并非只有写小说才算得最好。

还有的读者在来信中谈到"清平湾"的音乐性。我不敢就这个话题多说。假如"清平湾"真有点音乐性,也纯粹是蒙的。我的音乐修养极差,差到对着简谱也唱不出个调儿来。但如果歌词写得好,我唱不出来,就念,念着念着也能感动。但那歌词绝不能是"朋友们,让我们热爱生活吧"一类,得是"哥哥你走西口,小妹妹也难留,手拉着哥哥的手,送哥到大门口"一类。前一种歌,我听了反而常常沮丧,心想:热爱生活真是困难到这一步田地了么?不时常号召一下就再不能使人热爱生活了么?不。所以我不爱听。而听后一种歌,我总是来不及做什么逻辑推理,就立刻被那深厚的感情所打动,觉得人间真是美好,苦难归苦难,深情既在,人类就有力量在这个星球上耕耘。所以,我在写"清平湾"的时候,耳边总是飘着那些质朴、真情的陕北民歌,笔下每有与这种旋律不和谐的句子出现,立刻身上就别扭,非删去不能再往下写。我真是喜欢陕北民歌。她不指望教导你一顿,她只是诉说;她从不站在你头顶上,她总是和你面对面、手拉手。她只希望唤起你对感情的珍重,对家乡的依恋。刚去陕北插队的时候,我实在不知道应该接受些什么再教育,离开那儿的时候我明白了,乡亲们就是以那些平凡的语言、劳动、身世,教会了我如何跟命运抗争。现在,一提起中国二字(或祖国二字),我绝想不起北京饭店,而是马上想起黄土高原。在这宇宙中有一颗星球,这星球上有一片黄色的土地,这土地上有一支人群:老汉、婆姨、后生、女子,拉着手,走,犁尖就像唱针在高原上滑动,响着质朴真情的歌。

我不觉得一说苦难就是悲观。胆小的人走夜路,一般都喜欢唱高调。我也不觉得编派几件走运的故事就是乐观。生活中没有那么多走运的事,企望以走运来维持乐观,终归会靠不住。不如用背运来锤炼自己的信心。我总记得一个冬天的夜晚,下着雪,几个外乡来的吹手坐在窑前的篝火旁,窑门上贴着双喜字,他们穿着开花的棉袄,随意地吹响着唢呐,也凄婉,也欢乐,祝福着窑里的一对新人,似乎是在告诉那对新人,世上有苦也有乐,有苦也要往前走,有乐就尽情地乐……雪花飞舞,火光跳跃,自打人类保留了火种,寒冷就不再可怕。我总记得,那是生命的礼赞,那是生活。

我自己遗憾怎么也不能把"清平湾"写得恰如其分。换个人写,肯定能写得好。我的能力不行。我努力。

1983 年 7 月

# 杂感三则

## ——权充《奶奶的星星》的创作谈

### 一

自己费了力气写成一篇小说,自己再费了力气对这篇小说说三道四,做一番说明或者解释,这事未必幽默。因为无论如何自己都不占着机智,要么等于承认自己那篇东西原本没有写完,要么就做了画蛇添足的笨事。还可能为自己招来两种误会:"真狂妄"和"假谦虚"。

按说作品发表后,作者只该用着耳朵。

至于作者为什么要写这么一篇小说,那么读者认为它该写吗?如果该写,这就是原因;如果不该写,作者再说什么也都无味。否则怎么办呢?小说艺术本来要求着含蓄,别人可以见仁见智地去理解,自己一说便把费力得来的一点东西全葬送。这话已经有点真狂妄了。其实《奶奶的星星》正犯着不够含蓄的毛病,尤其结尾处那几行"颇富诗意"的废话。现在又有点假谦虚。

### 二

很久以前就听说过硬气功,一人躺在密密麻麻的钉尖上,肚皮上压一巨石,以大锤击石,石碎而人一毛不损。听后不信,谓之曰:

"扯淡,不符合科学!"而后心安。且与我立场相同者甚众。不料后来真见了这样的事,与传说一丝不差,再不信就不行,于是开始思索其中的科学道理。

近年来又听说人的特异功能,其情状更是不可思议,听后心里仍然疑惑,却不敢再说"扯淡,不符合科学"了,只是盼望能亲眼一见。倘是真事就必然会符合科学,因为科学本来是以真事为根据。若有不符合现有科学的真事出现,也只能证明现有的科学还不够科学,需要改进和完善。倘是一件假事,则又不是因为不符合科学所以才假,而是相反的逻辑。所以,倒是"不符合科学"一语不符合科学精神。

又听说有人因为觉得某事不符合科学,竟连看也不想去看,便认为那事必是假的。这似乎离科学精神更远。

更有甚者,明明见了真事,因为不能符合自己掌握的那些科学,便硬说这真事不真,其中必有鬼道。这简直本身就是迷信了。

写小说时我就常常自警:若是因为碍着什么理论,先就不敢去思考真事,创作就必然要走向末路。

## 三

一位诗人跟我说:文学是跳高,不是拳击,其对手是神,而不是人。我把这句话写下来,压在玻璃板下,时时自省。这话的意思是,从文的人们没有理由互相争什么高低,面对自然造化的万物,我们每一个人都太弱小,太浅薄。文学不是为了用来打倒人(任何人),而是为了探索全人类面对的迷茫而艰难的路。

拳击以打倒一个人(一个更弱者)为目的,所以总能得一点沾沾自喜的胜利。跳高却是与神较量,这路便没有尽头。

1985 年 3 月 7 日

## 交流・理解・信任・贴近

若有一个或几个知心的好友来聊天儿，便如节日一般，无心再弯腰弓背地去写什么小说。前者比后者有趣且有味得多。"花间一壶酒"的时候少，陋室之中几碗打卤面的时候多；各自捧了碗寻定位置，都把面条吸得震响，且吃且聊，谈着自己的快乐，诉着自己的悲哀，也说些不着边际的梦想，再很现实地续一碗面并叹一口气。其时窗外若再飘着冷雨，或刮着北风，便更其感到生活得不算孤独，仿佛处处有着依靠。斯是陋室，有心灵的交流、理解、信任、贴近，无仙自灵，得了大享受。

便想，写小说也无非是为了这个吧。大家同生于此世间，难免有快乐要与人同享，有哀伤要靠朋友分担，有心愿想求理解，有问题需一起探讨，还有无解的困境弄出的牢骚与叹息。倘有一位甘心的听众，虽不见得能替你解决什么，那牢骚与叹息也会因为有了反应，而不再沉重地压着一颗孤心。（所以西方的精神病科大夫的治病手段，主要是耐心倾听病者的诉说——此乃题外话，但似乎证明医人精神的方法大致相同：要不得教训和强制，要的是交流、理解、信任、贴近。而治病与小说的不同，在于前者是一方治，一方被治，后者是写者与读者同得上述好处。）

窗外的冷雨和北风有什么用呢？——那是世事艰辛的象征，与陋室中的信任、理解恰成对比，人们便更感到世间最可珍贵的是什么。教堂的穹顶何以建得那般恐吓威严？教堂的音乐何以那般凝重肃穆？大约是为了让人清醒，知道自身的渺小，知道生之严峻,于是人们才渴望携起手来,心心相印,互成依靠。孤身一人势必活得惶恐无措。

这至少也是小说的目的之一吧。为了让人思索自身的渺小,生活的严峻,历史的艰难。(没有哪一个人是彻底的坏蛋,也没有哪一个人是绝对的英雄——当然这不是用着法律的逻辑。因为辉煌的历史是群众创造,悲哀的历史也是一样,一切都决定于当时人类认识水平的局限。找出一两个罪人易,重要的是如何使罪人无从出现。)于是,人类本当团结,争名夺利成为可笑,自相残杀成为可耻,大家携手去寻生路。于是理解、信任成为美德,心灵的贴近生出崇高的美感。于是人与人之间需要真诚交流,小说才算有了用处。

只是这交流需要广泛,才在好友聊天后有了写小说的愿望。如有荣誉,就不全是作者的,因为必要靠着读者、编者的理解和劳动。如受冷落,作者当无怨言,缘在自己无能。

# 随想与反省

## ——《礼拜日》代后记

都在说文学的根,说的却未必是一回事。好比如,小麦是怎么从野草变来的是一回事,人类何以要种粮食又是一回事。

不知前者,尚可再从野草做起。不知后者,所为一概荒诞。并非说前者不重要。

"根"和"寻根"又是绝不相同的两回事。一个仅仅是:我们从何处来以及为什么要来。另一个还为了:我们往何处去,并且怎么去。

"寻根意识"也至少有两种。一种是眼下活得卑微,便去找以往的骄傲。一种是看出了生活的荒诞,去为精神找一个可靠的根据,为地球上最灿烂的花朵找一片可以盛开的土地。

阿 Q 想找一头大于王胡所有的虱子。鲁迅的意思是把阿 Q、王胡乃至小 D 都消灭,找出真正人的萌芽。

至于鲁迅倒比阿 Q 多着痛苦,乃至人倒比猴子活得艰辛等事,另当别论。

什么是文字的根呢?是文化?文化是什么呢?《辞海》上说,文化从广义上讲,是指人类社会历史实践过程中所创造的物质财富和精神财富的总和。真占得全！全都像是废话。好在《辞海》上对文化还有一种狭义的解释：指社会的意识形态。想必文学界谈论的是这后一种。又查了"意识形态"条，得这样的解释：亦称"观念形态"，指政治、法律、道德、哲学、艺术、宗教等社会意识的各种形式。

似可对文化作如下简明的理解：文化是人类面对生存困境所建立的观念。

欲望无边，能力有限，是人类生来的困境。所以建立起诸多观念，以使灵魂有路可走，有家可归。

文学是文化的一部分。说文化是文学的根，犹言粮食是大米的根了。譬如树，枝与干，有同根。文学与哲学、宗教等等之不同，是枝与枝的不同。文学的根，也当是人类与生俱来的困境。

面对困境，文学比其他所有学科都更敏感。文学不仅用着思考，更用着观察，不仅看重可行的实际，还看重似乎不可能的愿望。因此，它不同于哲学的明晰（所以它朦胧）；不同于科学的严谨（所以它耽于梦想）；不同于法律的现实（所以感情不承认法律，法律也不承认感情）；不同于宗教的满足（所以叛逆常是其特色）；不同于政治和经济的立竿见影（所以它的社会效益潜移默化）。据此，它便也不同于教育和宣传。

要求一切都实际且明晰，岂止是在扼杀文学，那是在消灭理想和进步。

波德莱尔说："诗不是为了'真理'，而只是它自己。"

我想这话有四个意思：一、人所面对的困境，永远比人能总结出的真理要多。二、文学把侦察困境的艰险留给自己，把总结真理的光荣让给别人。三、一俟真理呈现,探索早又向着新的困境了;只有在模糊不清的忧郁和不幸之中,艺术才显示其不屈的美。四、绝不是说,诗不通向真理。

已有的文化亦可为人类造出困境,当然也可成为文学的根。同样,已有的文学亦可为人类造出困境,文学又成文学的根。究其为根的资格,在于困境,而不在其他;唯其造出困境,这才长出文学。

歌德说:"凡是值得思考的事情,没有不是被人思考过的;我们必须做的只是试图重新加以思考而已。"我想此话有三个意思:一、人类的困境像人类一样古老,并将随人类一同长久。二、若不面对这困境重新思考,便不会懂得古人思考的到底是什么。三、古人的思考遗留下的谜团,要求今人继续思考;困境是古老的,思考应该有崭新的。

过去的文化是过去的人类对困境所建立的观念。今人面对困境所建立的观念呢?当然也是文化。所以文化不等于涉古,涉古者也不都有文化。阿城说有两种文盲,一种文字盲,一种文化盲。这样分清真好。但能识得字的就会抄书,未必不是文化盲。

因而想到,所谓知识分子,怕也该分作两种。《辞海》上说,知识分子是"有一定文化科学知识的脑力劳动者",又说,知识分子"在革命运动中往往起着先锋和桥梁作用"。前后二语,实在是两个不宜混淆的概念。

博士和教授不愿冲锋却乐得拆桥者,永不乏人。从而又想到学历、文凭、职称与文化素养的不同。想到临摹与创作的不同。想到无数画虾者与齐白石的不同。

冲锋必是向着人类的困境,架桥便是做着建立新观念的工作。舍此而涉古,莫如去做古玩商,单知道旧货的行情即可。无论架桥还是盖房,当然离不开基础。真先锋从来不是历史虚无主义,不轻看学问也不会无视传统,与古玩商的区别在于:一个是创造,一个是典当。假如没有创造,就只剩下典当一条活路。每见洋人把玩中国当代文学,露出考古家的兴致,深感并非国人的骄傲。

某乡村,有一懒汉,爹娘死后,遂成穷鬼。初春,县上下来了命令:村村办起养猪场!队长忙不迭从集市上抱回两头猪娃。众乡亲怜这懒汉谋生无计,便推他做了饲养员。秋后,懒汉把猪娃养成毫不见长大的两具尸首。分红时,懒汉破天荒得到一千工分的钱粮。众乡亲先是祝贺,转而又想:是他养了一年猪呢,抑或猪养了一年他?

老子,几千年后被外国人看出了伟大。同一个老子,几千年来中国人从他那儿学的是诡诈。后来中国人发现外国人发现了老子的伟大,便把老子的书抄在自己的作品上,不料这作品却不伟大。自己久不伟大,便起了疑心,也说中国人崇洋媚外。倘有洋人也不说他伟大,便说也有不伟大的洋人。倘有不伟大的洋人说他伟大,便把这洋人的名姓一串串常说在嘴上,受用终生去了。

说某些"文学作品"没有文化,大概是指此类文字对人类的困境压根儿没有觉察,更不敢用自己的脑袋作出新鲜的思索,绝不是说它没有洋征古引。

文学不是托盘,托着一只文化出来,撕扯在众人的小碟子里,自己又回去。

历史感不是历史本身。历史是过去的事。历史感必是过去与现在与未来的连接,这连接不是以时间为序的排列,而是意味着新生命的诞生。

遗精生不了孩子。避孕也生不了孩子。近亲通婚会养怪物。但要创造。

当斗牛场四周坐满了嚼着口香糖的看客之时,场子里正在发生的已经不是较量,而是谋杀。拳击还是平等的蠢行,西班牙式的斗牛却是合伙在残害一个。我不明白西班牙人在欣赏什么,是斗牛士的卑鄙与虚荣?还是那牛的愚蛮与不屈?

对牛来说,不屈的鲜血光芒四射!

对人来说,这仿古的游戏,却把远古的光荣化作了今日的悲哀。

刘易斯跑起来,让人享受了艺术的美。这美来自那谐调动作所展示的自信力量,来自对前人的超越,来自于他勾引得我们还要希望看进一步的超越。

世界纪录却标出了人的局限。现在是九秒九三、二米四二、八米九〇……将来便有九秒、三米、十米的成绩,局限还是局限,并且定有极限。这困境属于全人类。

当今世上便只有奥林匹克的神火能把全人类召唤在一处,齐对着命运之神唱出自己的心愿。精神在超越肉体之时,上帝不得不永远赐我们以艺术。

我的朋友陈志伟说:"超越不是前进,不是没边没沿的飞升。超越的对象是现实,现实是超越的基础,二者一刻也不能互相脱离。超越是对现实的把握,超越是更大、更深、更广的现实。"

我理解:所谓超越自我,并不意味着跑百米的跑出九秒九二,跳高的跳出二米四三。我理解:长寿和自杀都不能超越死亡,纯朴和出世都不能超越异化,苟安和金牌都不能超越困境。我理解:把陈志伟这段话中的现实二字换成自我,便是超越自我的含义。我理解:把握现实与自我,正说明我们不能指望没有困境,可我们能够不让困境扭曲我们的灵魂。于是有一种具有更博大的胸怀、更深刻的智慧、更广泛的爱心的人类,与天地万物合成一个美妙的运动,如同跳着永恒的舞蹈。

这样的舞蹈多么难跳。难到常让我们丧失信心。不过,他妈的我们既然活着!

从人的困境出发建立观念,观念是活的,一旦不合人的需要,改革起来也容易。从已有的观念出发构造人性,人性就慢慢死掉。死掉人性的人去改革,常常是再把活着的人性屠杀一回,立起一个更坚固的囚人的观念。

对特异功能一事不信、不听、不看,只因它不符合已有的一种主义。已有的这种主义也是一种文化,然而只从这种文化出发的人却变成文化盲。

也可能是这样的人没弄懂这种主义。也可能是这种主义又一次证明了那句名言:生命之树常绿,理论往往是灰色的。

我们平时不再"之乎者也"地说了,可小说上出现了"之乎者也"却不妨碍这可以是一篇好小说。同样,我们学一点外国的说话又怎么不行呢?事实上,现在的中国人就比过去多了幽默感,外国小说和电影里的翻译语言未必没起大作用。语言习惯的不同,不单是单词排列得有异,更多的可能是思维方式的差别。中国的思维方式太有必要杂交一下,不必把国语的贞操看得太重。

中国人踢足球、打篮球，除去身体素质、技术水平还低之外，很明显的一个问题是心理负担太重。说是"为祖国争光"一条口号压得教练员、运动员喘不过气，似乎还不十分有说服力。外国人也不想为祖国丢脸。

关键是对争光的理解不同。中国人认为进球、赢球即是争光，所以哆哆嗦嗦、稀里糊涂地把球弄进去也是荣耀。越是看重进球，投篮和射门时心理负担就越重，球反而不进。越是想赢，越是不敢轻易有所创造，昏昏然只记住以往进球的老路，弄不清眼前的困境与通途。而美国的篮球、巴西的足球，却满场显示着每一个生命的力量、自由与创造精神，他们以此为荣，更愿意在困境重重之中表现自己的本事，反而抓住了更多的进球机会。

一个是，借助球赛赞美着生命的辉煌。

一个是，球借助人，以便进门或进篮筐。

写小说亦如此，越想获奖越写成温吞水，越怕被批判越没了创造。没有创造干吗叫创作。叫创作就应与介绍、导游、展览、集锦等等分开。不面对困境，又何从创造呢？

中国人喜欢从古人那儿找根据，再从洋人的眼色里找判断，于是古也一窝蜂，洋也一窝蜂。

阿城并非学古，而是从古中找到了新。也有人总在篇首引一行古诗，问题是以下的全篇都不如这一行有意思。

莫言把旧而又旧的土匪故事写出了新意，精彩纷呈。也有人在新而又新的改革题材上重弹着滥调。

北岛对外国人说：我还没到获诺贝尔奖的水平。也有人说诺贝尔文学奖是资本主义意识形态，我们不稀罕。可是某位小提琴家在资本主义国家拉着还没有社会主义时代的曲子得了远不如诺贝尔奖的奖时，却被认为是为国争光。

马原的小说非古非洋，神奇而广阔。李劼说他是在五维世界中创作,我有同感。精神是第五维。

说这些作家在五维世界中找中国文学的新路,莫如说他们是在找人的新路。

与世界文学对话,当然不能是人家说什么,我们就跟着说什么。这样跟着便永远是在后边。

拿出我们自己独特的东西来!但不能拿癞头疮和虱子。你有航天飞机我有故宫,也不行。

那些站在世界最前列的作家,往往是在无人能与他们对话的时候,说出前无古人的话来。他们是在与命运之神对话。因此我们甚至不必去想和世界文学对话这件事,只想想我们跟命运之神有什么话要讲就是了。

这样也不见得能立刻把我们弄到世界文学的前列去,不过我们不关心这一点,我们关心的仅仅是新路。倘有一天中国文学进入世界前列,我们还是不关心这一点,因为新路无尽无休尚且让我们关心不过来。

在一次座谈会上我说,中国文学正在寻找着自己的宗教。话说得乱,引得别人误会了。现在容我引一段既洋且古的名人的话,来说明我的意思吧。

罗素说:"现在,人们常常把那种深入探究人类命运问题、渴望减轻人类苦难,并且恳切希望将来会实现人类美好前景的人,说成具有宗教观点,尽管他也许并不接受传统的基督教。"

中国文学正做着这样的探究,越来越多了这样的渴望。

罗素说:"一切确切的知识都属于科学。一切涉及超乎确切知识之外的教条都属于神学……介乎神学与科学之间的就是哲学。"

科学确切吗？站在爱因斯坦的时代看，牛顿并不够确切。而现今又已有人发现爱因斯坦的"光速不可超越"说也不够确切。哲学呢？先承认自己不在确切之列。这样看来，科学与哲学在任何具体的时候都不确切得像是神学了。差别在于这二者都不是教条。看来只有教条是坏宗教，不确切是宇宙的本质。所以罗素又说："只要宗教存在于某种感觉的方式中，而不存在于一套信条中，那么科学就不能干预其事。"

宗教的生命力之强是一个事实。因为人类面对无穷的未知和对未来怀着美好希望与幻想，是永恒的事实。只要人不能尽知穷望，宗教就不会消灭。不如说宗教精神吧，以区别于死教条的坏的宗教。教条是坏东西。不图发展是教条。

什么是发展呢？让精神自由盛开吧。精神可以超越光速。也许，科学的再一次爱因斯坦式的飞跃，要从精神这儿找到生机。

1986 年

# 答自己问

**一 人为什么要写作？**

最简要的回答就是：为了不至于自杀。为什么要种田呢？为什么要做工吃饭呢？为了不至于饿死冻死。好了，写作就是为了不至于自杀。人之为人在于多一个毛病，除了活着还得知道究竟活的什么劲儿。种田做工吃饭乃是为活着提供物质保证，没有了就饿死冻死；写作便是要为活着找到可靠的理由，终于找不到就难免自杀或还不如自杀。

区分人与动物的界线有很多条，但因其繁复看似越来越不甚鲜明了，譬如"思维和语言"，有些科学家说"人类可能不是唯一能思维和说话的动物"，另一些科学家则坚持认为那是人类所独有的。若以我这非学者的通俗眼光看，倒是有一条非常明显又简便的区分线摆在这儿；会不会自杀（是会不会，不是有没有）。这天地间会自杀的只有人类。除了活着还要问其理由的只有人类。丰衣足食且身体健康，忽一日发现没有了这样继续下去的理由，从而想出跳楼卧轨吃大量安眠药等等千条妙计的只有人类。最后，会写作的只有人类。

鲸的集体上岸"自杀"呢？我看这不是真正意义上的自杀，我猜这准是相当于醉后的坠入茅坑之类，真正的自杀是明确地找死，我看鲸不是。倘若有一天科学家们证明鲸是真正的自杀，那么我建议赶紧下海去买它们的书，我认为会自杀的类都是会写作的类。

去除种种表面上的原因看，写作就是要为生存找一个至一万个精神上的理由，以便生活不只是一个生物过程，更是一个充实、旺盛、快乐和镇静的精神过程。如果求生是包括人在内的一切生物的本能，那么人比其他生物已然又多了一种本能了，那就是不单要活还要活得明白，若不能明白则还不如不活那就干脆死了吧。所以人会自杀，所以人要写作，所以人是为了不致自杀而写作。这道理真简单，简单到容易被忘记。

**二　历史上自杀了的大作家很多，是怎么回事？是自杀意识导致写作行为呢还是相反？**

先说后面一个问题。至少"文化革命"提供了一个证明：在允许自由写作的地方和时期固然仍有自杀的事情发生，但在不允许自由写作的地方和时期，自杀的事情就更多。

可是，"文革"中多数的自杀者并不是因为不允许其写作呀？而被剥夺了写作权利的人倒是多数都没有自杀呀？我想必是这样的：写作行为不一定非用纸笔不可，人可以在肚子里为生存找到理由。不能这样干的人不用谁来剥夺他他也不会写作，以往从别人那儿抄来的理由又忽失去，自己又无能再找来一个别样的理由，他不自杀还干什么？被夺了纸笔却会写作的人则不同了，他在肚子里写可怎么剥夺？以往的理由尽可作灰飞烟灭，但他渐渐看出了新的理由，相信了还不到去死的时候。譬如一个老实巴交的工人，他想我没干亏心事不怕鬼叫门，你们打我一顿又怎么样？人活的是一个诚实——这便是写作，他找到的理由是诚实，且不管这理由后来够不够用。一个老干部想，乌云遮不住太阳，事情早晚会弄清楚的，到头来看谁是忠臣谁是奸佞吧——这是他的作品。志士从中看见了人类进步的艰难，不走过法西斯胡同就到不了民主大街和自由广场，不如活着战斗。哲人则发现了西绪福斯式的徒劳，又发现这便是存在，又发现人的意义只可在这存在中获取，人的欢乐唯在这徒劳中体现。先不论谁的理由更高明，只说人为灵魂的安宁寻找种种理由的过程即是写作行为,不非用纸笔不可。

既如此,又何以在不允许自由写作的地方和时期里自杀的事情会更多呢?原因似有三:一是,思想专制就像传染性痴呆病,能使很多很多的人变得不会自由写作,甚至不知道为什么要自由写作。他们认定生存的理由只有专制者给找来的那一个,倘不合适,则该死的是自己而绝不可能是那理由。二是,它又像自身免疫性疾病,自由的灵魂要抵抗专制,结果愤怒的抗体反杀了自己,或是明确地以死来抗议,或是不明确地让生命本能的愤而自杀来抗议。第三,它又像是不孕症和近亲交配造成的退化,先令少数先进分子的思想不能传播不能生育,然后怂恿劣种遗传。

值得放心的是,人类数十万年进化来的成果不会毁于一旦,专制可以造成一时的愚钝与困惑,但只要会自杀的光荣犹在就不致退回成猴子去,有声的无声的以死抗议一多,便等于在呼唤自由便注定导致重新寻找生的理由。自由写作躲在很多个被窝里开始然后涌上广场,迎来一个全新的创造。这创造必定五花八门,将遗老遗少大惊得失色。

顺便想到一种会用纸笔却从不会自由写作的人,他们除了会发现大好形势外就再发现不了别的。他们不会自杀,他们的不会自杀不是因为找到了理由,而是不需要理由,随便给他个什么理由他也可以唱,就像鹦鹉。

再说前面的问题——为什么很多大作家自杀了?换一种情况看看:你自由地为生存寻找理由,社会也给你这自由,怎么样呢?结果你仍然可能找不到。这时候,困难已不源于社会问题了,而是出自人本的问题的艰深。譬如死亡与残病,譬如爱情和人与人的不能彻底沟通,譬如对自由的渴望和人的能力的局限,譬如:地球终要毁灭那么人的百般奋斗究竟意义何在?无穷无尽地解决着矛盾又无穷无尽地产生着矛盾,这样的生活是否过于荒诞?假如一个极乐世界一个共产主义社会真能呈现,那时就没有痛苦了吗?

没有痛苦岂不等于没有矛盾岂不是扯谎？现代人高考落第的痛苦和原始人得不到一颗浆果的痛苦，你能说谁轻谁重？痛苦若为永恒，那么请问我们招谁惹谁了一定要来受此待遇？人活着是为了欢乐不是为了受罪，不是吗？如是等等，大约就是那些自杀了的大作家们曾经面对的问题。他们没找到这种困境中活下去的理由，或者他们相信根本就没有理由如此荒唐地活下去。他们自杀了，无疑是件悲哀的事（也许他们应该再坚持一下），可也是件令人鼓舞的事——首先，人的特征在他们身上这样强烈这样显著，他们是这样勇猛地在人与动物之间立了一座醒目的界碑。其次，问题只要提出（有时候单是问题的提出就要付死的代价，就像很多疾病是要靠死来发现的），迟早就会有答案，他们用不甘忍受的血为异化之途上的人类指点迷津，至少是发出警号。假如麦哲伦葬身海底，那也不是羞耻的事。谁会轻蔑牛顿的不懂相对论呢？为人类精神寻找新大陆的人，如果因为孤军奋战绝望而死那也是光荣。他们面对的敌人太强大了，不是用一颗原子弹可以结束的战争；他们面对的问题太严峻太艰深了，时至今日人类甚至仍然惶惑其中。所幸有这些不怕死的思考者，不怕被杀，也不怕被苦苦的追寻折磨死，甚至不怕被麻木的同类诬为怪人或疯子。我时常觉得他们是真正的天使，苍天怜恤我们才派他们来，他们（像鲁迅那样）爱极了也恨透了，别的办法没有便洒一天一地自己的鲜血，用纯真的眼睛问每一个人：你们看到了吗？

我看他们的死就是这样的。虽然我们希望他们再坚持一下不要急着去死。但我们没法希望人类在进步的途中不付死的代价。

在这种时候，也可以说是写作行为导致了自杀意识的。其实这就像阴阳两极使万物运动起来一样，人在不满与追寻的磁场中不得停息，从猿走来，向更人的境界走去。"反动"一词甚妙，谁不允许人们追寻进而不允许人们不满，谁自是反动派。

这儿没有提倡自杀的意思，我想这一点是清楚的。长寿的托尔斯泰比自杀了的马雅可夫斯基更伟大。至于那些因一点平庸的私欲不得满足便去自杀的人，虽有别于动物但却是不如了动物，大家都这样干起来，人类不仅无望进步，反有灭种的前途。

**三　有人说写作是为了好玩。**

大概有两种情况。

一种是：他活的比较顺遂，以写作为一项游戏，以便生活丰富多彩更值得一过。这没什么不好，凡可使人快乐的事都是好事，都应该。问题在于，要是实际生活已经够好玩了，他干吗还要用写作来补充呢？他的写作若仅仅描摹已经够好玩了的实际生活，他又能从写作中得到什么额外的好玩呢？显而易见，他也是有着某类梦想要靠写作来实现，也是在为生存寻找更为精彩的理由。视此寻找为好玩，实在比把它当成负担来得深刻（后面会说到这件事）。那么，这还是为了不致自杀而写作吗？只要想想假如取消他这游戏权利会怎么样，就知道了。对于渴望好玩的人来说，单调无聊的日子也是凶器。更何况，人自打意识到了"好玩"，就算中了魔了，"好玩"的等级步步高升哪有个止境？所以不能不想想究竟怎样最好玩，也不能不想想到底玩的什么劲儿，倘若终于不知道呢？那可就不是玩的了。只有意识不到"好玩"的种类，才能永远玩得顺遂，譬如一只被娇惯的狗，一只马戏团里的猴子。所以人在软弱时会羡慕它们，不必争辩说谁就是这星球上最灿烂的花朵，但人不是狗乃为基本事实，上帝顶多对此表示歉意，事实却要由无辜的我们承当。看人类如何能从这天定的困境之中找到欢乐的保障吧。

另一种情况是：他为生存寻找理由却终于看到了智力的绝境——你不可能把矛盾认识完，因而你无从根除灾难和痛苦；而且他豁达了又豁达还是忘不了一件事——人是要死的，对于必死的人（以及必归毁灭的这个宇宙）来说，一切目的都是空的。他又生气又害怕。他要是连气带吓就这么死了,就无话好说,那么必不是一个有效的归宿。他没死他就只好镇静下来。向不可能挑战算得傻瓜行为,他不想当傻瓜,在沮丧中等死也算得傻瓜行为,他觉得当傻瓜并不好玩,他试着振作起来,从重视目的转而重视了过程,唯有过程才是实在,他想何苦不在这必死的路上纵舞欢歌呢?这么一想忧恐顿消,便把超越连续的痛苦看成跨栏比赛,便把不断地解决矛盾当做不尽的游戏。无论你干什么,认其为乐不比叹其为苦更好吗?现在他不再惊慌,他懂得了上帝的好意:假如没有距离人可怎么走哇?(还不都跟史铁生一样成了瘫子?但心路也有距离,方才提到的这位先生才有了越狱出监的机会。而且!人生主要是心路的历程。)他便把上帝赐予的高山和深渊都接过来,"乘物以游心",玩他一路,玩得心醉神迷不绊不羁创造不止灵感纷呈。这便是尼采说的酒神精神吧?他认为人生只有求助于审美而获得意义。看来尼采也通禅机,禅说人是"生而为艺术家"的,"是生活的创造性的艺术家"。当人类举着火把,在这星球上纵情歌舞玩耍,前赴后继,并且镇静地想到这是走在通向死亡的路上时,就正如尼采所说的,他们既是艺术的创造者和鉴赏者,本身又是艺术品。他们对无边无际的路途既敬且畏,对自己的弱小和不屈又悲又喜(就如《老人与海》中的桑提亚哥),他们在威严的天幕上看见了自己泰然的舞姿,因而受了感动受了点化,在一株小草一颗沙砾上也听见美的呼唤,在悲伤与痛苦中也看出美的灵光,他们找到了生存的理由,像加缪的西绪福斯那样有了靠得住的欢乐,这欢乐就是自我完善,就是对自我完善的自赏。他们不像我这么夸夸其谈,只是极其简单地说道:啊,这是多么好玩。

那么死呢?死我不知道,我没死过。我不知道它好玩不好玩。我准备最后去玩它,好在它跑不了。我只知道,假如没有死的催促和提示,我们准会疲疲沓沓地活得没了兴致没了胃口,生活会像七个永远唱下去的样板戏那样让人失却了新奇感。上帝是一个聪明的幼儿园阿姨,让一代一代的孩子们玩同一个游戏,绝不让同一个孩子把这游戏永远玩下去,她懂得艺术的魅力在于新奇感。谢谢她为我们想得周到。这个游戏取名"人生",当你老了疲惫了吃东西不香了娶媳妇也不激动了,你就去忘川走上一遭,重新变成一个对世界充满了新奇感的孩子,与上帝合作重演这悲壮的戏剧。我们完全可以视另一些人的出世为我们的再生。得承认,我们不知道死是什么(死人不告诉我们,活人都是瞎说),正因如此我们明智地重视了生之过程,玩着,及时地玩好它。便是为了什么壮丽的理想而被钉上十字架,也是你乐意的,你实现了生命的骄傲和壮美,你玩好了,甭让别人报答。

这是我对"好玩"的理解。


**四　不想当大师的诗人就不是好诗人吗?**

我一会儿觉得这话有理,一会儿又觉得这是胡说。

一个人,写小说,无所谓写什么只要能发表他就写,只要写到能发表的程度他就开心极了。他写了一篇四万字的小说,编辑说您要是砍下一万五去咱们就发,他竟然豁达到把砍的权利也交给编辑,他说您看着砍吧编辑,就是砍去两万五也可以。然后他呢,他已摸清了发表的程度是什么程度,便轻车熟路已然又复制出若干篇可供编辑去砍的小说了——这时候,也仅仅在这种时候,我觉得那句话是有道理的。

其余的时候我觉得那句话是胡说。它是"不想当元帅的士兵就不是好士兵"的套用,套用无罪,但元帅和诗人是截然不同的两回事(就像政治和艺术)。元帅面对的是人际的战争,他依仗超群的智力,还要有"一代天骄"式的自信甚至狂妄,他的目的很单纯——压倒一切胆敢与他为敌的人,因此元帅的天才在于向外的征战,而且这征战是以另一群人的屈服为限的。一个以这样的元帅为楷模的士兵,当然会是一个最有用的士兵。诗人呢?为了强调不如说诗人的天才出于绝望（他曾像所有的人一样向外界寻找过幸福天堂，但"过尽千帆皆不是"，于是诗人才有了存在的必要），他面对的是上帝布下的迷阵，他是在向外的征战屡遭失败之后靠内省去猜斯芬克斯的谜语的，以便人在天定的困境中得救。他天天都在问，人是什么？人到底是什么要到哪儿去？因为已经迷茫到了这种地步，他才开始写作。他不过是一个不甘就死的迷路者，他不过是"上穷碧落下黄泉"为灵魂寻找归宿的流浪汉。他还有心思去想当什么大师么？况且什么是大师呢？他能把我们救出到天堂么？他能给我们一个没有苦难没有疑虑的世界么？他能指挥命运如同韩信的用兵么？他能他还写的什么作？他不能他还不是跟我们一样，凭哪条算作大师呢？不过绝境焉有新境？不有新境何为创造？他只有永远看到更深的困苦，他才总能比别人创造得更为精彩；他来不及想当大师，恶浪一直在他脑际咆哮他才最终求助于审美的力量，在艺术中实现人生。不过确实是有大师的，谁创造得更为精彩谁就是大师。有一天人们说他是大师了，他必争辩说我不是，这绝不是人界的谦恭，这仍是置身天界的困惑——他所见出的人的困境比他能解决的问题多得多，他为自己创造的不足所忧扰所蒙蔽，不见大师。也有大师相信自己是大师的时候，那是在伟大的孤独中的忧愤的自信和自励，而更多的时候他们是在拼死地突围，唱的是"我们是世界，我们是孩子"（没唱我们是大师）。你也许能成为大师也许成不了，不如走自己的路置大师于不顾。大师的席位为数极少，群起而争当之，倒怕是大师的毁灭之路。大师是自然呈现的，像一颗流星，想不想当大师近乎一句废话。再说又怎么当法呢？遵照前任大师的路子走去？结果弄出来的常是抄袭或效颦之作。要不就突破前任大师的路子去走？可这下谁又知道那一定是通向大师之路呢？真正的大师是鬼使神差的探险家，他喜欢看看某一处被众人忘却的山顶上还有什么，他在没有记者追踪的黑夜里出发，天亮时，在山上，百分之九十九的可能是多了一具无名的尸体。只有百分之一的机会显现一行大师的脚印。他还可能是个不幸的落水者，独自在狂涛里垂死挣扎，百分之九十九的可能是葬身鱼腹连一个为他送殡的人也没有，只有百分之一的机会他爬上一片新的大陆。还想当吗？还想当！那就不如把那句话改为：不想下地狱的诗人就不是好诗人。尽管如此，你还得把兴趣从"好诗人"转向"下地狱"，否则你的欢乐没有保障，因为下了地狱也未必就能写出好诗来。

中国文坛的悲哀常在于元帅式的人际征服，作家的危机感多停留在社会层面上，对人本的困境太少觉察。"内圣外王"的哲学，单以"治国齐家平天下"为己任；为政治服务的艺术必仅仅是一场阶级的斗争；光是为四个现代化呐喊的文学呢，只是唤起人在物界的惊醒和经济的革命，而单纯的物质和经济并不能使人生获得更壮美的实现。这显然是不够的。这就像见树木不见森林一样，见人而不见全人类，见人而不见人的灵魂，结果是，痛苦只激发着互相的仇恨与讨伐，乐观只出自敌人的屈服和众人的拥戴，追求只是对物质和元帅的渴慕，从不问灵魂在暗夜里怎样号啕，从不知精神在太阳底下如何陷入迷途，从不见人类是同一支大军他们在广袤的大地上悲壮地行进被围困重重，从不想这颗人类居住的星球在荒凉的宇宙中应该闪耀怎样的光彩。元帅如此，不可苛求，诗人如此便是罪过，写作不是要为人的生存寻找更美的理由吗？

这里没有贬低元帅的意思，元帅就是元帅否则就不是元帅。而我们见过，元帅在大战之后的陈尸万千的战场上走过，表情如天幕一般沉寂，步态像伴着星辰的运行，没有胜利者的骄狂，有的是思想者的迷惘，他再不能为自己的雄风叱咤所陶醉，他像一个樵夫看见了森林之神，这时的元帅已进入诗人境界，这时他本身已成诗章。而诗人进入元帅的境界，我总觉得是件可怕的事，是件太可怕太荒唐的事。

**五　文学分为几种以及雅俗共赏。**

我看是有三种文学:纯文学、严肃文学和通俗文学。

纯文学是面对着人本的困境。譬如对死亡的默想、对生命的沉思,譬如人的欲望和人实现欲望的能力之间的永恒差距,譬如宇宙终归要毁灭那么人的挣扎奋斗意义何在等等,这些都是与生俱来的问题,不依社会制度的异同而有无。因此它是超越着制度和阶级,在探索一条属于全人类的路。当约翰逊跑出九秒八三的时候,当挑战者号航天飞机爆炸的时候,当大旱灾袭击非洲的时候,当那个加拿大独腿青年跑遍全球为研究癌症募捐的时候,当看见一个婴儿出生和一个老人寿终正寝的时候,我们无论是欢呼还是痛苦还是感动还是沉思,都必然地忘掉了阶级和制度,所有被称为人的生物一起看见了地狱并心向天堂。没有这样一种纯文学层面,人会变得狭隘乃至终于迷茫不见出路。这一层面的探索永无止境,就怕有人一时见不到它的社会效果而予以扼杀。

人当然不可能无视社会、政治、阶级,严肃文学便是侧重于这一层面。譬如贫困与奢华与腐败,专制与民主与进步,法律与虚伪与良知等等,这些确实与社会制度等等紧密联系着。文学在这儿为伸张正义而呐喊,促进着社会的进步,这当然是非常必要的,它的必要性非常明显。

通俗文学主要是为着人的娱乐需要,人不能没有娱乐。它还为人们提供知识,人的好奇心需要满足。

但这三种文学又常常是你中有我我中有他,难以画一条清晰的线。有一年朋友们携我去海南岛旅游,船过珠江口,发现很难在河与海之间画一条清晰的线,但船继续前行,你终于知道这是海了不再是河。所以这三种文学终是可以分辨的,若分辨,我自己的看法就是依据上述标准。若从文学创作是为人的生存寻找更可靠的理由,为了人生更壮美地实现这一观点看,这三种文学当然是可以分出高下的,但它们存在的理由却一样充分,因为缺其一则另外两种也为不可,文学是一个整体,正如生活是一部交响乐,存在是一个结构。

那么是不是每一部作品都应该追求雅俗共赏呢？先别说应不应该,先问可不可能。事实上不可能！雅俗共赏的作品是一种罕见的现象,而且最难堪的是,即便对这罕见的现象,也是乐其俗者赏其俗,知其雅者赏其雅。同一部《红楼梦》,因读者之异,实际上竟作了一俗一雅两本书。既然如此又何必非把雅俗捆绑在一部作品里不可呢？雅俗共赏不在于书而在于读者,读者倘能兼赏雅俗,他完全可以读了卡夫卡又读梁羽生,也可以一气读完了《红楼梦》。雅是必要的,俗也是必要的,雅俗交融于一处有时也是必要的,没有强求一律的理由。一定要说兼有雅俗的作品才是最好的作品,那就把全世界的书都装订在一起好了。这事说多了难免是废话。

### 六　现实主义的写作方法生命力最强吗？

我想现实主义肯定是指一种具体的写作方法(或方式),绝非是说"源于现实反映现实"就是现实主义,否则一切作品岂不都是现实主义作品了？因为任何一部作品都必曲曲折折地牵涉着生活现实,任何一位作家都是从现实生活中获取创作的灵感和激情的。只要细细品味就会明白,不管是卡夫卡还是博尔赫斯,也不管是科幻小说还是历史小说,都不可能不是"源于现实反映现实"〔注〕的。甚至说到历史,都是只有现实史,因为往事不可能原原本本地复制,人们只可能根据现实的需要和现有的认识高度来理解和评价历史。所以现实主义显然是单指一种具体的写作方法了。

这种写作方法最突出的一个特点就是:它是把形式和内容分开来对待的,认为内容就是内容;是第一位的,形式单是形式,位在其次,最多赞成内容与形式的和谐(但这仍然是分开来对待的结果)。总之最关键的一点——它认为内容是装在形式里面的,虽然应该装得恰当。这就让人想起容器,它可以装任何液体,只要保护得好,这容器当然永远可用。现实主义是一种容器,可以把所有的故事装于其中讲给我们大家听,故事在不断地发生着,它便永远有的可装,尽管有矮罐高瓶长脚杯也仍然全是为着装酒装油装水用,用完了可以再用还可以再用,只要其中液体常新,便不为抄袭,确凿是创造,液体愈加甘甜醇香,故事愈加感人深刻,便是无愧的创造。这就是现实主义写作方法长命的原因吧。

而以"形式即内容"为特征的一些现代流派,看似倒是短命,一派派一种种一代代更迭迅速,有些形式只被用过一次至几次便告收场,谁胆敢再用谁就有抄袭之嫌,人家一眼就认出你卖的是哪路拳脚,因而黯然而无创造之光荣了。这有时弄得现代派们很是伤心窝火。细想其实不必。形式即内容,形式即非容器,它毋宁说是雕塑,它是实心的是死膛的,它不能装酒装水装故事,它什么都不能装,它除了是它自己之外没别的用场可派,它的形式就是内容。你用它的形式岂不就是抄袭它的内容吗?所以一般它不讲故事,讲故事也不在于故事而在于讲。我想《李自成》换一种讲法也还是可以的,而且用这种方法还可以讲无数的故事。而《去年在马里昂巴》你就没办法给它换个形式,要换就只好等到"明年在马里昂巴",而且你用这种形式所能讲的故事也是非常非常有限的。既作了"形式即内容"的一派,就必须在形式上不断创新,否则内容也一同沦为老朽,这不值得伤心窝火,对创造者来说这正是一派大好天地。正如把内容作首位的一派也必须在内容上时时更新一样。

这好像没什么,这不过是两条路没什么可争执的了。你能说谁比谁更有生命力呢?你一定要拿"形式即容器"的形式来和"形式即内容"的形式做比较,是不公正的,是叫风马牛拜天地。应该以前者的内容和后者的形式来比较,就清楚了,它们都需要不断地更新创造,它们也都有伟大的作品流传千古。

写到这儿又想起另外一个问题。我总以为"脱离时代精神"的罪名是加不到任何艺术流派头上的,因为艺术正是在精神迷茫时所开始的寻找,正是面对着现实的未知开始创造,没有谁能为它制定一个必须遵守的"时代精神"。它在寻找它在创造它才是艺术,它在哪个时代便是哪个时代的时代精神的一部分。

（注：说"反映"不如说"实现"。写作不是为了反映生活,而是以寻找以创造去实现人生,生命就是一个寻找和创造的过程,人以此过程而为人。因此它甚至不是一项事业,它更像一个虔诚而庄严的礼拜。"反映"只是脚印,人走路不是为了留下脚印,但人走路必会留下脚印,后人可以在这脚印上看出某种"反映"。)

### 七 有意味的形式从何而来？

有意味的形式,这指的当然不是"形式即容器"的形式,当然是"形式即内容"的形式。这内容不像装在容器里的内容那般了然,不是用各种逻辑推导一番便可以明晰的,它是超智力的,但你却可以感觉到它无比深广的内涵,你会因此而有相应深广的感动,可你仍然无能把它分析清楚。感觉到了的东西而未能把它分析清楚,这样的经验谁都有过,但这一回不同了,这一回不是"未能分析清楚",而是人的智力无能把它分析清楚。甚至竟是这样:你越是分析越是推理你就越是离它远,你干脆就不能真正感觉到它了。这儿是智力的盲点,这儿是悟性所辖之地。你要接近它真正感觉到它,就只好拜在悟性门下。（举个例子：死了意味着什么？没人能证明,活人总归拿不出充分的证据,死人坚决不肯告诉我们,这可怎么分析又怎么分析得清楚？我说死后灵魂尚存,你怎么驳倒我？你说死了就什么都没有了,我承认我也拿你没办法。智力在这儿陷入绝境,便只好求助于悟性,在静悟之中感到死亡不同层次不同程度的意味,并作用于我们的生存。）所以将此种东西名之为"意味",以区别装在容器里的那些明晰的内容。

意味着,可意会不可言传也。意味就不是靠着文字的直述,而是靠语言的形式。语言形式并不单指词汇的选择和句子的构造,通篇的结构更是重要的语言形式。所以要紧的不是故事而是讲。所以真正的棋家竟不大看重输赢,而非常赞叹棋形的美妙,后者比前者给棋家的感动更为深广。所以歌曲比歌词重要,更多的大乐曲竟是无需乎词的,它纯粹是一个形式,你却不能说它没有内容,它不告诉你任何一件具体的事理,你从中感到的意味却更加博大深沉悠远。所以从画册上看毕加索的画与在美术馆里看他的原作,感受会大大地不同,尺寸亦是其形式的重要因素。在照片上看海你说哦真漂亮,真到了海上你才会被震慑得无言以对。所以语言可以成为乐曲,可以成为造型,它借助文字却不是让文字相加,恰恰是整体大于部分之和,它以整体的形式给你意味深长的感动,你变了它的形式就变了甚至灭了它的意味。当然当然,语言有其不可克服的局限。没有没有局限的玩意儿。

　　一切形式,都是来自人与外部世界相处的形式。你以什么样的形式与世界相处,你便会获得或创造出什么样的艺术形式。你以装在世界里的形式与世界相处,它是它我是我,它不过容纳着我,你大概就仅相信"形式即容器",你就一味地讲那些听来的见来的客观故事,而丝毫不觉察你的主观与这故事的连接有什么意味。当你感到人与世界是融为一体的,天人合一,存在乃是主客体的共同参与时,你就看到"形式即内容"了,孤立的事物是没有的,内容出于相关的结构,出于主客体的不可分割,把希特勒放在另一种结构里看,他也许不单是一名刽子手,而更是一只迷途的羔羊。你讲不清这结构都包含什么内容和多少内容,但你创造出与此同构的形式来,就全有了,全有了并不是清晰,只是意味深长随你去感动和发抖吧,浮想联翩。

　　"有意味的形式"各种各样,它们被创造出来,我猜不是像掷骰子那样撞到的运气,也是出自人与世界相处的不同形式。你仅仅在社会层面上与世界相处,倘由你来把《红楼梦》改编成电视剧的话,你当然会把贾宝玉的结局改为沿街乞讨之类。你以人类大军之一员的形式与世界相处,你大概才能体会,最后的战场为什么形同荒漠、教堂的尖顶何以指望苍天。你以宇宙大结构之一点的形式参与着所谓存在这一优美舞蹈,你就会感动并感恩于一头小鹿的出生、一棵野草的勃勃生气、一头母狼的呼号,以及风吹大漠雪落荒原长河日下月动星移和灯火千家,你泰然面对生死苦乐知道那是舞蹈的全部,你又行动起来不使意志沦丧,像已经出现了的"绿党"那样维护万物平等的权利,让精神之花于中更美地开放。所以我想,有意味的形式不是像玩七巧板那样玩出来的,它决定于创作者对世界的态度,就是说你与世界处于什么样的形式之中,就是说你把自己放在一个什么样的位置上。

人与世界相处的形式是无穷多的,就像一个小圆由一个大圆包含着,大圆又由更大圆包含着,以至无穷。我们不理解的东西太多了,我们的悟性永无止境。我们不会因为前人的艺术创造已然灿烂辉煌而无所作为,无穷的未知将赐予我们无穷的创造机会。感恩吧,唯此我们才不寂寞。

**八 美是主观的。**

我相信美是主观的。当你说一个东西是美的之时,其实只是在说明你对那东西的感受,而不是那东西的客观性质。美(或丑)是一种意义,一切意义都是人的赋予。没有主体参与的客体是谈不上意义的,甚至连它有没有意义这个问题都无从问起。若是反过来问呢:没有客观参与的主体又能谈得上什么意义呢?问得似乎有理,但我看这是另一个命题,这是关于存在的命题,没有客体即没有存在,因为没有客体,主体也便是没有依着无从实现的空幻,主客体均无便成绝对的虚空而不成存在。而现在的命题是,存在已为确定之前提时的命题,就是说主客体已经面对,意义从何而来？美从何而来？如果它是客体自身的属性，它就应该像化学元素一样，在任何显微镜下都得到一声同样的赞叹，倘若赞叹不同甚或相反得了斥骂，我们就无法相信它是客体自身的属性。你若说这是观察的有误，那就好了，美正是这样有误的观察。它是不同主体的不同赋予，是不同感悟的不同要求。漂亮并不是美。大家可以公认甲比乙漂亮，却未必能公认甲比乙美。随便一个略具风姿的少女都比罗丹的"老娼妇"漂亮，但哪一个更具美的意义却不一定，多半倒是后者。漂亮单作用于人的生理感观，仅是自然局部的和谐，而美则是牵涉着对生命意义的感悟，局部的不和谐可以在这个整体的意义中呈现更深更广的和谐。所以美仍是人的赋予，是由人对生命意义的感悟之升华所决定的。一个老娼妇站在街头拉客大约是极不漂亮的，但罗丹把这个生命历程所启示的意义全部凝固在一个造型中，美便呈现了。当然，谁要是把生命的意义仅仅理解成声色犬马加官进禄，"老娼妇"的美也便不能向谁呈现。美是主观的，是人敬畏于宇宙的无穷又看到自己不屈的创造和升华时的骄傲与自赏。

　　我差不多觉得上述文字都是废话，因为事情过于明白了。但是一涉及到写作，上述问题又似乎不那么明白了，至少是你明白我明白而某些管我们的人不明白。譬如：凭什么要由某人给我们规定该写什么和不该写什么呢？如果美单出自他一个人的大脑当然也可以，但已经没人相信这是可能的事了。如果美是唯一的一碗饭，这碗饭由他锁在自己的柜橱里，在喜庆的日子他开恩拨一点在我们的碗里让我们也尝尝，如果是这样当然就只好这样。但可惜不是这样。很不凑巧美不是这样的一碗饭。美是每一个精神都有能力发展都有权去创造的，我们干吗要由你来告诉我们？尤其是我们干吗要受你的限制？再譬如深入生活，凭什么说我们在这儿过了半辈子的生活是不深入的生活，而到某个地方待三个月反倒是深入的？厂长知道哪儿有什么土特产令采购员去联系进货，李四光懂得哪儿有石油带工人们去钻井,均收极佳效果。但美不是哪方土特产也不是矿物,处处皆有美在正像人人都可做佛,美弥漫于精神的弥漫处。渴望自由的灵魂越是可以在那儿痛享自由,那儿的美便越是弥漫得浓厚,在相反的地方美变得稀薄。进一步说,美的浓厚还是稀薄,决定于人的精神的坚强还是孱弱,不屈还是奴化,纯净还是污秽,生长创造还是干涸萎缩,不分处所。你被押送到地狱,你也可以燃起悲壮的烈火,你人云亦云侥幸得上天堂,你也可能只是个调戏仙女的猪八戒。与通常说到真理时的逻辑一样,美也是在探索与创造中,她不归谁占有因而也不容谁强行指令。"天蓬元帅"因要强占造化之美,结果只落得个嘴长耳大降为人间的笑料。

美除了不畏强权不以物喜之外,还不能容忍狡猾智力的愚弄。她就是世界她就是孩子——原始艺术之美的原因大约就在于此,他们从天真的梦中醒来,还不曾沾染强权、物欲和心计的污垢,只相信自己心灵的感悟,无论是敬仰日月、赞颂生命,畏于无常,祈于歌舞,都是一味的纯净与鲜活。而原始艺术一旦成为时髦,被人把玩与卖弄,真的,总让人想起流氓。除非她是被真正的鉴赏家颤抖着捧在怀中被真正的创造者庄严地继承下去!原始的艺术在揪心地看着她的儿孙究竟要走一条什么路。儿孙们呢,他们遥想人类的童年仿佛告别着父母,看身前身后都是荒芜,便接过祖先的梦想,这梦想就是去开一条通往自由幸福之路——就是这么简单又是这么无尽无休的路。

### 九 童心是最美的吗?

假如人不至于长大,童心就是最美的一直是最美的。可惜人终归要长大,从原始的淳朴走来必途经各类文明,仅具童心的稚拙就觉不够。常见淳朴的乡间一旦接触了外界的文明,便焦躁不安民风顿转;常见敦厚的农民一旦为商人的伎俩所熏染,立刻变得狡狯油滑。童心虽美却娇嫩得不可靠。中国的文化传统中,有一种怕孩子长大失了质朴干脆就不让孩子长大的倾向,这是极糟糕的事。我在另一篇文章中写过这样的话:"企图以减欲来逃避痛苦者,是退一步去找和谐,但欲望若不能消灭干净便终不能逃脱痛苦,只好就一步步退下去直至虽生犹死,结果找到的不是和谐而是毁灭。中国上千年来的步步落后肯定与此有关,譬如'民可使由之,不可使知之',譬如闭关自守,譬如倘爱情伴着痛苦便不如不要爱情而专门去制造孩子,倘世上有强奸犯便恨天下人何以不都是太监。世界上的另一种文化则主张进一步去找和谐,进一步而又进一步,于是遥遥地走在我们前头,而且每进一步便找到一步的和谐,永远进一步便永在和谐中。"我想这就是东西方文化最大的不同点之一。还是让孩子长大吧,让他们怀着亘古的梦想走进异化的荒原中去吧,在劫难逃。真正的悟性的获得,得在他们靠了雄心勃勃的翅膀将他们捧上智力的天空翱翔之后重返人间之时。他们历经劫难不再沾沾自喜于气壮山河,知困苦之无边,知欢乐乃为无休止的超越,知目的即是过程,知幸福唯在自我的升华与完善,知物质无非为了精神的实现所设置,知不知者仍是无穷大唯心路可与之匹敌,那时他们就已长大,重归大地下凡人间了。他们虽已长大却童心不泯绝无沮丧,看似仍一如既往覆地翻天地追求追求追求,但神情已是泰然自若,步履已是信马由缰,到底猜透了斯芬克斯的谜语。他们在宇宙的大交响乐中隐形不见,只顾贪婪地吹响着他们的小号或拉着大提琴,高昂也是美哀伤也是美,在自然之神的指挥下他们挥汗如雨,如醉如痴直至葬身其中。这不再只是童心之美,这是成熟的人的智慧。

这时再回过头去看那原始艺术,才不至于蜂拥而去蛮荒之地以为时髦,才不至于卖弄风情般地将远古的遗物缀满全身,这时他们已亲身体会了祖先的梦想,接过来的与其说是一份遗产毋宁说是一个起点,然后上路登程,漂泊创造去了。

**十　关于人道主义。**

关于人道主义，我与一位朋友有过几次简短的争论。我说人道主义是极好的，他说人道主义是远远不够的。我一时真以为撞见了鬼。说来说去我才明白，他之所以说其不够，是因为旧有的人道主义已约定俗成仅具这样的内涵：救死扶伤、周贫济困、怜孤恤寡等等。这显然是远远不够。我们所说的极好的人道主义是这样的：不仅关怀人的肉体，更尊重和倡导人的精神自由实现。倘仅将要死的人救活，将身体的伤病医好，却把鲜活的精神晾干或冷冻，或加封上锁牵着她游街，或对她百般强加干涉令其不能自由舒展，这实在是最大的不人道。人的根本标志是精神，所以人道主义应是主要对此而言。于是我的朋友说我：你既是这样理解就不该沿用旧有的概念，而应赋予它一个新的名称。以便区分于旧有概念所限定的内涵。我想他这意见是对的。但我怎么也想不出一个新的名称。直到有一天我见一本书上说到黑泽明的影片，用了"空观人道主义"这么一个概念，方觉心中灵犀已现。所谓"空观人道主义"大概是说：目的皆是虚空，人生只有一个实在的过程，在此过程中唯有实现精神的步步升华才是意义之所在。这与我以往的想法相合。现在我想，只有更重视了过程，人才能更重视精神的实现与升华，而不致被名利情的占有欲（即目的）所痛苦所捆束。精神升华纯然是无休止的一个过程，不指望在任何一个目的上停下来，因而不会怨天之不予地之不馈，因而不会在怨天尤人中让恨与泪拥塞住生命以致委委琐琐。肉体虽也是过程，但因其不能区分于狗及其他，所以人的过程根本是心路历程。可光是这样的"空观"似仍不够。目的虽空但必须设置，否则过程将通向何方呢？哪儿也不通向的过程又如何能为过程呢？没有一个魂牵梦绕的目标，我们如何能激越不已满怀豪情地追求寻觅呢？无此追求寻觅，精神又靠什么能获得辉煌的实现呢？如果我们不信目的为真，我们就会无所希冀至萎靡不振。如果我们不明白目的为空,到头来我们就难逃绝望,既不能以奋斗的过程为乐,又不能在面对死亡时不惊不悔。这可真是两难了。也许我们必得兼而做到这两点。这让我想起了神话。在我们听一个神话或讲一个神话的时候,我们既知那是虚构,又全心沉入其中,随其哀乐而哀乐,伴其喜怒而喜怒,一概认真。也许这就是"佛法非佛法,佛法也"吧。神话非神话,神话也——我们从原始的梦中醒来,天地间无比寂寞,便开始讲一个动人的神话给生命灌入神采,千万个泥捏的小人才真的活脱了,一路走去,认真地奔向那个神话,生命也就获得了真实的欢愉。就是这样。但我终不知何以名之,神话人道主义?审美人道主义?精神人道主义?空观人道主义?不知道。但有一点是清楚的:中国传统文化中第二个最糟糕的东西就是仅把人生看成生物过程,仅将人当做社会工具,而未尊重精神的自由权利与实现,极好的人道主义绝不该是这样的。

说到传统,也许不该把它理解为源,而应理解为流。譬如老子的原话究竟是什么意思,这是不重要的,重要的是它在几千年的历史中以什么意义在起作用。将其理解为流还有一个好处,即是说它还要发展还要奔流,还要在一个有机的结构中起到作用,而不是把旧有的玩意儿搬出来硬性拼凑在现实中。

以上文字与"学术"二字绝不沾边,我从来敬畏那两个字,不敢与之攀亲,正在这时来了一位朋友,向我传达了一位名人的教导:"人一思索,上帝就发笑。"我想就把我这篇喃喃自语题为"答自己问"吧,《作家》愿意刊用,我也很高兴,供上帝和人民发笑。

猛地想起一部电视片中的一段解说词:"有一天,所有被关在笼子里驯养的野生动物,将远离人类,重现它们在远古时代自由自在的生活,那一天就是野生动物的节日。"我想,那一天也将是人类的节日,人不再想统治这个世界了,而是要与万物平等和睦地相处,人也不再自制牢笼,精神也将像那欢庆节日的野生动物一样自由驰骋。譬如说:一只鼹鼠在地下喃喃自语,一只苍鹰在天上哧哧发笑,这都是多么正常,霸占真理的暴君已不复存在。

1987 年 10 月 23 日

## "神经内科"

　　这些年来看评论,我的感觉,就像当年住院。我当年住院看的是神经内科。神经内科在医院里被其他别的科认为是"诊断科"。就是说它光能诊断病,不能治病。我住院进去,没有看见一个站着出来的。我在那里,各种检查,各种神经反射,全做了,各种洋名字全有了,但是,过了一年半之后,大家又把我抬出来了。我现在对评论就这么一种感觉,看了半天也不知道我怎么才能站起来,就跟我当年的感觉差不多。

　　所以我有时想,好像这些年来谈创新、谈变,谈的特别多,至于文学里有没有一个更普遍的东西,不变的东西,谈的很少。我觉得人活着总有一个是永远变不了的东西。就像神经内科,最后变得不能给人治病,就没有意义了,尽管引进了多少设备,引进了多少病的名字。当年出院后,有些人问我的病怎么回事,我说我在医院住了一年半,人家给我的病起了个名字,我就出来了。只起个名字,确实没有太大的意义。

# 自 言 自 语

**一** 说小说无规矩可言也对,说小说还是有一些规矩也对,这看怎么说了。

世上没有没有规矩的东西,没有规矩的东西就不是东西就什么都不是,所以没有。在这个意义上说,小说当然是有一些规矩的。譬如,小说总得用着语言;譬如,小说还不能抄袭(做衣服、打家具、制造自行车就可以抄袭)。小说不能是新闻报道,新闻报道单纯陈述现象,而小说不管运用什么手法,都主要是提供观照或反省现象的新角度(新闻报道与新闻体小说之间的差别,刚好可以说明这一点)。小说不能是论文,论文是循着演绎和归纳的逻辑去得出一个科学的结论。小说不是科学,小说是在一个包含了多种信息和猜想的系统中的直觉或感悟,虽然也可以有思辨但并不指望有精确的结论。在智力的盲点上才有小说之位置,否则它就要让位于科学(这样说绝不意味着贬低或排斥科学。但人类不能只有科学,在科学无能为力的地方,要由其他的什么来安置人的灵魂)。小说也不能是哲学,哲学的对象和目的虽与科学相异,但其方法却与科学相同,这种方法的局限决定了哲学要理解"一切存在之全"时的局限。在超越这局限的愿望中,小说期待着哲理,然而它期待哲理的方法不同于哲学,可能更像禅师讲公案时所用的方法,那是在智力走入绝境之时所获得的方法,那是放弃了智力与功利之时所进入的自由与审美的状态(这让我想起了很多存在主义大师竟否认存在主义是哲学,他们更热衷于以小说来体现他们的哲理)。小说还不能是施政纲领、经济政策、议会提案；小说还不能是英模报告、竞选演说、专题座谈。还可以举出一些小说不是什么的例子，但一时举不全。总之，小说常常没有很实用的目的，没有很确定的结论以及很严谨的逻辑。但这不等于说它荒唐无用。和朋友毫无目的毫无顾忌地聊聊天。这有用吗？倘若消灭那样的聊天怎么样？人势必活成冰冷的机器或温暖的畜类。

好像只能说小说不是什么，而很难说它是什么，这就说明小说还有无规矩可言的一方面(说小说就是小说，这话除了显得聪明之外，没有其他后果)。我想，最近似小说的东西就是聊天，当然不是商人式的各怀心计的聊天，也不是学者式的三句话不离学问的聊天，也不是同志式的"一帮一，一对红"的聊天，而纯粹是朋友之间忘记了一切功利之时的自由、倾心、坦诚的聊天。人为什么要找朋友聊聊天？因为孤独，因为痛苦和恐惧。即便是有欢乐要与朋友同享，也是因为怕那欢乐在孤独中减色或淹没。人指望靠这样的聊天彻底消灭人的困境吗？不，他知道朋友也是人也无此神通。那么他到朋友那儿去找什么呢？找真诚。灵魂在自卑的伪饰中受到压迫，只好从超越自卑的真诚中重获自由。那么在这样的聊天中还要立什么规矩呢？在这样的聊天中，悲可以哭吗？怒可以骂吗？可以怯弱颓唐吗？可以痴傻疯癫吗？可以陶醉于一个不切实际的幻想吗？可以满目迷茫满腹牢骚吗？可以谈一件很真实的事也可以谈一个神秘的感觉吗？可以很形象地讲一个人也可以很抽象地讲一种观点吗？可以有条不紊万川归海地讲一个故事，也可以东一榔头西一棒子地任意胡侃神聊吗？可以聊得豪情满怀乐观振奋，也可以聊得心灰意冷悲观失望吗？可以谈吐文雅所论玄妙高深，也可以俗话连篇尽述凡人琐事吗？……当然都是可以的，无规矩可言。唯独不能有虚伪。无规矩的规矩只剩下真诚。智力与科学的永恒局限，意味着人最终是一堆无用的热情，于是把真诚奉为圭臬奉若神明。有真诚在就不会绝望，生命就有了救星，生命就可以且天且地尽情畅想任意遨游了,就快要进入审美之境就快要立命于悟性之地了。

(顺便说一句:真诚并不能化悲观为乐观,而只是把悲观升华为泰然,变作死神脚下热烈而温馨的舞蹈。)

在这种意义上,小说又有什么规矩可言呢?小说一定要塑造出栩栩如生的人物?要结构好起伏曲折的故事?要令人感动?要有诗意或不能有诗意?要有哲理或千万别暴露哲理?不可不干预现实或必须要天马行空?要让人看了心里一星期都痛快都振奋,就不能让人看了心里七天都别扭都沉闷?一定要深刻透顶?一定要气壮山河?一定要民族化或一定要现代主义?一定要懂得陶罐或一定要摆弄一下生殖器?一定要形象思维而一定不能形而上?……(假设已经把历来的规矩全写在这儿了。)但是这些规矩即便全被违背,也照样会有好的小说产生。小说的发展,大约正在于不断违背已有的规矩吧。小说的存在,可能正是为了打破为文乃至为生的若干规矩吧。活于斯世,人被太多的规矩折磨得喘不过气来,伪装与隔膜使人的神经紧张得要断,使每一个人都感到孤独感到软弱得几乎不堪一击,不是人们才乞灵于真诚倾心的交谈吗?不是为了这样的交谈更为广泛,为了使自己真切的(但不是智力和科学所能总结的)生存感受在同类那儿得到回应,从而消除孤独以及由孤独所加重的痛苦与恐惧,泰然自若地承受这颗星球这个宇宙和这份命运,才创造了小说这东西吗?就小说而言,亘古不变的只有梦想的自由、实在的真诚和恰如其分的语言传达。还要什么必须遵守的规矩呢?然而有时人真的没出息透了,弄来弄去把自由与真诚弄去了不说,又在这块净土上拉屎一样地弄出许多规矩,弄得这片圣地满目疮痍,结果只是规矩的发明者头上有了神光,规矩的推行者得以贩卖专制,规矩的二道贩子得一点小利,规矩的追随者被驱赶着被牵引着只会在走红的流派脚下五体投地殊不知自己为何物了。真诚倾心的交谈还怎么能有?伪装与隔膜还怎么能无？面对苍天的静悟为面对市场的机智所代替，圣地变作鬼域。人们念及当初，忽不知何以竟作起小说来。为人的根被刨了烧了，哪儿寻去？所以少来点规矩吧。唯独文学艺术不需要竞争，在这儿只崇尚自由、朴素、真诚的创造。写小说与交朋友一样，一见虚伪，立刻完蛋。

二　小说的朴素，说白了就是创作态度的老实。

当然不是说"只许老实交待，不许乱说乱动"的那种老实。而是说：不欺骗朋友，不戏耍朋友，不吓唬朋友，不卖弄机智存心让朋友去惭愧，也不为了讨好朋友而迁就朋友。对朋友把心掏出来就得，甭扯淡。

在这种情况下，朴素一词并不与华丽、堂皇对立，也不与玄妙、深奥对立，并非"我家住在黄土高坡"就一定朴素，你家造了航天飞机就一定不朴素。别到外面去寻找朴素，朴素是一种对人对世界的态度，哪儿都可以有，哪儿都可以无。

这朴素绝不是指因不开化而故有的愚钝，绝不是指譬如闭塞落后的乡间特产的艰辛和单纯。那些东西是靠不住的。孩子总要长大，偏僻的角落早晚也要步入现代文明。真正的朴素大约是：在历尽现世苦难、阅尽人间沧桑、看清人的局限、领会了"一切存在之全"的含义之时，痴心不改，仍以真诚驾驶着热情，又以泰然超越了焦虑而呈现的心态。这是自天落地返璞归真，不是顽固不化循环倒退。不是看破红尘灰心丧气，而是赴死之途上真诚的歌舞。这时凭本能凭直觉便会发现，玩弄花活是多么不开明的浪费。

三　人有三种根本的困境，于是人有三种获得欢乐的机会。

第一，人生来注定只能是自己，人生来注定是活在无数他人中间并且无法与他人彻底沟通。这意味着孤独。第二，人生来就有欲望，人实现欲望的能力永远赶不上他欲望的能力，这是一个永恒的距离。这意味着痛苦。第三,人生来不想死,可是人生来就是在走向死。这意味着恐惧。

上帝用这三种东西来折磨我们。

不过有可能我们理解错了,上帝原是要给我们三种获得欢乐的机会。假如世界上只有我,假如我又没有欲望(没有欲望才能不承受那种距离),假如这样我还永远不死,我岂不就要成为一堆无可改变的麻木与无尽无休的沉闷了?这样一想,我情愿还是要那三种困境。我想,写小说之所以挺吸引我,就是因为它能帮我把三种困境变成既是三种困境又是三种获得欢乐的机会。

**四  可以说小说就是聊天,但不能说聊天就是小说。**

聊天完全可以是彻底的废话,但小说则必须提供看这世界这生命的新的角度(也许通俗小说可以除外)。通过人物也好,通过事件、情绪、氛围、形式、哲理、暗示都好,但不能提供新角度的便很难说是创作,因而至少不能算好小说。

然而,彻底废话式的聊天却可以在作家笔下产生丰富的意味,这是怎么回事?这是因为他先把我们带离那个实在的、平面的、以常规角度观照着的聊天,然后把我们带到一个或几个新的位置上,带进一个新的或更大的系统中,从一个或几个新角度再作观照,常规的废话便有了全新的生命。就像宇航员头一次从月亮上看地球,从那个角度上所感受到的意味和所发出的感慨,必不是我们以往从地球上看地球时所能有的。这大概就是人们常说的"间离效果"和"陌生化"吧。我们退离我们已经习惯了的位置,退离我们已经烂熟了的心态,我们才有创造的可能。您把您漂亮的妻子拥抱于你,她就仅仅是您的妻子,您从遥远的地方看她在空天阔野间行走,您才可能看到一个精灵般的女人。您依偎在母亲怀中您感受到母亲的慈爱,您无意间看她的背影您也许才会看到一个母亲的悲壮。小说主要是做着这样的事吧,这样的创造。

但这有什么用呢？那么阿波罗上了月球又有什么用呢？宇宙早晚要毁灭，一切又都有什么用呢？一切创造说到底是生命的自我愉悦。与其说人是在发现着无限的外在，毋宁说人是借外在形式证明自己无限的发现力。无限的外在形式，不过是人无限的内在发现力的印证罢了，这是人唯一可能得到的酬劳。（原始艺术中那些变形的抽象的图案和线条，只是向往创造之心的轨迹，别的什么都不是。）所以，与其说种种发现是为了维持生命，毋宁说维持生命是为了去作这种种发现，以便生命能有不尽的欢乐，灵魂能有普度之舟。最难堪的念头就是"好死不如歹活"，因为死亡坚定地恭候着每一位寿星。认为"好死不如歹活"的民族，一般很难理解另外的人类热爱冒险是为了什么。

总之，写小说的人应该估计到这样两件事：

一、艺术的有用与产房和粮店的有用不一样。二、读小说的人，没有很多时间用来多知道一件别人的事，他知道知道不完。但是，读小说的人却总有兴趣换换角度看这个人间，虽然他知道这也没有个完。

五　现在很流行说"玩儿玩儿"，无论写小说还是干别的什么事，都喜欢自称只是"玩儿玩儿"，并且误以为这就是游戏人生的境界。

您认真看过孩子的游戏吗？认真看过也许就能发现，那简直就是人生的一个象征，一个缩影，一个说明。孩子的游戏有两个最突出的特点：一是没有目的，只陶醉于游戏的过程，或说游戏的过程即是游戏的目的；一是极度认真地"假装"，并极度认真地看待这"假装"（"假装你是妈妈，他是孩子。""假装你是大夫你给他打针。""假装我哭了，假装你让我别哭"）。当然，孩子的游戏还只是游戏，还谈不上"游戏境界"。当一个人长大了，有一天忽然透悟了人生原来也不过是一场游戏，也是无所谓目的而只有一个过程，然后他视过程为目的,仍极度认真地将自己投入其中如醉如痴,这才是"游戏境界"。

而所谓"玩儿玩儿"呢?开始我以为是"游戏境界"的同义语,后来才知道它还有一个注脚:"别那么认真,太认真了会失望会痛苦。"他怕失望,那么他本来在希望什么呢?显然不是希望一个如醉如痴的过程,因为这样的过程只能由认真来维系。显然他是太看重了目的,看重了而又达不到,于是倍感痛苦,如果又受不住这痛苦呢?当然就害怕了认真,结果就"玩儿玩儿"算了。但好像又没有这么便宜的事,"玩儿玩儿"既是为了逃避痛苦,就说明痛苦一直在追得他乱跑。

这下就看出"玩儿玩儿"与"游戏境界"的根本相反了。一个是倾心于过程从而实现了精神的自由、泰然和欢乐,一个是追逐着目的从而在惊惶、痛苦和上当之余,含冤含怨故作潇洒自欺欺人。我无意对这两种情况作道德判断,我单是说:这两件事根本不一样(世上原有很多神异而形似的东西。譬如性生活与耍流氓,其实完全不一样)。我是考虑到,"玩儿玩儿"既然不能认真,久而久之必降低兴致,会成了一件太劳累太吃亏的事。

我想,认真于过程还是最好的一件事。世上的事不怕就不怕这样的认真,一旦不认真了就可怕了。认真是灵魂获取酬劳的唯一途径。小说是关乎灵魂的勾当,一旦失魂落魄,一切"玩儿玩儿"技法的构想,都与洗肠和导尿的意义无二。小说可以写不认真的人,但那准是由认真的人所写并由认真的人去看,可别因为屡屡写不好就推脱说自己没认真,甚至扬言艺术原就是扯淡,那样太像吃不到甜葡萄的酸狐狸了。

**六  我觉得,艺术(或说美——不等于漂亮的美)是由敬畏和骄傲这两种感情演成的。**

自然之神以其无限的奥秘生养了我们,又以其无限的奥秘迷惑甚至威胁我们,使我们不敢怠慢不敢轻狂,对着命运的无常既敬且畏。我们企望自然之母永远慈祥的爱护,但严厉的自然之父却要我们去浪迹天涯自立为家。我们不得不开始了从刀耕火种到航天飞机的创造历程。日日月月年年,这历程并无止境,当我们千辛万苦而又怀疑其意义何在之时,我们茫然若失就一直没能建成一个家。太阳之火轰鸣着落在地平线上,太阳之光又多情地令人难眠,我们想起:家呢?便起身把这份辛苦、这份忧思、这份热烈而执着的盼望,用斧凿在石上,用笔画在墙上,用文字写在纸上,向自然之神倾诉,为了吁请神的关注,我们又奏起了最哀壮的音乐,并以最夸张的姿势展现我们的身躯成为舞蹈。悲烈之声传上天庭,悲烈之景遍布四野,我们忽然茅塞顿开听到了自然之神在赞誉他们不屈的儿子,刹那间一片美好的家园呈现了,原来是由不屈的骄傲建筑在心中。我们有了家有了艺术,我们再也不孤寂不犹豫,再也不放弃(而且我们知道了,一切创造的真正意义都是为了这个。所以无论什么行当,一旦做到极致,人们就说它是进入了艺术境界,它本来是什么已经不重要了,它现在主要是心灵的美的家园)。我们先是立了一面镜子,我们一边怀着敬畏滚动石头,一边怀着骄傲观赏我们不屈的形象。后来,我们不光能从镜子里,而且能从山的峻拔与狰狞、水的柔润与汹涌,风的和煦与狂暴,云的变幻与永恒,空间的辽阔与时间的悠久,草木的衰荣与虫兽的繁衍,从万物万象中看见自己柔弱而又刚劲的身影。心之家园的无限恰与命运的无常构成和谐,构成美,构成艺术的精髓。敬畏与骄傲,这两极!

七　**智力的局限要由悟性来补充。科学和哲学的局限要由宗教精神来补充。真正的宗教精神绝不是迷信。说得过分一点:文学就是宗教精神的文字体现。**

眼前有九条路,假如智力不能告诉我们哪条是坦途哪条是绝路(经常有这种情况),我们就停在九条路口暴跳如雷还是坐以待毙?当然这两种行为都是傻瓜所喜欢的方式。有智力的人会想到一条一条去试,智力再高一点的人还会用上优选法,但假设他试完了九条发现全是绝路(这样的事也经常有),他是破口大骂还是后悔不迭?倘若如此他就仅仅比傻瓜多着智力,其余什么都不比傻瓜强。而悟者早已懂得,即便九条路全是坦途,即便坦途之后连着坦途,又与九条全是绝路,绝路退回来又遇绝路有什么两样呢?无限的坦途与无限的绝路都只说明人要至死方休地行走,所有的行走加在一起便是生命之途,于是他无惧无悔不迷不怨认真于脚下,走得镇定流畅,心中倒没了绝路。这便是悟者的抉择,是在智性的尽头所必要的悟性补充。

智性与悟性的区别,恰似哲学与宗教精神的区别。哲学的末路通入宗教精神。哲学依靠着智力,运用着与科学相似的方法,像科学立志要为人间建造物质的天堂一样,哲学梦寐以求的是把人的终极问题弄个水落石出,以期根除灵魂的迷茫。但上帝设下的谜语,看来只是为了让人去猜,并不想让人猜破,猜破了大家都要收场,宇宙岂不寂寞凄凉?因而他给我们的智力与他给我们的谜语太不成比例,之间有着绝对的距离。这样,哲学越走固然猜到的东西越多,但每一个谜底都是十个谜面,又何以能够猜尽?期待着豁然开朗,哲学却步入云遮雾障,不免就有人悲观绝望,声称人大概是上帝的疏忽或者恶念的产物(这有点像九条绝路之上智性的大骂和懊丧)。在这三军无帅临危止步之际,宗教精神继之行道,化战旗为经幡,变长矛作仪仗,续智性以悟性,弃悲声而狂放(设若说哲学是在宗教之后发达起来的,不妨记起一位哲人说过的话:"粗知哲学而离弃的那个上帝,与精研哲学而皈依的那个上帝,不是同一个上帝。"所以在这儿不说宗教,而是以宗教精神四个字与之区别,与那种步入歧途靠贩卖教条为生的宗教相区别)。如果宗教是人们在"不知"时对不相干事物的盲目崇拜,但其发自生命本源的固执的向往却锻造了宗教精神,宗教精神便是人们在"知不知"时依然葆有的坚定信念,是人类大军落入重围时宁愿赴死而求也不甘惧退而失的壮烈理想。这信念这理想不由智性推导出,更不由君王设计成,甚至连其具体内容都不重要(譬如爱情,究竟为了什么呢),毋宁说那是自然之神的佳作,是生命故有的趋向,是知生之困境而对生之价值最深刻的领悟。这样,它的坚韧不拔就不必靠晴空和坦途来维持,它在浩渺的海上,在雾罩的山中,在知识和学问捉襟见肘的领域和时刻,也依然不厌弃这个存在(并不是说逆来顺受),依然不失对自然之神的敬畏,对生命之灵的赞美,对创造的骄傲,对游戏的如醉如痴(假如这时他们聊聊天的话,记住吧,那很可能是最好的文学)。

总之,宗教精神并不敌视智性、科学和哲学,而只是在此三者力竭神疲之际,代之以前行。譬如哲学,倘其见到自身的迷途,而仍不悔初衷,这勇气显然就不是出自哲学本身,而是来自直觉的宗教精神的鼓舞,或者说此刻它本身已不再是哲学而是宗教精神了。既然我们无法指望全知全能,我们就不该指责没有科学根据的信心是迷信。科学自己又怎么样?当它告诉我们这个星球乃至这个宇宙迟早都要毁灭,又告诉我们"不必惊慌,为时尚早,在那个灾难到来之前,人类的科学早已发达到足以为人类找到另一个可以居住的地方了",这时候它有什么科学根据呢?如果它知道那是一个无可阻止的悲剧,而它又不放弃探索并兢兢业业乐此不疲,这种精神难道根据的是科学吗?不,那只是一个信心而已,或者说宁愿要这样一个信心罢了。这不是迷信吗?这若是迷信,我们也乐于要这个迷信。否则怎么办?死?还是当傻瓜?哀叹荒诞,抱怨别无选择,已经不时髦了,我们压根儿就是在自然之神的限定下去选择最为欢乐的游戏。坏的迷信是不顾事实、敌视理智、扼杀众人而为自己牟利的骗局(所以有些宗教实际已丧失了宗教精神,譬如"文革"中的疯狂、中东的战火)。而全体人类在黑暗中幻想的光明出路,在困惑中假设的完美归宿,在屈辱下臆造的最后审判,均非迷信。所以宗教精神天生不属于哪个阶级、哪个政治派别,那些被神化了的个人,它必属于全人类,必关怀全人类,必赞美全人类的团结,必因明了物之目的的局限而崇尚美之精神的历程。它为此所创造的众神与天界也不是迷信,它只是借众神来体现人的意志,借天界来俯察人的平等权利(没有天赋人权的信念,就难有法律面前人人平等的觉醒。而天赋人权和君权神授,很可以看作宗教精神与迷信的分界)。

这样的宗教精神,拿来与艺术精神作一下比照,想必能得到某种深刻的印象。

**八 一支疲沓的队伍,一个由傲慢转为自卑的民族,一伙散沙般失去凝聚力的人群,需要重建宗教精神。**

缺乏宗教精神的民族,就如同缺乏爱情或不再渴望爱情的夫妻,不散伙已属奇观,没法再要求他们同舟共济和心醉神迷。以科学和哲学为标准给宗教精神发放通行证,就如同以智力和思辨去谈恋爱,必压抑了生命的激情,把爱的魅力耗尽。用政治和经济政策代替宗教精神,就如同视门第和财产为婚配条件,不惜儿女去做生育机器而成了精神的阉人。

宗教精神不是科学,而政治和经济政策都是科学(有必要再强调一下:宗教精神并不反对科学、政治和经济政策,就像爱情并不反对性知识、家政和挣钱度日,只是说它们不一样,应当各司其职)。作为宗教精神的理想,譬如大同世界、自由博爱的幸福乐园、各尽所能各取所需的完美社会等等,不是起源于科学(谁能论证它们的必然实现?谁能一步步推导出它们怎样实现?),而仅仅是起源于生命的热望,对这种理想的信仰是生命无条件的接受。谁让他是生命呢?是生命就必得在前方为自己树立一个美好的又不易失落的理想,生命才能蓬勃。这简直就像生命的存在本身一样,无道理好讲,唯其如此,在生命枯萎灭亡之前,对它的描述可以变化,对它的信仰不会失落,它将永远与旺盛的生命互为因果。而作为政治和经济的理想却必须是科学的,必须能够一步步去实现,否则就成了欺世。但它即便是科学的,科学尚不可全知全能,人们怎能把它作为无条件的信仰来鼓舞自己?即便它能够实现,但实现之后它必消亡,它又怎么能够作为长久的信仰以使生命蓬勃?因此,任何政治和经济的理想都不能代替宗教精神的理想,作为生命永恒或长久的信仰。

科学家、政治家和经济家,完全没有理由惧怕宗教精神,也不该蔑视它。一切科学、政治、经济将因生命被鼓舞得蓬勃而更趋兴旺发达。一对男女有了爱情,有了精神的美好憧憬与信念,才更入迷地治理家政、探讨学问、努力工作、并积起钱财来买房也买一点国库券——所谓活得来劲者是也。爱情真与宗教精神相似,科学没法制造它,政治没法设计它,经济没法维持它。如果两口子没了爱情只剩下家政,或者压根儿就是以家政代替爱情,物质的占有成了唯一理想,会怎么样呢?焦灼吧,奔命吧,乏味吧,麻木吧,最后可能是离婚吧分家吧要不就强扭在一块等死吧,这个家渐渐熄了"香火"灭了生气,最多留一点往日幸福昌盛的回忆。拿这一点回忆去壮行色,阿Q爷还魂了。

有一种婚礼是在教堂中进行,且不论此教如何,也不论这在后来可能仅是习俗,但就其最初的动机而言,它是这样一种象征:面对苍天(即无穷的未知、无常的命运),两个灵魂决心携手前行,不是为了别的而是为了爱情,这种无以解释无从掌握的愿望只有神能懂得,他们既祈神的保佑也发誓不怕神的考验。另一种婚礼是在家里或饭店举行,请来之亲朋越多,宴席的开销越大,新郎新娘便越多荣耀。然后叩拜列祖列宗,请他们放心:传宗接代继承家业的子宫已经搞到。这也是一种象征,是家政取代爱情的象征,是求繁衍的动物尚未进化成求精神的动物的象征,或是精神动物退化为经济动物的象征。这样的动物终有一天会对生命的意义发出疑问,从而失落了原有的信仰,使政治和经济也萎靡不振。因为信仰必须是精神的,是超世务的激情,是超道德的奇想。

我很怀疑"内圣外王"之道可以同时是哲学又是宗教精神。我很怀疑这样的哲学能不被政治左右,最终仍不失为非伦理非实用的学术。我很怀疑在这样的哲学引导下,一切知识和学术还能不臣服于政治而保住自己的独立地位。我很怀疑这样的哲学不是"艺术为政治服务"的根源。我怀疑可以用激情和奇想治政,我怀疑单有严谨的政治而没了激情和奇想怎么能行。

我不怀疑,艺术有用政治也有用。我不怀疑,男人是美的女人也是美的,男人加女人可以生孩子,但双性人是一种病,不美也不能生育。我不怀疑,阴阳相悖相承世界才美妙地运动,阴阳失调即是病症,阴阳不分则是死相。我不怀疑,宗教精神、哲学、科学、政治、经济……应当各司其职,通力合作,但不能互相代替。

如果宗教精神丢失了,将怎样重建呢?这是个难题。它既是源于生命的热望,又怎么能用理智去重建呢(要是你笑不出来,我胳肢你你也是瞎笑,而我们要的是发自内心的真笑)?但解铃还需系铃人,先问问:它既是生命的热望,它又是怎么丢失的呢?

在我的记忆里,五十年代,人们虽不知共产主义将怎样一步步建成(有科学社会主义,并无科学共产主义)。但这绝不妨碍人们真诚地信仰它,人们信仰它甚至不需要说服,因为它恰是源于生命热望的美好理想,或恰与人们热望的美好理想相同。但后来有人用一种错误的政治冒名顶替了它,并利用了人们对它的热诚为自己牟利(譬如"四人帮"),神不知鬼不觉地把它变成了一个坏迷信,结果人们渐渐迷失于其中,不但失去了对它的信仰,甚至对真诚、善良都有了怀疑,怎么会不疲沓不自卑不是一盘散沙?那么正确的政治可以代替它吗?(正确的家政可以代替爱情吗?)不能,原因至少有三:一来它们是运用着两套不同的方法和逻辑;二来这样容易使坏政治钻空子(就像未经法律程序杀掉了一个坏蛋,便给不经法律程序杀掉十个好人和一个国家主席做了准备那样,给"四人帮"一类政治骗子留了可乘之机);三来,人们一旦像要求政治的科学性和现实性(要实现)那样要求理想的幸福乐园,岂不是政治家给自己出难题?所以,当我们说什么什么理想一定要实现时,我们一定要明白这也是一个理想。理想从来不是为实现用的,而是为了引着人们向前走,走出一个美好的过程。这样说倒不怕人们对理想失望,除非他不活,否则他必得设置一个经得住摔打的理想——生命的热望使之然。不要骗着他活,那样他一旦明白过来倒失望得要死。让人们自由自在地活,人们自会沉思与奇想,为自己描述理想境界,描述得越来越美好越崇高,从而越加激励了生命,不惧困境,创造不止,生本能战胜死本能,一切政治、经济、科学、艺术才会充满朝气,更趋精彩完美,一伙人群才有了凝聚力。当人们如此骄傲着生命的壮美之时,便会悟出这就是理想的实现。当人们向着生命热望的境界一步步走着的时候,理想就在实现着,理想只能这样实现,不必抱歉。

这下就有点明白了,重建宗教精神得靠养,让那被掠夺得已然贫瘠的土地歇一歇重新肥沃起来,让迷失了疲乏了的人们喘一口气自由地沉思与奇想,人杰地灵好运气就快来了。

文学就是这样一块渴望着肥沃的土地,文学就是这样的自由沉思与奇想,不要以任何理由掠夺它、扼杀它、捆缚它,当然也别拔苗助长。不知这事行不行。

九 文学是创作,创作既是在无路之处寻路,那么,怎么能由文学批评来给它指路呢?可是,文学批评若不能给文学指路,要文学批评干吗用?

文学批评千万别太依靠了学问来给文学指路(当然,更不能靠政策之类),文学恰是在学问大抵上糊涂了的地方开始着创造,用学问为它指路可能多半倒是在限制它。你要人家探索,又要规定人家怎样探索,那就干脆说你不想让人家探索;倘探索的权利被垄断,就又快要成为坏迷信了。文学批评的指路,也许正是应该把文学指引到迷茫无路的地域去,把文学探索创造的权利完全承包给文学。对创造者的尊重,莫过于把它领到迷宫和死亡之谷,看他怎么走出来怎么活过来。当然不能把他捆得好好的,扔在那儿,除此之外,作为作家就不再需要别的,八抬大轿之类反倒耽误事。

禅宗弟子活得迷惑了,向禅宗大师问路,大师却不言路在何处,而是给弟子讲公案。公案,我理解就是用通常的事物讲悖论,悖论实在就是智力和现有学问的迷茫无路之地。大师教其弟子在这儿静悟沉思,然后自己去开创人生之路。悟性就在你脚下,创造就在你脚下,这不是前人和旁人、智力和学问能管得了的。

文学批评给文学指路,也许应该像禅宗大师给其弟子指路,文学才不致沦为一门仿古的手艺,或一项摘录学问的技术。

文学批评当然不仅是为了给文学指路,还有对文学现象的解释、帮助读者理解作品等等其他任务。这是另外的问题。

**十 现代物理学及东方神秘主义及特异功能,对文学的启示。**

我不精通物理学,也不精通佛学、道学、禅学,我也没有特异功能。我斗胆言及它们,纯属一个文学爱好者出于对神秘未知事物的兴趣,因为那是生命存在的大背景。

过去的经典物理学一直在寻找,组成物体的纯客观的不可分的固体粒子。但现代物理学发现:"这些粒子不是由任何物质性的材料组成的,而是一种连续的变化,是能量的连续'舞蹈',是一种过程。""物质是由场强很大的空间组成的……并非既有场又有物质,因为场才是唯一之实在。""质量和能量是相互转换的,能量大量集中的地方就是物体,能量少量存在的地方就成为场。所以,物质和'场的空间'并不是完全不同性质的东西,而不过是以不同形态显现而已。"这样就取消了找到"不可分的固体粒子"的希望。

现代物理学的"并协原理"的大意是:"光和电子的性状有时类似波,有时类似粒子,这取决于观察手段。也就是说它们具有波粒二象性,但不能同时观察波和粒子两方面。可是从各种观察取得的证据不能纳入单一图景,只能认为是互相补充构成现象的总体。"现代物理学的"测不准原理"是说:"实际上同时具有精确位置和精确速度的概念在自然界是没有意义的。对一个可观测量的精确测量会带来测量另一个量时相当大的测不准性。"这就是说,我们任何时候对世界的观察都必然是顾此失彼的。这就取消了找到"纯客观"世界的希望。"找到"本身已经意味着出现的参与。

现代物理学的"嵌入观点"认为:我们是嵌入在我们所描述的自然之中的。说世界独立于我们之外而孤立地存在着这一观点,已不再真实了。在某种奇特的意义上,宇宙本是一个观察者参与着的宇宙。现代宇宙学的"人择原理"得出这样的结论:"客体不是由主体生成的,客体并不是脱离主体而孤立存在的。"

上述种种,细思,与佛、道、禅的"空""无形""缘起""诸行""万象唯识"等等说法非常近似或相同。(有一本书叫做《现代物理学和东方神秘主义》,那里面对此讲得清楚,讲得令人信服。)

看来我们休想逃出我们的主观去,休想获得一个纯客观的世界。"通过感觉认识的物质是唯一的现实世界"——这话可是恩格斯说的。这样,我们还能认为美是客观的吗?还能认为文学可以完全客观地反映什么吗?还能认为(至少在文学上)有个唯一正确的主义或流派吗?还能要求不同心灵中的世界都得是写实的、清晰的、高昂微笑的世界吗?尤其对于人生,还能认为只有一家真理吗?……

特异功能有什么启示呢?特异功能证明了精神(意念)也是能量存在的一种形态(而且可能是一种比物体更为"大量集中"的能量),因而它与物质也没有根本性的不同,也不过是能量"不同形态的显现而已"。这样,又怎么能说精神是第二性的东西呢?它像其他三维物体一样地自在着,并影响我们的生活,为什么单单它是第二性的呢?为什么以一座山、一台机器的形态存在着的能量是第一性的,而以精神形态存在着的能量是第二性的呢?事实是没有任何一种理论和主义是可以离开精神的——包括否定这一看法的理论和主义,我们从来就是在精神和三维物质之中(在多维之中),这即是一种场,而"场才是唯一的实在"。所以我们不必要求文学不要脱离生活,首先它无法脱离,其次它也在创造生活它就是生活的一部分,而且它完全有权创造一种非现实的梦样的生活(谁能否定幻想的价值呢?),它像其他形态的能量一样有自己相对独立的位置,同时它又与其他一切相互联系成为场。一个互相联系的场,一张互相联结的网,哪一点是第一性的呢?

另外,特异功能的那些在三维世界中显得过于奇怪的作为,分明是说它至少超越了三维世界,而其超越的途径是精神(意念)。由此想到,文学的某种停滞将怎样超越呢?人类的每一个真正的超越,都意味着维的超越。人就是在一步步这样的超越中开拓着世界与自己,而且构成一个永恒的进军与舞蹈。超越一停滞,舞蹈就疲倦,文学就小家子气。爱因斯坦之前,物理学家们声称他们只有在小数点后几位数字上能有所作为了,不免就有点小家子气,直到爱因斯坦以维的超越又给物理学开拓了无比丰富广阔的领域,大家便纷纷涌现,物理学蓬勃至今。文学呢?文学将如何再图超越?我不知道。但我想,以关心人及人的处境为己任的文学,大约可以把描摹常规生活的精力更多的分一些出来,向着神秘的精神进发,再把这以精神为特征的动物放在不断扩大的系统中(场中),来看看他的位置与处境,以便知道我们对这个世界,除了有譬如说法律的人道的态度之外,还应该有什么样的态度。人活着总要不断超越。文学活着总要不断超越。但到底怎样超越?史铁生的智商显得大为不够。

**十一 "绿色和平"对文学的启示。**

绿色和平组织也叫绿党。它从维护自然界的生态平衡出发,慢慢涉及社会生活的一切领域,发展出一套新的世界观和人生观。它认为以往人们对世界的态度都是父性的或雄性的,是进攻、榨取、掠夺性的,而它主张应对世界取母性的或雌性的态度,即和解的共存的互惠的态度。我想,它一定是在一个更大的系统中看到了人的位置与处境。譬如说,如果我们的视野只限于人群之中,我们就会将"齐家治国平天下"视为最高目的,这样就跳不出人治人、阶级斗争和民族主义之类的圈子去,人所尊崇的就是权力和伦理的清规戒律,人际的强权、争斗以及人性的压抑使人备受其苦。当我们能超越这一视点,如神一样地俯察这整个的人类之时,我们就把系统扩大了一维,我们看到人类整体面对着共同的困境。我们就有了人类意识,就以人道主义、自由平等博爱为崇高的理想了,厌弃了人际的争斗,强权与种种人为的束缚。但这时人们还不够明智,在开发利用自然之时过于狂妄,像以往征服异族那样,雄心勃勃地宣称要征服自然,以致最后成了对自然的榨取和掠夺,殊不知人乃整个自然之网的一部分,部分征服部分则使整体的平衡破坏。自然生态失去平衡使人类也遭殃。当我们清醒了这一点,我们就会在更大的系统中看人与世界的关系了。我们就知道我们必须要像主张人人平等那样主张人与自然万物的平等,我们将像放弃人际的强权与残杀那样放弃对整个自然之网的肆意施虐。由此,我们将在一切领域中鄙视了以往的父性的英雄观,最被推崇的将是合理与共存与互惠,人与万物合为一个优美的舞蹈,人在这样的场中更加自由欢畅。从阶级的人,到民族的人,到人类的人,到自然的场中人,系统一步步扩大。这样的扩大永无止境,所谓"无极即太极"吧,这说明文学无需悲观,上帝为精神预备下了无尽无休的审美之路(并非向着宏观的拓展才是系统的扩大,向着微观的深入也是)。

所以我想,文学也该进入一个更大的系统了,它既然是人学,至少我们应该对"征服""大师""真理"之类的词汇重新定义一下。至少我们在"气吞山河"之际应该意识到我们是自然之子。至少我们在主张和坚持一种主义或流派时,应该明白,文学也有一个生态环境一个场,哪一位或哪一派要充当父性的英雄,排斥众生独尊某术,立一个放之四海而皆准的真理,都会破坏了场,同时使自己特别难堪。局部的真理是多元的,放之四海而皆准的真理(即整体的真理)是承认这种多元——人总不能自圆其说,这是悖论的魔力。

**十二** 所谓"贵族化",其实有两种含义,一种是贬义的,一种是褒义的。

一群人,自己的吃穿住行一类的生活问题都已解决,因而以为天下都已温饱,不再关心大众的疾苦乃至社会主义,这当然是极糟糕的。

一群人,肉体的生存已经无忧,于是有余力关心人的精神生活,甚至专事探讨人的终极问题,这没什么错,而且是很需要的。

精神问题确是高于肉体问题,正如人高于其他动物。但探讨精神问题的人如果因此自命高人一等,这当然是极蠢的,说明他还没太懂人类的精神到底是怎样一个问题,这样探讨下去大约也得不出什么好结果。

精神问题或人的终极问题,势必比肉体问题或日常生活问题显得玄奥。对前者的探讨,常不是广大群众所喜闻乐见的,甚至有时显得脱离实际,这很正常,绝不说明这样的探讨者应该下放劳改,或改弦更张迁就某些流行观念。

爱因斯坦和中学物理教师,《孩子王》和《少林寺》,航天飞机和人行横道,脏器移植和感冒冲剂,复杂的爱情与简单的生育,玄奥的哲学与通常的道德规范……有什么必要争论要这个还是要那个呢？都要！不是吗？只是不要用"贵族化"三个字扼杀人的玄思奇想，也不必以此故作不食人间烟火状。有两极的相斥相吸才有场的和谐。

"贵族化"一词是借用，因为过去多半只是贵族才不愁吃穿，才有余暇去关注精神。现在可以考虑，在学术领域中将"贵族化"一词驱逐，让它回到原来的领域中去。

多数中国人的吃穿住行问题尚未解决，也许这是中国人更关心这类问题而较少关心精神生活的原因？但一向重视这类问题的中国人，却为什么一直倒没能解决了这类问题？举个例说，人口太多是其原因之一。但若追根溯源，人口太多很可能是一直较少关心精神生活的后果——这是个过于复杂的话题。

我只是想，不要把"贵族化"作为一个罪名来限制人们对精神生活的关怀，也不要把"平民化"作为较少关怀精神生活的溢美之词。这两个词，不该是学术用词。至少这两个词歧义太多，用时千万小心。我想，文学更当"精神化"吧。

十三　乐观与悲观。

已经说过人的根本困境了。未见这种困境，无视这种困境，不敢面对这种困境——以此来维系的乐观，是傻瓜乐观主义。信奉这种乐观主义的人，终有一天会发现上当受骗，再难傻笑，变成绝望，苦不堪言。

见了这种困境，因而灰溜溜地再也不能振作，除了抱怨与哀叹再无其他作为——这种悲观是傻瓜悲观主义。信奉这种悲观主义的人，真是惨极了，他简直就没一天好日子过。也已经说过了，人可以把困境变为获得欢乐的机会。

人的处境包括所有真切的存在，包括外在的坦途和困境，也包括内在的乐观和悲观，对此稍有不承认态度，很容易就成为傻瓜。

所以用悲观还是乐观来评判文学作品的好与坏,是毫无道理的。表现和探讨人的一切处境,一切情感和情绪,是文学的正当作为,这种作为恰恰说明它没有沾染傻瓜主义。当人把一切坦途和困境、乐观和悲观,变作艺术,来观照、来感受、来沉思,人便在审美意义中获得了精神的超越,他不再计较坦途还是困境,乐观还是悲观,他谛听着人的脚步与心声,他只关心这一切美还是不美(这儿的美仍然不是指漂亮,而是指兼有着敬畏的骄傲)。所以,乐观与悲观实在不是评判文学作品的标准,也让它回到它应该在的领域中去吧。

况且,从另一种逻辑角度看,敢于面对一切不正是乐观吗?遮遮掩掩肯定是悲观。这样看来,敢于写悲观的作品倒是乐观,光是叫嚷乐观的人倒是悲观——悖论总来纠缠我们。

1988 年

# 笔墨良心

常有编辑来约稿,说我们办了个什么刊物,我们开了个什么专栏,我们搞了个什么征文,我们想请你写篇小说,写篇散文,写个剧本,写个短评要不就写点随感……我说写不了。编辑说您真谦虚。我说我心里没有,真是写不出。编辑说哪能呢?这一下刺激了我的虚荣心或曰价值感,今生唯作文一技所长,充着作家的名说着"写不出",往后的面目和生计都难撑持。我于是改口说,至少我现在没想好,我不敢就答应您。编辑已不理会,认定我是谦虚不再跟我费口舌,埋头宣布要求了:最好多少字,最好在几日之内交稿,最好……那时我感觉自己就像是一个小掌柜,开着一爿货源不足的杂货铺或者项目太少的综合加工点,心中无比的歉疚和惶恐,结果常常我就糊里糊涂地答应了人家的订货,然后自作自受发愁着到底给人家写一篇什么?

发愁着走出家门。小掌柜发愁着走出家门,寻思说不定运气好能逛来一点俏货。

走在街上,沸沸扬扬到处都是叫卖声。摊煎饼的、烤羊肉串的、卖衣服的、修皮鞋的,兢兢业业地工作,心安理得地挣钱。心里羡慕——当然这必定是虚伪。

我认识一个开饭馆的小伙子,读书无能但是赚钱有方,他敢把二两炸酱面卖到一块六,然而此饭馆地处游人如潮地带,吃的人却也不少,吃的人都骂老板没了良心。小伙子见了我常问:"大哥,这两天又写什么呢?"我支吾过去。小伙子掏烟,我也掏烟,小伙子看也不看就把我的烟推回去把他的烟递过来,他自信他的烟必定比我的好,他的自信从未遭受挫折。我自然要客气几句,恭喜他发财并自嘲着寒酸。不料小伙子也说我谦虚:"您真谦虚,谁不知道作家有钱呀!"我说:"时代不同了,我们这一行比不得你们这一行了。"小伙子问:"写一篇文章多少钱?""一万字三百块吧。""哎哟喂,可真不多。""你呢?"小伙子沉默一会儿,眨巴着眼睛可能是在心里计算,一支烟罢坦然笑道:"可您别忘了您卖的是笔墨,咱卖的是良心。"我听得发愣。小伙子拍拍我的肩膀:"怎么着大哥,凭您这脑瓜儿您不应该不明白呀?人家管你叫作家。管咱叫什么?倒儿爷,奸商。您舍了钱买名声,我是舍了名声卖钱。"

1994 年

# 没有生活

很久很久以前并且忘记了是在哪儿,在我开始梦想写小说的时候我就听见有人说过:"作家应该经常到生活中去。文学创作,最重要的是得有生活。没有生活是写不出好作品的。"那时我年少幼稚不大听得懂这句话,心想可有人不是在生活中吗?"没有生活"是不是说没有出生或者已经谢世?那样的话当然是没法儿写作,可这还用说么?然而很多年过去了,这句近乎金科玉律的话我还是不大听得懂,到底什么叫"没有生活"?"没有生活"到底是指什么?

也许是,有些生活叫生活或叫"有生活",有些生活不叫生活或者叫"没有生活"?如果是这样,如果生活已经划分成两类,那么当不当得成作家和写不写得出好作品,不是就跟出身一样全凭运气了么?要是你的生活恰恰属于"没有生活"的一类,那你就死了写作这条心吧。不是么?总归得有人生活在"没有生活"之中呀?否则怎样证实那条金科玉律的前提呢?

为了挽救那条金科玉律不至与宿命论等同,必得为生活在"没有生活"中而又想从事写作的人找个出路。(生活在"没有生活"中的人想写作,这已经滑稽,本身已构成对那金科玉律的不恭。先顾不得了。)唯一的办法是指引他们到"有生活"的生活中去。然后只要到了那地方,当作家就比较地容易了,就像运输总归比勘探容易一样,到了那儿把煤把矿砂或者把好作品一筐一车地运回来就行了。但关键是,"有生活"的生活在哪儿?

就是说在作家和作品产生之前,必要先判断出"有生活"所在之方位。正如在采掘队或运输队进军之前,必要有勘探队的指引。真正的麻烦来了:由谁来判断它的方位?由作家吗?显然不合逻辑——在"有生活"所在之方位尚未确认之前,哪儿来的作家?那么,由非作家?却又缺乏说服力——在作家和作品出现之前,根据什么来判断"有生活"所在之方位呢?而且这时候胡说白道极易盛行,公说在东,婆说在西,小叔子说在南,大姑子说在北,可叫儿媳妇听谁的?要是没有一条经过验证的根据,那岂不是说任何人都可以到任何地方去寻找所谓"有生活"么?岂不就等于说,任何生活都可能是"有生活"也都可能是"没有生活"么?但这是那条金科玉律万难忍受的屈辱。光景看来挺绝望。万般无奈也许好吧就先退一步:就让第一批作家和作品在未经划分"有生活"和"没有生活"的生活中自行产生吧,暂时忍受一下生活等于生活的屈辱,待第一批作家和作品出现之后就好办了,就有理由划分"有生活"和"没有生活"的区域。可这岂止是危险这是覆巢之祸啊!这一步退让必使以后的作家找到不甘就范的理由,跟着非导致那条金科玉律的全线崩溃而不可——此中逻辑毫不艰涩。

也许是我理解错了,那条金科玉律不过是想说:麻木地终日无所用心地活着,虽然活过了但不能说其生活过了,虽然有生命但是不能说是"有生活"。倘若这样我以为就不如把话说得更明确一点:无所用心地生活即所谓"没有生活"。真若是这个意思我就终于听懂。真若是这样我们就不必为了写作而挑剔生活了,各种各样的生活都可能是"有生活"也都可能是"没有生活"。所有的人就都平等了,当作家就不是一种侥幸、不是一份特权、自己去勘探也不必麻烦别人了。

我希望,"有生活"也并不是专指猎奇。

任何生活中都包含着深意和深情。任何生活中都埋藏着好作品。任何时间和地点,都可能出现好作家。但愿我这理解是对的,否则我就仍然不能听懂那条金科玉律,不能听懂这为什么不是一句废话。

1993 年

# 也说散文热

正在出现着或者已经出现了,散文热。原因势必很多,我想到了两个。

一是因为散文的形式利于内省。正如歌中唱的"外面的世界很精彩,外面的世界很无奈",因而人们要看一看"里面的世界"即内心世界了。无论精彩,还是无奈,原来都依赖着这个里面的世界。这里面的世界存在着什么,发生着什么,终于成为一件值得更为关注的事,散文便时来运转被发现是游历于内心世界的一驾好车马。

二是因为,一个散字,不仅宣布了它的自由,还保障着它的平易近人。它不像诗歌凭靠奇诡的天赋,又不像小说需要繁杂的技巧,它所倚重的是真切的情思。散文,其实是怎么写都行,写什么都行,谁都能写的,越是稚拙朴素越是见其真情和灼见。在散文中,是最难于卖弄主义的,好比理论家见亲娘,总也不至于还要论证其是现代的或后现代的,大家说些久已想说的真话就完了。主义越少的地方,绝不是越寂寞的地方,肯定是越自由的地方。

还有,散文正以其内省的倾向和自由的天性侵犯着小说,二者之间的界线越来越模糊了。这是件好事。既不必保护散文的贞操,也用不着捍卫小说的领土完整,因为放浪的野合或痛苦地被侵犯之后,美丽而强健的杂种就要诞生了。这杂种势必要胜过它的父母。

1993 年

# 谢　幕

《中篇1或短篇4》已经写完，对它我再没有什么话要说，否则，原该将标题改为"中篇1或短篇5"的。但《小说月报》编辑部的朋友们希望我写一篇创作谈，我只好从命。我想这大概就相当于演出后的谢幕。我就抄录两则平日的读书笔记于下，向读者聊表谢忱。

1. 陀斯妥耶夫斯基说："我不能没有别人，不能成为没有别人的自我。我应在他人身上找到自我，在我身上发现别人。"

巴赫金说："我能够表达意义，但只是非直接地，通过与人应答往来产生意义。"

我想：每个人都是生存在与别人的关系之中，世界由这关系构成，意义呢，借此关系显现。但是，有客观的关系，却没有客观的意义。反过来说也成，意义是主观的建造，关系是客观的自在。这样，写作就永远面临一种危险：那些隐藏起来的关系，随时准备摧毁我们建造起来的意义。

2. 普鲁斯特写道："无论现在，还是在某个遥远的时刻，无论勺子碰到盘子发出的声音，还是凹凸不平的石板，抑或是玛德莱娜小点心的味道，都把逝去的时光重现在我们眼前……一个活的生命的存在，依赖于它在现在与过去时光的共同点上，找到唯一的生存空间，并且在这里把握住事物的本质，也就是说，只有超越时间概念,一个活的生命才有可能出现。正是基于这个原因,当我下意识地辨认出玛德莱娜小点心的味道时,我对死亡的恐惧心理一下消失得无影无踪。因为,在这一刻里,我身上的活的生命具有了超越时间概念的特征,因此,未来的兴衰荣辱对我也就无足轻重了。"

为什么会是这样呢?第一,超越时间能给人的困境以什么弥补呢?第二,这怎么就能消除掉对死亡的恐惧?不不,这种幸福感或喜悦感并非是来自心中自由地重现往事,而是来自可以脱离现实劳役进入艺术的欣赏,并不是因为可以把往日的生活重复经历一回,而在于能够从中观赏被往日的匆忙所错过了的美感。于是生命的意义和价值虽不能以对错来判定,却可由美丽来确认了。如果再能从中留意到,无边无际的空间和无尽无休的时间中生生不息,原是有这样一条永无止境的审美路在,死亡的恐惧就可以消除吧。

以上两则读书笔记只是读书笔记而已,与《中篇1或短篇4》毫无关联。

1992年

# 《史铁生作品集》后记

这几乎是迄今为止我的全部文章或文学作品,但并不是我的全部写作。当我不断有文字发表的时候,我发现我的写作起点越来越要往前推,直推到我第一次对生命产生了疑问的时刻,以至推到我对这个世界有了印象的那一天。写作并非必要用纸和笔,它在被记录下来之前早已发生和呈现在心里。这样的发生连接着这样的发生,呈现之后呈现迭出,纸和笔还有大脑,追踪不上它,捉拿不及它,甚至消灭不尽它,它在我有限的时空里玩耍着无限的困苦和梦想。文字真是无奈又可怜。不能全面的实话,是否谎言呢?至少是残缺。真诚在上帝那儿依然是残缺的,仿佛永远都坐在轮椅里。

感谢中国社会科学出版社宁愿把我这些残缺的真诚汇编成集;考虑到我也曾真诚地走进过虚饰,感谢至少要变成羞惭。好在真诚的发生并未停止,困苦和梦想都在心里愈演愈烈,可以作为期望未来的借口,以及由此文集的一种赊购式的自慰。

很多篇章已不忍卒读,但放弃如同遮丑,反促幼稚长成诡诈,想想实在不好。况且,走向未来不该以贬损过去为快意、为轻装,就如同任何时候也不能对初恋的痴骏与悲喜轻描淡写。记得少年时,有一次我把一件心爱的玩具送给了一个同窗好友,后来我们打了架,我又去把那玩具讨要了回来。从他把那玩具送还到我手里的一刻,我就知道此事再难忘怀。直到今天,想起这件事,心仍像被一只冰冷的手攥住,紧紧地发痛。心血倾注过的地方不容丢弃,我常常觉得这是我的姓名的昭示,让历史铁一样地生着,以便不断地去看它。不是不断地去看这些文字,而是借助这些蹒跚的脚印不断看那一向都在写作着的心魂,看这心魂的可能与去向。

罗兰·巴特说过:"写作是思考文学的一种方式,而不是扩展文学的一种方式……所以作家才想在言语的根源处,而不是根据其消费状况来要求一种自由的语言……历史未能向他提供一种被自由消费的语言,而是促使他要求一种被自由生产的语言。"这是最好的教诲,至少对我是这样,是欲望要我去的方向。

1994 年 8 月 14 日

# 获"庄重文文学奖"时的发言

某电视剧里有句台词:"实在没办法了,我就去当作家。"剧作者可能有一点调侃作家的意思。但这句话之所以让我不忘,不因其调侃,因其正确。

丰衣足食、移山填海、航空航天,总之属于经济和科学的一切事,都证明人类"确实有办法"。但是,比如痛苦不灭,比如战争不停,比如命运无常,证明人类也常常处于"实在没办法"的地位。这时我们肯定会问:我们原本是想到哪儿去?我们压根儿为什么要活着?这样的问题是穷人也是富人的问题,是古人也是今人的问题,这样的问题比科学还悠久比经济还长远,我想,这样的发问即是文学的发源和方向。

但这样的发问,仍是"实在没办法"得到一个终极答案。否则这发问就会有一天停止,向哪儿去和为什么活的问题一旦消失,文学或者人学就都要消灭,或者沦为插科打诨式的一点笑闹技巧。

有终极发问,但无终极答案,这算什么事?这可能算一个悖论:答案不在发问的终点,而在发问的过程之中,发问即是答案。因为,这发问的过程,能够使我们获得一种不同于以往的与世界的关系和对生命的态度。

但千万不要指望作家是什么工程师或者保险公司,他们可能只是"实在没办法"时的一群探险者。我想这就是作家应该有一碗饭吃,以及有时候可以接受一点奖励的理由。

1994 年

# 熟练与陌生

艺术要反对的,虚伪之后,是熟练。有熟练的技术,哪有熟练的艺术?

熟练(或娴熟)的语言,于公文或汇报可受赞扬,于文学却是末路。熟练中,再难有语言的创造,多半是语言的消费了。罗兰·巴特说过:文学是语言的探险。那就是说,文学是要向着陌生之域开路。陌生之域,并不单指陌生的空间,主要是说心魂中不曾敞开的所在。陌生之域怎么可能轻车熟路呢?倘是探险,模仿、反映和表现一类的意图就退到不大重要的地位,而发现成其主旨。米兰·昆德拉说:没有发现的文学就不是好的文学。发现,是语言的创造之源,便幼稚,也不失文学本色。在人的心魂却为人所未察的地方,在人的处境却为人所忽略的时候,当熟练的生活透露出陌生的消息,文学才得其使命。熟练的写作,可以制造不坏的商品,但不会有很好的文学。

熟练的写作表明思想的僵滞和感受力的麻木,而迷恋或自赏着熟练语言的大批繁殖,那当然不是先锋,但也并不就是传统。

如果传统就是先前已有的思想、语言以及文体、文风、章法、句式、情趣……那其实就不必再要新的作家,只要新的印刷和新的说书艺人就够。但传统,确是指先前已有的一些事物,看来关键在于:我们要继承什么,以及继承二字是什么意思?传统必与继承相关,否则是废话。可是,继承的尺度一向灵活因而含混,激进派的尺标往左推说你是墨守成规,保守者的尺标往右拉看你是丢弃传统。含混的原因大约在于,继承是既包含了永恒不变之位置又包含了千变万化之前途的。然而一切事物都要变,可有哪样东西是永恒不变的和需要永恒不变的么?若没有,传统(尤其是几千年的传统)究竟是在指示什么?或单说变迁就好,继承又是在强调什么?永恒不变的东西是有的,那就是陌生之域,陌生的围困是人的永恒处境,不必担心它的消灭。然而,这似乎又像日月山川一样是不可能丢弃的,强调继承真是多余。但是!面对陌生,自古就有不同的态度:走去探险和逃回到熟练。所以我想,传统强调的就是这前一种态度——对陌生的惊奇、盼念甚至是尊敬和爱慕,唯这一种态度需要永恒不变地继承。这一种态度之下的路途,当然是变化莫测无边无际。因而好的文学,其实每一步都在继承传统,每一步也都不在熟练中滞留因而成为探险的先锋。传统是其不变的神领,先锋是其万变之前途中的探问。

(也许先锋二字是特指一派风格,但那就要说明:此"先锋"只是一种流派的姓名,不等于文学的前途。一向被认为是先锋派的余华先生说,他并不是先锋派,因为没有哪个真正的作家是为了流派而写作。这话说得我们心明眼亮。)

那,为什么而写作呢?我想,就因为那片无边无际的陌生之域的存在。那不是凭熟练可以进入的地方,那儿的陌生与危险向人要求着新的思想和语言。如果你想写作,这个"想"是由什么引诱的呢?三种可能:市场,流派,心魂。市场,人们已经说得够多了。流派,余华也给了我们最好的回答。而心魂,却在市场和流派的热浪中被忽视,但也就在这样被忽视的时候她发出陌生的呢喃或呼唤。离开熟练,去谛听去领悟去跟随那一片混沌无边的陌生吧。

在心魂的引诱下去写作,有一个问题:是引诱者是我呢,还是被引诱者是我?这大约恰恰证明了心魂和大脑是两回事——引诱者是我的心魂,被引诱者是我的大脑。心魂,你并不全都熟悉,她带着世界全部的消息,使生命之树常青,使崭新的语言生长,是所有的流派、理论、主义都想要接近却总遥遥不可接近的神明。任何时候,如果文学停滞或萎靡,诸多的原因中最重要的一个就是:大脑离开了心魂,越离越远以至听不见她也看不见她,单剩下大脑自作聪明其实闭目塞听地操作。就像电脑前并没有人,电脑自己在花里胡哨地演示,虽然熟练。

1995 年 9 月 28 日

# 宿命的写作

"四十而不惑,五十而知天命。"

这话似乎有毛病:四十已经不惑,怎么五十又知天命?既然五十方知天命,四十又谈何不惑呢?尚有不知(何况是天命),就可以自命不惑吗?

斗胆替古人做一点解释:很可能,四十之不惑并不涉及天命(或命运),只不过处世的技巧已经烂熟,识人辨物的目光已经老练,或谦恭或潇洒或气宇轩昂或颐指气使,各类做派都已能放对了位置,天命么,则是另外一码事,再需十年方可明了。再过十年终于明了:天命是不可明了的。不惑截止在日常事务之域,一旦问天命,惑又从中来,而且五十、六十、七老八十亦不可免惑,由是而知天命原来是只可知其不可知的。古人所以把不惑判给四十,而不留到最终,想必是有此暗示。

惑即距离。空间的拓开,时间的迁延,肉身的奔走,心魂的寻觅,写作因此绵绵无绝期。人是一种很傻的动物:知其不可知而知欲不泯。人是很聪明的一种动物:在不绝的知途中享用生年。人是一种认真又倔犟的动物:朝闻道,夕死可也。人是豁达且狡猾的一种动物:游戏人生。人还是一种非常危险的动物:不仅相互折磨,还折磨他们的地球母亲。因而人合该又是一种服重刑或服长役的动物:苦难永远在四周看管着他们。等等等等于是最后:人是天地间难得的一种会梦想的动物。

这就是写作的原因吧。浪漫(不主义)永不过时,因为有现实以"惑"的方式不间断地给它输入激素和多种维他命。

我自己呢,为什么写作?先是为谋生,其次为价值实现(倒不一定求表扬,但求不被忽略和删除,当然受表扬的味道总是诱人的),然后才有了更多的为什么。现在我想,一是为了不要僵死在现实里,因此二要维护和壮大人的梦想,尤其是梦想的能力。

至于写作是什么,我先以为那是一种职业,又以为它是一种光荣,再以为是一种信仰,现在则更相信写作是一种命运。并不是说命运不要我砌砖,要我码字,而是说无论人干什么人终于逃不开那个"惑"字,于是写作行为便发生。还有,我在给一个朋友的信中这样说过:"写什么和怎么写都更像是宿命,与主义和流派无关。一旦早已存在于心中的那些没边没沿、混沌不清的声音要你写下它们,你就几乎没法去想'应该怎么写和不应该怎么写'这样的问题了……一切都已是定局,你没写它时它已不可改变地都在那儿了,你所能做的只是聆听和跟随。你要是本事大,你就能听到的多一些,跟随的近一些,但不管你有多大本事,你与它们之间都是一个无限的距离。因此,所谓灵感、技巧、聪明和才智,毋宁都归于祈祷,像祈祷上帝给你一次机会(一条道路)那样。"

借助电脑,我刚刚写完一个长篇(谢谢电脑,没它帮忙真是要把人累死的),其中有这样一段:"你的诗是从哪儿来的呢?你的大脑是根据什么写出了一行行诗文的呢?你必于写作之先就看见了一团混沌,你必于写作之中追寻那一团混沌,你必于写作之后发现你离那一团混沌还是非常遥远。那一团激动着你去写作的混沌,就是你的灵魂所在,有可能那就是世界全部消息错综无序的编织。你试图看清它、表达它——这时是大脑在工作,而在此前,那一片混沌早已存在,灵魂在你的智力之先早已存在,诗魂在你的诗句之前早已成定局。你怎样设法去接近它,那是大脑的任务;你能够在多大程度上接近它,那就是你诗作的品位;你永远不可能等同于它,那就注定了写作无尽无休的路途,那就证明了大脑永远也追不上灵魂,因而大脑和灵魂肯定是两码事。"卖文为生已经十几年了,唯一的经验是,不要让大脑控制灵魂,而要让灵魂操作大脑,以及按动电脑的键盘。

1995 年 12 月 22 日

# 文学的位置或语言的胜利

　　文学的目的，笼统言之，就在沟通。文学所以存在，就因为我们需要沟通，一个人盼望与所有人沟通，所有人盼望互相沟通，甚至自己的大脑也在寻求与自己的心魂沟通。文学的问题，其实就是人与人乃至人与万物万灵如何沟通的问题。这样看，似乎就没有必要提出"一个国家的文学如何与其他国家的文学沟通"这样的问题。国境线内的沟通，并不比国境线两边的沟通更简单些，国度的概念于此又有什么意义呢？文学意义上的沟通，是以个人为单位的，而国境线基本上是一个政治的抑或经济的问题。

　　从国度的位置看文学极容易有一个糟糕的效果，那就是，只见森林不见树木，只看到另一群人的群体现象而不去关注个人的心绪，只看到他们在空间和时间中的行动而忽视他们心魂的趋向。

　　但是，问题既已提出，就说明：国度，在人类所盼望的沟通中是一个独特的障碍。这障碍，是文学不情愿看到的，但它却是事实。首先，那是由不同的语种造成的，不同的发音、不同的文字和文法、不同的文化传统、不同的信仰、心理和思维习惯等等。我们常常听见翻译家们抱怨说，某些作品是不可翻译的，完美的翻译简直是不可能的。我虽只略懂汉语，但我能理解翻译家们的苦衷和遗憾。不过，我想这并不是最可怕的障碍，如果这障碍正是沟通的一种背景，而我们不仅注意到了它，而且正在努力克服它，我们就有理由持乐观态度。但是，通天塔的不能建成，大约主要不是因为语种的纷繁多异，而是由于比语种大得多的语言！就是说，语言中的障碍比语种间的障碍大得多。比如,成见和偏见与语种无关,但却包含在语言中。所以,其次(但绝不是次要的),国度所酿造的最大也最可怕的障碍,也许正是这种成见或偏见。

西方人看中国文学,常常认为那只是了解中国人风俗习惯的一条路径,较少相信那是了解中国人心魂状态的一个角度。他们经常是以社会学、民俗学乃至政治经济学的态度看待中国文学,很少把中国文学放在文学的位置上来观照。他们更容易以猎奇的态度看待中国的历史和现实,而对那简单的外在历史和现实之下埋藏的丰富且悠久的心魂追寻却多有忽略。中国文学确曾有那么一段时间离开了文学的位置,这可能是造成西方之成见的一个原因。这成见之深慢慢演成偏见,仿佛中国文学永远都只是出土的碎陶片或恐龙蛋,单为冷静的考古家们提供一处工作场所,为他们的预设的考古理论提供具体数据。我们对西方文学一向是崇敬的,至少我自己是这样。可是正因为这样,西方的偏见又助长起一些中国写作者的错觉,以致他们情愿在那偏见所发出的赞扬声中亦步亦趋,处精神之迷途而不觉,投偏见之所好以为乐事。

先要让文学回到文学的位置,沟通才是可能的。正如恋人先要走进爱的期盼,领袖先要退回到选民的地位,才可能有真正的沟通。

这就有一个文学的位置在哪儿的问题。这当然是非常复杂的问题。但有一点我想肯定是既简单又明确的:文学是超越国境线的,超越种族的。文学与经济的先进和落后也不成正比,它就像大气层一样是上帝对地球人平等的赐福。它在到处催生着精神的蓬勃绿色,唯愿不要因为我们愚蠢的偏见与争夺而污染它、破坏它。

有一次,我听到一位作家说:一个民族对另一个民族的征服或奴役,是以改变他们的语言为开始的,是以同化他们的语言为过程的,是以消灭他们的语言为结束的。他的这一判断大约并不错,我很感谢他的正义和敏觉。征服和奴役,这当然是一种可憎可恶的事实,这当然也是一种理应反抗的事实,因为任何一个民族对另一个民族的征服和奴役都是不能容忍的。但这更是一种可悲的事实——在被征服者丧失了自己的语言的时候,征服者到底获得了什么呢?就是说,他们获得了什么样的语言?他们获得了什么语言意义上的胜利呢?如果我们承认这样的征服者也就是语言的胜利者,那我们就等于承认了语言就是霸权。然而,语言却从来不承认征服者的胜利。因为语言的伟大和神圣并不在于征服而在于沟通,而语言的征服与被征服都是语言的失败、堕落和耻辱。上帝给我们空气是为了让我们呼吸,上帝给我们语言是为了让我们对话,上帝给了我们语言的差异是为了让我们沟通,上帝给了我们沟通的机会是为了让我们的心魂走出孤独、走向尽善尽美、使爱的意义一次次得到肯定。

那位作家接着说:因此,捍卫民族语言的独立和纯洁,就是文学的一项重要使命。这话也是不错的,面对征服和奴役的危险,这话就更显得正确无疑。但是,如果那样的征服和奴役并不能证明语言的胜利,这样的捍卫与反抗就能证明语言的胜利么?遗憾的是,我没有再听到那位作家说到文学的其他使命是什么,或者更重要的使命是什么。于是就有几个问题突现出来。一个问题是:在民族间(国家间)的征服尚未出现或已经消失的地方和时候,文学的使命是否还存在?另一个问题是:在同一民族(国家)中,文学的使命是否还存在?再一个问题是:我们何以要有文学?何以要有语言?何以要有语言的探险与创造?还有一个问题是:如果语言并不屈从于民族或国家的概念,它可能因为民族或国家的原因而被征服吗?最后的一个问题是:捍卫民族语言的独立和纯洁,其限度是什么?无限度的独立和纯洁是否有益?是否可能?

当我们还是孩子的时候,还不懂得民族(国家)之分以及征服为何物之时,我们就已经渴望语言了。当我们已经成年,看见了整个人类,并且厌恶了互相征服甚至厌恶了互相防范,这时候我们尤其渴望语言。这就说明,在民族(国家)的概念之外,早就有一片无穷无尽的领域在召唤、在孕育着我们的语言了,而且永远都有一条无穷无尽的长途在前面,迷惑我们,引诱我们,等待着我们的语言去探寻,等待着我们的语言更趋强健、完美。

那片无穷无尽的领域和长途是什么?

我在刚刚完成的一部小说里写过这样一段话:

> 你的诗是从哪儿来的呢?你的大脑是根据什么写出了一行行诗文的呢?你必于写作之先就看见了一团混沌,你必于写作之中追寻那一团混沌,你必于写作之后发现你离那一团混沌还是非常遥远。那一团激动着你去写作的混沌,就是你的灵魂所在,有可能那就是世界全部消息错综无序的编织。你试图看清它、表达它——这时是大脑在工作,而在此前,那一片混沌早已存在,灵魂在你的智力之先早已存在,诗魂在你的诗句之前早已成定局。你怎样设法去接近它,那是大脑的任务;你能够在多大程度上接近它,那就是你诗作的品位;你永远不可能等同于它,那就注定了写作无尽无休的路途,那就证明了大脑永远也追不上灵魂,因而大脑和灵魂肯定是两码事。

我想,那片无穷无尽的领域和长途就是世界全部消息错综无序的编织,就是我们的灵魂、我们的困境和梦想。我想,写作就是跟随灵魂,就是聆听那片混沌,就是听见了从那儿透露出来的陌生消息而不畏惧,仍去那片陌生之域不懈地寻找人间的沟通——这就是文学的位置吧。

这样的沟通是以个人为单位的。捍卫语言的独立和纯洁,很可能就是捍卫每一个人的语言权利,使之不受任何名目下的权力控制,以及由此而生的成见和偏见的左右。它们是朋友间真诚的交流,是对手间坦率的对话,是情话或梦语般的自由。这样,它怎么还可能被征服、被奴役呢？即便征服和奴役的邪欲一时难于在这颗星上消灭干净，也会因为这样的语言和文学的力量而使之不能得逞。追求集体语言的反抗，大约并不能消灭征服的欲望和被征服的事实，而追求个人语言的自由才可能办到这一点。因为，集体语言非常可能在"独立和纯洁"的标签下实行封闭，而这封闭又会导致集体对集体的征服和集体对个人的奴役，而个人语言却必须是在与他人的交流和沟通中才能成立，必然是在敞开中实现其独立和纯洁。这样的独立和纯洁并不害怕吸收异质和改造自身，而这样的吸收和改造才创造了人类文明，才证明了语言的胜利。

1996 年 1 月 30 日

# 获"华语文学传媒大奖"答谢词

各位领导,各位评委,各位写作界的同行和朋友:

多谢各位!

首届"华语文学传媒大奖"的"杰出成就奖"颁发给我,我既感到荣幸,又感到意外和惭愧。当我看到有那么多优秀的诗人、作家和评论家在其中的候选名单时,我只是庆幸我也能参与其中。所以我明白,比我更有资格获取这份奖赏的人绝不在少数。因此,我把这份奖赏更多地看作是大家对我的鼓励和支持。精神上的鼓励和物质上的支持,对一个写作者这都很需要。这样的鼓励和支持,从我双腿瘫痪后就一直伴随着我。尤其是得了尿毒症之后,我曾一度沮丧,怕是再没有力气写作了,正又是在众多朋友——特别是写作界的朋友——的鼓励和支持下,我才零零碎碎地又开始写了;所以有了这本《病隙碎笔》。这本书能够得到各位肯定,对我来说,意义非同以往,这一肯定增添了我继续写作的信心。

同时我也知道,奖赏就像权力,也可能成为一种腐蚀,获奖者若因之失去对自己的清醒判断,反会为其所累,竟至丢失掉真诚和自由的写作初衷,以及勇于探索和创造的能力。

我一直相信,文学的根本,是为了拓展人的精神,是要为灵魂寻找一个美好的方向。因此,对于一个写作者,可怕的不是所处迷茫,而是步入虚假。但虚假的相反并不只是真实,因为在一切公认的真实之外仍有着无限的未知和可能,而那最是文学要去探问和有所作为的地方。这样的地方,我不敢说对科学都意味着什么,对于文学,我想就在被有意和无意所遮蔽的人的内心。离我们最近的地方有可能离我们最远,当然这不是空间问题,也不是时间问题,而是真诚与否的问题。察看自己的心魂,并不总是一件愉快的事,这就需要把真诚作为信奉。真诚,而不是真实,在迷茫的时候给我们前途。前途无限,所以写作不能保证正确,只能保证真诚。维护真诚,壮大真诚,我把这看作是写作的本分。

由衷地感谢《南方都市报》,感谢并且庆贺"华语文学传媒大奖"的设立。正如马原先生所说,这个奖的意义不同寻常。我赞成他的判断,当然不是因为我在获奖者之列,而是因为我特别注意到了谢有顺先生对此奖评选宗旨的概括——"反抗遮蔽,崇尚创造,追求自由,维护公正"。这样的信念令人感动。当然,在这样的宗旨下,不见得就一定没有疏漏或缺憾,但这一信念的确立,已经是中国文学评奖的一个里程碑。我当然要祝愿这一宗旨能在长远的未来得到毫不妥协的坚持。我想,一切改革,说到底就是要建立公正、透明的规则。所以这个奖可望超越文学,成为一切评选制度的典范。

再次感谢各位领导,各位评委,感谢所有到会的写作同行和朋友。

2003 年 4 月 18 日

# 在残疾人作家联谊会成立大会上的发言

各位领导,各位来宾,各位朋友:

感谢你们的光临,大家好!

很久以来,残疾人作家们就希望能有这样一个联谊会,以利于我们之间的沟通,并促进我们与文学界所有的朋友们展开交流和对文学的探讨,尤其是能够经常得到专家和文学前辈们的指点。现在,经过残联领导和各方面支持者的努力,这个心愿已初步实现。让我代表所有的残疾人同道,表示我们真诚的谢意。

我一直相信,残疾与写作是天生有缘的。因为,正是生活或生命的困境,使写作行为诞生。写作,说到底,是对生命意义的询问,对生命困境的思索,也是人们在困境中自励并相互携手的一种最有效的方式。人都不是完美的,而残疾,恰恰是对人的残缺的夸张与强调。因而,残疾人的渴望写作,是容易理解的,是应该得到支持的。

但这并不说明,因为残疾,我们就已经有了写作的优势,或就应该得到某种的宽容。不是的。生命如果是平等的,艰难也就是平等的,并不是残疾人的困苦就比健全人的困苦更困苦,也并不是残疾人的顽强就比健全人的顽强更顽强,只有认识到这一点,人与人之间的理解才能实现,我们的生活勇气和写作智慧,才能成为全人类的财富。

尤其,顽强绝不要变成孤傲。人人都需要他人的帮助,残疾人和残疾人写作者就更是需要帮助,承认这一点并不是懦弱。愿意接受他人帮助的人,也才可能给他人以帮助。

所以借此机会,我向中国作协和北京作协的领导们,向所有到会和没到会的作家、诗人、文学理论家和教授们提出一个请求:给我们这个小小的联谊会以多多的指导和帮助。

谢谢各位!

2004 年 12 月 2 日

# 写作与越界

柏拉图说:"哲学从惊奇开始。"我想,文学何尝不是这样？另一位哲学家说:哲学就是"对通常信以为真的基本问题提出质疑"。我想,如果哲学对解疑抱有足够的自信,文学的不同则在于,要在不解的疑难中开出一条善美的路。

鉴于上述理解,越界之于文学就是必然——如果"对通常信以为真的基本问题提出质疑",你当然就不可避免地要越界了；如果要在不解的疑难中开辟另一条道路,你当然就得准备越一条大界。

为此应当感谢文学,感谢它为人生不至于囚死在条条现实的界内,而提供了一种优美的方式,否则钟表一样地不越雷池,任何一种猿类都无望成人。这样说吧:文学即越界,文学的生命力就在于不轨之思,或越界的原欲；倘于既定的界内大家都活得顺畅、满足,文学就根本不会发生。

正如亚里士多德所说,"人人生来都想认识什么",所以,灭欲不像是上帝的意图。上帝以分离的方法创造了世界,便同时创造了被分离者相互的渴望；上帝从那无限的混沌中创造出种种有形、有限的事物,便同时创造了有形、有限者越界的冲动。人不大可能知晓上帝的动机,但必须承担这创造的后果。

譬如曹雪芹笔下的那块顽石,原本无欲无念、埋没于无限的混沌中如同不在,但一旦忽慕红尘,即刻醒为有形、有限,入世而成人生……于是乎一体之囚,令其尽尝孤独,令其思慕他者,便一次次违规、越界;"一把辛酸泪"全是为着要与另外的心魂团聚。可是梦呵,哪有个完呢?可是人哪,怎能没有梦?正如这有限的身心,注定要向那无限之在不息地眺望!——唯其如此,才可谓存在或存在者吧。

但那无限之在到底是什么,或上帝的意图到底是什么呢?尽管有"空空大士"和"渺渺真人"的引领,那痴情公子的最终去处,仍是人所不知且永不可知、人所寄望并永寄希望的所在。一部泣鬼惊神的《红楼梦》,见仁见智地让人说不完。要我说,什么世态炎凉,什么封建社会,以及种种玄机、隐喻,全在次要,那根本说的是人生处境,永恒不可以摆脱的存在本质!存在,势必有限,否则不存在;有限,必然对立着无限,否则二者皆不能在;而这对立,便注定着人生孤苦,注定会思慕他人,注定要不断地超越种种限制。

但超越的方向,通常会是两路:一路是做成强权,一路是皈依神愿。强权,是一定要加固种种限制的,否则何以恃强?而神愿,却是一条没有尽头的向爱之路、超越之路;一旦有尽,就得警惕强权又要在那尽头竖起偶像了。所以,料那"空空大士""渺渺真人"也不能抵达无限。无限,可怎么抵达?一经抵达,岂不又成了有限?"空空"与"渺渺"能给那痴情公子提供的选择,料也只有两项:一是无欲无念地复归顽石,复归虚无;再就是不断越界,像西绪福斯那样,把无限的路途看做无限超越的可能,再把这无限的可能融于你的痴情——爱,并永远地爱着;哪怕是血泪。

我辈都不过是以皮肤、以衣服、以墙壁,尤其是以语言——早有人说过,"与其说语言表达了什么,不如说它掩盖了什么"——为界的一种有限存在,存在于这空空渺渺的无限之中。因而我们对他人或他者的向往,也便顺理成章地无限着。但无论是皮肤、衣服、墙壁、语言还是别的什么,都不能阻挡我们的向往。所以我猜,在那条条界线之外,空空渺渺之中,早有另样的戏剧在上演,一直都在上演,那便是心魂之永恒的盼念。我们想象那样的戏剧,倾慕那样的戏剧,窃盼它能成真,所以有了文学。但如果"文学"二字也已然被不断加固的某些界线所囚禁,我们毋宁只称其为:写作。

我遗憾地发现,"文学"二字果然已被"知识树"的果实给噎成了半死;更多的人宁愿相信那不过是一种成熟与否的技能,却忘记着,上帝所以要给人孤独、欲望和写作才能的苦心苦盼。比如说,人们宁愿相信真实是文学的最高境界,却很少去问:真实到底是指的什么?终归要由谁来鉴定?真实,难道不是意味着公认?数学的真理要靠公认,文学的境界莫非也得靠它?倘其如此,独具的心流就很容易被埋没、被强迫了;一俟神明不止于看顾个人,只怕集体的偶像就又要出面弄权了。能够摆脱公认的真,是人的真诚或神的真愿。对真实的迷拜,很容易使文学忽视着独属于心魂的疑难,忽视着那空空渺渺之中的另样戏剧(《我的丁一之旅》中称之为"虚真")。这样的忽视,突出地表现于,我们越来越缺乏自我审视的能力,越来越喜欢在白昼的尘埃中模仿激情,而害怕走进黑夜,去探问自己的内心——即被遮挡在皮肤、衣服、墙壁和话语后面的心魂。

我特别看重疑难。一是因为,疑难是从不说谎的,尤其是不对自己说谎。二是因为,疑难既是囚禁的后果,更是越界的势能。

我特别敬仰日本作家横光利一前辈。他的书我其实是最近才读到的,而且读的不多,但他的《作家的奥秘》一文令我震动。他说:"绝对需要从一开始就设定一个第四人称。……探求道德就该最先从这一问题着手做起:把第四人称置于自身内部的何处。"什么是第四人称呢?他说:"比方说,作家要写某个心地善良的人,在这种场合,他是将自己彻底变成那个心地善良者呢?抑或只是观察他,这思忖的当儿,作家便要触及到自身的奥秘。"我想,第四人称,即是那超越了你、我、他三种位置的神性观照吧;是要作家们不仅针对他人,更要针对自己,切勿藏起自己的"奥秘",一味地向读者展示才华和施以教导。所以我想,写作不是模仿激情的舞台,而是探访心魂的黑夜。横光利一先生接着说:"不设定第四人称,思考便无从进行。柏拉图是第一个从对新假设的感激中认识到了善的。近代的道德探索之所以没有出现任何新的假设,可能是因为人们对某种东西心存恐惧吧?而恐惧的原因,总是存在于最为无聊低级的地方。"

不过这样,横光利一先生就又为写作立下一个原则了,即"第四人称"的境界。正所谓"没有规矩,何成方圆"吧,其实每一次越界,又都是一种更高境界的建立。彻底的价值虚无者当然也可以写和不断地写,但若满篇文字无涉心魂,或干脆是逃避心魂,那是越界吗?那其实已然又入混沌。孔子的"从心所欲不逾矩",仍不失为伟大教导。

最后,让我再引一段横光前辈的话,作为本文的结尾吧:"作家的奥秘,既不在写作的意欲,也不在非写不可,而在于与自身的魔障作斗争。"如果我们准备听取他的忠告,就督促自己去超越自身这一条大界,尽量站到"第四人称"的位置上去,再来想写什么和怎么写吧。

2006 年 6 月 1 日

# 北京文学节"杰出贡献奖"获奖感言

谢谢各位领导,谢谢所有到会的朋友。您们推开繁忙的工作来参加这个颁奖会,对我来说,是比获奖更加情深意重的奖赏。

谢谢各位评委,谢谢所有的参选人,谢谢您们为此次评奖所付出的辛苦和努力。这一年中,北京作家们的创作精彩纷呈,有资格获此奖项的作家和作品,至少应以两位数计。我有幸代表他们来领这个奖,既是我的光荣,更当看作是大家对我的关怀、鼓励和鞭策。

创新,永远是必要的。但我也常想,文学,有没有它永恒不变的东西?如果有,我想,必是与产生它的原因紧密相关。人,尤其是丰衣足食之后,为什么还需要有文学?总不见得那仅仅是一项娱乐、一项比拼智商高低或眼疾手快的游戏吧?真若那样的话,我们就要小心了——人难免会有一天败给电脑。

能跟林(斤澜)老一同站在这个领奖台上,实在是我的又一殊荣——尽管跟他相比,我这个奖的成色要差着很多。以林斤澜先生为代表的前辈们,为我们留下了享受不完的优美文字,为我们开启了学用不尽的艺术可能性。借此良机,我要挤到晚辈和学生的位置,向他表示祝贺和感激。

我们这一辈,想是想着要做争气的一辈,但效果未必如愿。幸好,更年轻的一辈已是人才济济,看样子势不可挡。因而我想,是用不着在"创新"二字上担忧的——未来,保证了这一点。无穷的生活自会提供无穷的疑难,无穷的疑难自会变幻其无穷的面目,而无穷的后人自会剥开日益增添的假象,开创出无穷的文学新路——这便暗示了一个回答:有一个梦想,是我们永恒不变的追求。

　　谢谢各位!

2007 年 9 月 6 日

评论（序跋）

## 洪峰《瀚海》序

您要是能把这序隔过去不看,就隔过去不看算了,抓紧时间去看正文。

我自己看书就不大看序,主要是不想被别人的意见左右了自己对正文的理解。

也可以要一篇序的原因,大致同于电影开演前可以有三遍铃声,使观众或读者从方才正做的事中脱神出来,进入欣赏艺术的心理状态。

我为洪峰的读者拉这三遍铃。

一、我看洪峰这人主要不是想写小说,主要是借纸笔以悟死生,以看清人的处境,以不断追问那个俗而又俗却万古难灭的问题——生之意义。文学的起点不应该是文学或者文学诺贝尔奖。假设人类穷竭了"生之意义"这一问题,文学肯定会以二分钱以下的价格被拍卖。洪峰之所以写了小说,不过是因为这种思维方式于他更适合。哲学不免艰涩而且更多的用着大脑,文学便能亲近更多的人而且全部是心声。

二、好多年前我看过一部电影,片名已忘却,单是其中一个情节永驻心中,一个人在爬很高很高的山。一个人,和很高很高的山。于是他很寂寞,这寂寞简直要摧毁他的力量。这样,他开始给自己讲一个故事——有一只猫,如何爬上大树,如何跳上屋顶,又如何弄到了一条鱼,又如何失去了这条鱼……他讲得兴奋了,嗓门不免高上去,在山间荡起回声竟似有问有答有多少人同他谈笑了,他心里脚下都添了力量。我便想,小说必是这样发端,演进至今而呈各种各样。人生于斯世行于斯路,受得了辛苦劳累却受不了寂寞孤独,于是创造了文学。常听说,世上最狠毒的刑罚是把人单置于一室内,使之丰衣足食却永不能与人交谈,书报亦不许看,时间一久这人必疯无疑。我便又想,小说的规矩只有一个,各人站在一个点上也只能站在一个点上,真诚地倾吐心声倾诉衷曲罢了。互相不一致原属正常,若弄到互相压制,便容易给那狠毒的刑罚钻了空子去。

三、不知道您对荒诞派有什么看法。洪峰的某些小说有这味道。我是这样看的,荒诞派决不是闲得无聊弄些离奇古怪的事来哗众取宠,相反,荒诞派对生活是认真而又认真的,这才在人们司空见惯的生活中,在人们正正经经自以为是的所作所为中,问出一句话:这到底是要干吗呢?真就问得人瞠目结舌无言以对,于是冷静下来会多有一步思考。所以,荒诞派其实是一种积极的倾向,他无非是看出了为人的歧途罢了。眼见了歧途而予辛辣的笑骂,而予严厉的诘问,当然比步于歧途还麻木地哼着甜歌更有希望。洪峰的小说也不单是这一种,但都写得大胆、真诚。

好了,三遍铃声响过,请看正文吧。

# 读洪峰小说有感

这只是一篇读后感——这八个字不表达这八个字之外的任何意思。首要原因是我不懂评论之道,其余的原因如下:

如果我给洪峰的小说作一回简介,洪峰大半要骂我,因为大凡不是靠讲故事取胜的小说,你都没法把它简写(譬如他的《奔丧》),一简写就不再是它了,无异篡改。要是将洪峰的小说作一番归属呢?说他的这一篇是东南西北流派的,那一篇是上下左右主义的(譬如《湮没》《生命之流》),免不了他还得骂我,说我要是自个儿没主意不如换碗饭吃。还有一种办法,就是把他的作品同一些好政策等等密切地联系着,弄些表扬与批评样式的文字出来(譬如《蜘蛛》),这下他非打我不可,打我既没读懂他的作品又没学习好政策。我甚至不知道洪峰的小说应被算在通常所称的哪种题材中去。我甚至认为,工业题材、农业题材、军事题材,不如改称工人题材、农民题材、军人题材,因为文学的出发点是人或民,不是事或业。

洪峰,一个东北汉子,比我年轻又比我生得结实。我宁可少评论他的作品,多写我自己的感想,当然这些杂七杂八的感想都是跟读了他的作品有关系的。这样,说对说错都是我自己的事,他管不着了。

一个人(譬如说:爹)死了,怎么办?尽快烧掉然后完事,然后活着的人去追求自己的生路,别让死人的死把活人的活搞坏。《奔丧》中有这个意思。看似作者对死不大感兴趣。其实未必,他要不是觉得死这件事很值得想一想,又何至于写了这一篇《奔丧》呢?有位先哲曾说(大意):"真正的智慧不是对死的默想,而是对生的沉思。"不过"想必此人是有过对死的默想的",否则他没法知道那远不及"对生的沉思"来得明智。而且他的这句话本身就是包含了"对死的默想"的对生的沉思。生之中必包含了死,你一出生就已经面对了死。您怕死这很正常,可您迟早得死这也很正常,您要是活一百年就这么怕一百年,您实在就做了一百年死神的活囚犯,生被搞得一筹莫展还不算,到了还得惊慌失措地死了拉倒。您不谈死,也不去想死,甚至讨厌别人说起死,您貌似豁达实际却与走夜道而怕见磷火的人一样。您生来不怕死,您这是拿大伙开心,没人信。生来不怕死的人最好别生孩子,倘若这种遗传基因发达下去,人类将因为不懂得保护自己而完蛋得相当快。您要是声称"活着还不如死了好"而您其实又活着,您这是发牢骚:生活中有时是需要发发这类牢骚的,说不定有助于人类进步。可您要是七八十年如一日地这么发牢骚,别人就光觉得您碎嘴唠叨的挺讨厌并且奇怪您怎么还老是活着。看来死不简单,需要认真想,因为您总归得对死取一种态度。认真想的结果大约有两种:一种是终于想得糊涂结果就急着去死了——我必不能说这是聪明,我活着而说这是聪明岂不等于说我是糊涂了么?又因为,一切所谓价值所谓意义所谓聪明与糊涂的标准,都是活着的人根据人类要长久地生存下去的愿望所制定的。另一种呢?准是经过了对死的默想而转向了对生的沉思,发现这是唯一的明智之举。当一个人不愿意死也不惧怕死时,他就活得更自觉更自由更多欢乐而且胆大包天。洪峰的小说《降临》中的那两位老人显然是做到了这一步的,他们镇静地等待着死之降临,然而他们又是绝不泄气地赞美自己的一生并且希望明天仍然属于他们,他们抗拒死神的方法不是乞求长生,而是在最后的时刻也不放过实现人之欢乐人之价值的机会。这叫做悲壮,也叫做辉煌,悲壮得胜过战死沙场的元帅,辉煌得仿佛是神给万千生灵的最重要的启示。

谈论死是什么,势必碰到一个无法解决的悖论:活人不可能对此有充分的证据,而死人对此又不再能够谈论。但这不影响各人可以按各人的口味对死作出种种猜测。但这也不妨碍所有的猜测无非就是两类:灵魂不死和万事皆空。但这两类都只意味着人必得在生之中寻求意义。生的标志即是灵魂的存在,那么灵魂不死就仍然生;死后万事皆空即是说人并不能从死里获取什么,所以人只具有生。看洪峰的《奔丧》,明显有这意思:没有理由让死(或死人)把活人支使成一群糊涂虫。又有这样一种意味:在僵死的虚伪的不讲道理又毫无意义的观念中花费生命的人,等同于死;而生在于对鲜活的坦诚的健而美的事物的追求中实现欢乐与价值,这是万难阻挡得了的。人类要存在下去并且要愈加美好地存在下去,则永远意味着对旧观念的突破与摈弃,此事若遭到死人和糊涂虫的压制,那是不足为奇也不足多虑的。

洪峰常以性爱作为美好追求的象征,这不新奇这也很对,生发端于此,甚至宇宙间的一切都在这相背相吸的两极间获得力场,于是日月运行,于是大海涌荡,于是花落花开,于是人奔走于天地之间、相携相爱幻想迭出,这才创造了灿烂文化,这才悟出无数真理,这才使一种动物成为了人。

人当然是超越了动物的单纯繁殖的倾向,无论在形式(肉体)还是在内容(爱情)中,都感受、展示和实现了美的境界。况且形式即内容,对人体乃至性爱的美的感受已不仅仅是形式了,因为除非是人,则不能赋予性以这样的内容。美不同于漂亮,美是对自身与世界的感悟与升华。一般来说,倒是那种认为性活动是肮脏丑恶是流氓的人,还未把自己和动物区分开,他们脱离了动物的无知状态又还未升华出人的智慧,于是可能还没看出除了流氓行为,人还具备其他层次的性意识。

另外,尽人皆知,性是活力的象征,两性相背相吸是自然的和谐。企图以灭欲来逃避痛苦者,是退一步去找和谐,但欲望若不能消灭干净便终不能逃脱痛苦,只好一步步退下去直至虽生犹死,结果找到的不是和谐而是毁灭。中国上千年来的步步落后肯定与此有关,譬如"民可使由之,不可使知之";譬如闭关自守;譬如教育后代要满足于糠窝头已经变成了白馒头,甚至宁可在窝头中得片刻安宁也不要去想蛋糕以自寻烦恼;再譬如,倘爱情伴有痛苦便不如不要爱情而专门去制造孩子,倘世上有强奸犯便恨天下人何以不都是太监。世界上的另一种文化则主张进一步去找和谐,进一步而又进一步,于是遥遥地走在我们前头,而且每进一步便找到一步的和谐,永远进一步便永远在和谐中。我绝不相信人想找到的是不和谐。和谐不是稳定和僵死。唯退一步去找和谐者趋向僵死。进一步去找和谐,则必生气勃勃富于创造精神,唯此谓之和谐。唯对不和谐的超越(而非逃避)是人的光荣,而不和谐作为这超越的背景才显示其意义。

可是问题又来了:倘人终不免一死而死后万事皆空,任何追求终归能得到什么又有什么意义呢?是啊,您得不到别的您只能得到这么一个生之过程。看洪峰的《生命之流》《生命之觅》,使我加深了这种看法。但这不说明您应该沮丧,恰恰相反您应该以全部热情投入到这个过程中去,使这一过程焕发光彩,使五十亿个人的五十亿个过程最大限度地称心如意。说人只能得到一个过程,这绝不与人的任何伟大目标伟大理想相违背,因为在这过程中倘无各种壮丽的目标和理想作前引,人又靠什么实现欢乐与价值呢?况且,还有比使所有人的生之过程最大限度地称心如意,更伟大的目标和理想么?对于一个人是这样,对于全人类也是这样,目标和理想只有当其使这个过程变得美好时才堪称伟大。所以生命是一个流,生命的意义在于觅。生命的目的不在物界而在心界,在"乘物以游心",在人的精神的步步解放、升华、实现。而这种解放、升华和实现的无穷性,注定人只可在寻觅的过程中来获取。您若想在这过程之外(譬如终点)得到什么,您就太看重那一把骨灰了。

至于人的局限,至于人有必要为了全体的进步而做出某些牺牲,这是另一个题目下当做的文章。真的,就连死这个终点的价值,也是由生这个过程的状态来决定的,故有"重于泰山"和"轻如鸿毛"之分,有"死得其所"和"枉活一世"之分。

"灵魂不死"或者"人死后灵魂可进天国备享欢乐"等等说法,古已有之,今亦不衰。辩论是否真有此事,无异冒一顿傻气。我想,这些说法实质是表达了人们对平等的向往。不是怎的?当人赤条条来去之时,皇帝和叫花子不是就一样么?当人于神界感悟到平等时,才有了"天赋人权"的觉醒。单在物界中寻欢乐的人,太可能被异化为守财奴。单在现世的人界中求功名的人,很容易走向对宦途的崇拜和对皇上的唯命是从,或者弄到自己做了皇上却没了人的平等和自由。人需要常常跳出人界来看人界——只好将此命名为神界,于是你能看到一支悲壮的大军在前赴后继追寻着精神的乐园。作为人,他们是绝对平等的,虽然作为一支大军他们的职责有不同。没有"天赋人权"的觉醒、大约很难使"法律面前人人平等"行得通。这便是宗教的意义之一。

神是什么?多种多样。有传说中的神,有宗教的神,有斯宾诺莎的哲学神,有爱因斯坦的科学神,也有相当于"文化大革命"所造的那种神。但总的来说无非又是两种:一种是把神的权力落实到每一个人(神圣不可侵犯的人权),一种是把所有人的权利都出让给一个人(倒成了那种最要不得的神权)。

每一个人都有的神名曰精神。有独立精神的人才是人。若把精神出让给别人去指挥,自己就只剩一副皮囊,狗和死狗也都有的,不能算人。独立精神是绝对自由的,你不让她自由,她倒要积累起反抗。自然造化令人赞叹,天赋的人权何其平等何其公道!

于是想到人道主义。人最主要的标志既是精神,那么仅仅救死扶伤显然不能算彻底的人道。救死扶伤仅仅是关心人的肉体,而忘记了人的精神。把一个要死的人弄活,把一个受伤的人治愈,然后不给他舒展精神的权利,岂非最大的不人道么?无期徒刑比死刑更可怕的道理即在此,"士可杀,不可辱"的道理亦在此,屈原的投江和张志新的殉难,也均因此光彩照人间。

至于什么样的理想、目标可以使生之过程壮丽辉煌,这又是另一个题目下当做的文章。但有一点,如果人们普遍感到活得压抑,便足说明理想和目标出了毛病:也许不是字面上的毛病,而是实质性的歧途。

我从洪峰的《湮没》里听到一个声音:你每天的二十四小时及每年的三百六十五天的生活,出了什么毛病没有?荒诞派——《湮没》使我想到这个词——其实是非常积极的倾向,他无非是看出了生之过程出现了某种偏差吧?眼见了歧途而予辛辣的笑骂,当然比步于歧途之上还麻木地哼着甜歌更有希望。

我感觉,洪峰主要不是想写小说,主要是在领悟死生,以便看清人的处境,以便弄清一个熟而又熟却万古不灭的问题:生之意义。我不赞成就文学谈文学的意图,文学的起点不应该是文学或者文学诺贝尔奖。假设人类穷竭了上述那个问题,文学肯定会以二分钱以下的价格被拍卖。然而,只要人类存在着那个问题便不灭,这才决定了像洪峰这样的作家应该得一点稿费,偶尔吃一点绝上不了国宴的美味佳肴以保持充沛的精力。不过,就是给一亿元或者一分不给,文学也不可能被出卖给其他行业。为艺术而艺术的合理之处仅在于她必得保持自身的特点和权利,倘有丧失也就不再是她。(譬如"文化大革命"中,其实是没有文学的。)就像谁也没办法让人做什么梦和不做什么梦一样。你逼着他做这种梦别做那种梦,他可能就做不出任何梦而光是整夜地瞪着眼睛只剩下一个被迫的想法,或者他就做出一个反抗威逼的梦来令你大为不满意。这是没办法的事。

艺术是有意味的形式。我想,艺术活动就是人在寻找自身与外部世界的最佳相处形式(与此同时也必然发现人与外部世界的最糟相处形式)。人在这种发现和寻找中感悟到生命的神秘、美妙与悲壮,从而使苦难的灵魂走向(不是达到)解放,这便是艺术的意味。这形式有多种层次:社会的、自然的、个人与全人类的、全人类与全宇宙的等等,多至无穷。人的语言面对这一现实,显得过于苍白无力,因而无法靠语言的内容把它说清楚,只好靠语言的形式显示意味以便让人们去感悟了。因为不管您说出多少真理,面对无穷的世界也仍然等于零(注意,这儿说的不是法律之类。而法律之类永远需要修正这一点也是有意味的)。您不妨把您那些无穷的感受借助形式的力量暗示给众人,让别人也面对着无穷来沉思。幸亏我们面对了无穷,这样我们才永远有路可走。幸亏我们又有感悟的本事,这样我们才在路上走得有滋有味。谢谢自然之神的巧安排。走吧,无论是苦难还是欢乐,都是神赐予我们获得美感的机会。不能停滞,停滞一刻便有一刻的厌倦;不能倒退,倒退让人精神不正常;只有走,走进一步便获得新的美感。除此之外还有什么呢?没了。话说回来了:人只有这么一个追寻的过程,或者说是这个过程规定了人的含义。灵魂可以达到(不仅是走向)彻底解放么?似乎可以,把这过程就看成目的,把过程中的一切困境都看成实现自身价值的机会,灵魂的枷锁就打碎了。又似乎不可以,因为若无灵魂的痛苦感又何谓困境呢?要是干脆到达无困境的境地怎么样?对不起无矛盾乃是玩儿完的征兆。也谢谢自然之神这残酷的安排吧,否则咱们也就没了欢乐的机会。我常常想,是丑人儿造就了美人儿的,漂亮姐和英俊小伙应感谢丑丫头和赖汉子,万勿恩将仇报。同理,一切想实现自身价值的人都应当感谢困境。

文学就是人学。人命定要在这充满困境的过程中突围,要在这突围的过程中获得意义,因而文学天生来对这困境有兴趣。艺术不是科学,或者是最不科学的科学,因为我们如果确切地知道如何摆脱困境它也就不再是困境了。所以应该让艺术自由想象与思考。在任何现代科学成就之先,差不多都有一个与之合拍的古代神话和哲学猜想,这说明想象是重要的,思考应该是自由的,而这是对若干暂时还不懂其妙的人也最终有益的。

有人说洪峰的小说(还有其他人的一些小说)看不懂,说:"我尚且不懂,何况大多数人呢?"因而对这样的小说竟可以发表感到恼怒。这个"我"有可能比"大多数人"来得高明,但这个"我"的不高明处是,他不知道相对论一问世时只有极少数人懂,或者他知道却无能从中多懂得一点道理。这件事不值得多说。艺术家只该记住一句话——心诚则灵,其他都可以不顾。

我相信,任何人,都不是按照世界的本来面目去行事的,而是按照自己对世界的理解去行事的。意义是人赋予世界的。甚至世界的无限性也只是说人的发现力是无止境的。美更没有纯客观的,美正是人对包括人在内的全部存在的感受思考与觉悟。美不同于漂亮,因而鲜花可以是丑的,粪便可以是美的,老娼妇被人们感悟出一种涉及生命本身的意义时,美便呈现出来。譬如骂人的话,当它只意味着侮辱人格时便为丑,当它引导人对一些荒唐的处境进行沉思时便产生美感。洪峰小说里颇有些骂人的话,不过至少我觉得写到那儿是非骂不可的,否则这篇小说便味同嚼蜡了。所以语言美在艺术中应该有另外的标准。总有人爱好从一篇文学作品中计算出有多少句骂人的话来否定这篇作品,这是因为没弄懂言语和语言的不同。言语仅仅表达一种感情(狗在高兴时和悲伤时叫声亦不同),语言则意味着对生活意义的思考了。譬如,您学别人的语言,说明您仅仅是崇拜别人及别人对生活的看法。您有了自己独特的语言了,您必定坚信自己对生活的理解了。因而语言又不能勉强改变,假若您对世界没有一种新的更美好的态度,您从哪儿去找新的更精彩的语言呢?您不能在通常的生活中看出深刻的含义,您到哪儿去找有意味的形式呢。这便可以明白为什么一些大作家的作品中甚至出现"病句",那是因为他感到非如此不足以表达他的感觉与思想,于是乎他竟能创造出空前的语言来。语言的发展无疑说明了人类思维水平的进步。用一套死的语言规范来扼杀这种进步,是他妈的丑的。至于那些思维水平并无进步而专在文字上玩花活的文章,也没他娘的什么可美的。

有一回洪峰和我说起了五维世界。我们懂了:一维二维都是抽象的,一旦具体起来便必占有空间;三维也是抽象的,一旦具体起来则要占有时间;四维呢,还是抽象的,唯与精神连接才能具体。所以,想找到纯客观的美的考虑,不免傻得多余。所以,从对周围环境的探讨,到对包括自身在内的结构的探讨,是一个进步。但我们也别忘记傻子,您掉进井里,很不可能是由于一个傻子的指引;傻子也是这结构中的一个点,也在起作用。这样看来,真实的世界是无数维的,我理解这叫做历史。

洪峰的小说是很注重语言的。他的语言常常是散散漫漫,轻松自如,一点不紧张。这很让我羡慕。就是我不认识他,我也能知道他活得是多么不畏人言,多么轻视世俗的规矩。可是他的语言又常常因为太一律,结果仍未完全摆脱雕琢(我亦如此)。一个活得毫不雕琢的洪峰,何以在小说语言上又未免雕琢呢?为此我百思似得其解:洪峰对语言的注重,大约更多的是在字词的选用和句型的建造上,然而他又突出地偏爱那么一两种有意味的句型(譬如《湮没》《生命之觅》),这就单调了。生活并不单调,至少对生活的思索一旦单调就有失美感,结果雕琢毕露了。在此,我非常推崇马原的《叠纸鹞的三种方法》。也许,洪峰更该看到,全篇文字的构成是更重要的语言。音符是重要的,乐章也是重要的,但要成为交响就不能总重复一两种节奏和旋律。七律唐诗总是"平平仄仄平平仄"之类,单调了。宋词就变了长短句,譬如"平平仄,仄仄平平,平平仄仄仄平平",丰富了。下棋如何?能把车和卒都用得恰如其分者,棋道一准高明。排球总是三锤子买卖,渐渐没了看头。足球变化万千,除去罚点球很难找出两次进球是一样的,于是观众那渴望自由的心理被调动得如醉如痴。

审美心理一定是和这个世界的形式相关的。大概话又得说回来:您对世界是什么态度?您爱鲜花,爱黄土,都可以,但您不能无视大粪。世界就是有大粪在其中的一个大结构,您得整个热爱它。心理也是一个大系统,您得全部承认它。然后您发现单用一种句型即便是金子也将有损其美。就是我不认识洪峰,我也能知道他是爱憎分明嫉恶如仇的。也许,艺术更该接近宗教的悲悯,把坏蛋和傻瓜也看成迷途的羔羊(这不妨碍法律应该制裁某些恶人)。希特勒作为一个人是不幸的,作为一个战犯理当绞死——这又是一种结构,文学要表现他显然不宜用一种句型(或类)。所以,语言归齐是对人类生活意义的觉悟,而绝不是字词和句型本身。

写到这儿我心里打鼓。语言之复杂,绝非我一个靠写小说糊口的人能说清的。好在这不是学术文章。好在不学无术者也都可以有感想。幸亏我这篇文章的标题选得恰当。但还是不能往下写了,怕日后连自己的营生也不敢做了。

说了半天,洪峰的小说到底怎样?愿意看的自己留心找来看看吧,有可能得出跟我完全不一样的感想。

# 超越几近烧焦的局限

——姚平和他如火的诗行

一个人,还只有一岁的时候便被大火烧坏了脸烧没了双手,这怎么办?接着,一个医学奇迹不仅保住了他的性命而且保住了他作为一个人的全部才智与感情,这怎么办?

他只好"以生命为诗"了。

在夜深人静我们都熟睡的时候,他必定问过:这是为什么,为什么?在晨曦微露我们一个个醒来的时候,他必定没有得到回答。现在人们多少有些明白了:寂寞的上帝是在以那把火作为赌注,要在第二十二个秋天第八千次日出日落之后,赢得一个诗人。现在人们多少有些明白了:这残酷的游戏有了回应:当年那火焰的爆裂声一阵阵传开去,待其回来都成了如火的诗行。上帝从一对非凡的父母怀中夺去他们漂亮的儿子,或许上帝那时就已料到,当有一天人们面临成为经济动物的危险之时,必得有人用心灵在这星球上一遍遍歌唱。

诗的流派太多了,主义也太多,除去专事研究它们的人谁也弄不清也记不住。但你总能辨出哪些是凭了智力的摆弄,哪些是出自心性的感悟。尿撒得长而且多,那是流血所不能比的;流血也不如撒尿老练和弄出的花样多;当然撒尿又比流血有用。但人终不过是一堆无用的热情,于是只可把真诚奉为神圣。真诚是生命的全部含义,诗就是真诚的生命抑或生命就是真诚的诗吧。对人类的爱,对这世界一往情深,对生活热烈而沉静的真诚,由此又导致了对无聊萎缩的苟活的憎恶——这是我从姚平的诗中感受到的。这样说太通俗太简单太幼稚了是不？这可能。但正如诗人所说："一个冷落着万人的话题想起来竟几百年不变。"有些东西是亘古不变的。诗与魔术的区别在哪儿？魔术师承认，他千变万变离不开一个骗字。那么诗呢？注入诗中的那个亘古不变的魂是什么？

诗太玄妙，不是我能说得全面和妥帖的。自写此文之初我就决定逃避这个难题。我只是希望能有更多的人读到姚平的诗。

还是说说那场大火。我总在设想，大火之后一对父母捧起两个被烧得一团模糊的儿子，是怎样一幅情景？（姚平的哥哥姚宗泽，也在那场大火中被烧坏了脸烧没了双手，那年他三岁，现在他以他的成绩被广东美术学院正式录取。）这对父母要有怎样的智慧和力量和博大的爱所炼铸的意志，才能承受住了这样的灾难，才能在二十多年沉重的时光中，把两个几近烧焦的儿子变成了画家和诗人！我总在设想，那一天和那以后的二十多个年头，我的设想总在不敢再设想中结束为长久的沉默，然后在他们儿子的诗中去看一对圣父圣母的形象。

我想，诗（包括其他艺术）与残疾是天生有缘的。人的残疾即是人的局限，只是为了要不断超越这局限，才有了诗。我认识姚平是在一九八五年，那年秋天他和他的哥哥一起骑车从湖南来到北京。可以想象他们一路上经历了怎样的艰难，但他们并不张扬，他们只是想再考验一下自己的意志，他们知道前面的困苦还多，他们要为不断地超越自己的局限准备更多的勇气。用姚平的话说，"此行纯粹是自找苦吃，因为经历万难的生活实践正是诗人含辛茹苦的保姆。"他们来我家看我，在短暂的接触中最令我感动并且振奋的是，他们不掩饰那丑陋的残疾，他们更无意用这令人心碎的残疾去换取些微殊荣，他们只是出于生命的需要在默默地写与画，不趋时尚。不掩饰也不炫耀，生命就是这样起于诗又归于诗的，"听野草在那里拼命地长，坦然如我。"

我想,这时他们的父母才真真地放心了,他们的儿子不是要收获诗人的头衔,他们的儿子只是要坦然生长,这样在以后的几个二十二年中就既会迎候成功也能应付失败了。诗人的这样一句诗:"反正/妈妈面前输到哪步田地都有奖品。"我猜想这是在童年,父母常对他们说的话。

　　我想有一天能去看看诗人的父母。

　　我想,姚平应该继续默默地写,但不要不屑于发表,诗与生命一样还需要交流。

# 认真执着的林洪桐

林洪桐十八岁那年以优异成绩毕业于福州一中,老师满心希望他去报考北大或者复旦,可那时他偏着了魔似的想当演员,一意孤行考取了北京电影学院表演系。"性格即命运"固然是一条颠扑不破的真理,但愿望和效果之间的关系却要神秘得多,三十多年前明明种下去一个演员迷,三十多年后却收获到一个好导演,倒真是影坛上一件喜出望外的事。

然而林洪桐对自己表演天赋的被埋没至今耿耿于怀,常向我争辩他原可以成为一名出色的喜剧演员。"这是当年苏联专家的看法。"他补充说。可惜我晚生了些年,无福领略青年林洪桐的风采,偶然看过几部重放的老片子,发现他不过是演了几回小通讯兵和小战士,见不出什么高明之处。对此,他唯有连连叹气,从玻璃或镜子里望着自己那张娃娃脸苦笑,是这张脸把他的演员梦摧毁掉的。因为电影中的好男儿理应潇洒英俊,坏男子务必阴险丑陋,那时中国的电影里又差不多仅剩了这两类角色,所以,一张不易为人垂青也难能令人憎恶的娃娃脸便很少派得上用场。不过命运之乖张并不都带着恶意,一个好导演是不必在意长相的;况且,扎实的文学基础、全面的艺术修养、虚心而又勇敢的探索精神、一丝不苟的工作态度,这些东西在脸上找不到,因为都在心里。这些素质在林洪桐几十年对电影事业的痴迷之间已经积累得深厚,于是一场日暮途穷的演员梦得以衍变成一条蒸蒸日上的导演路。

据我观察,林洪桐早晚是会累死。当然了,这不足为怪,近年来被累死的中年知识分子很多。尤其林洪桐又是个极认真的人，做教师、做编剧、做导演、做丈夫、做父亲，一律做得认真之极。他现在是北京电影学院表演系副教授、中国电影表演艺术学会副会长。近十年中他先后发表（独立或合作）了十一部剧本，其中九部已经拍摄。了解剧本获准拍摄之复杂程序的人都会相信，要达到这样的成功率，必不能单靠运气，非靠深厚的艺术功力和认真的创作态度不可。不过写剧本并不是林洪桐最终的愿望，自打演员梦被惊醒之后，他一会儿都没耽误，走上了导演的路。这一回他很清醒，深知要抢一个好本子、取得拍摄权他比不过别人，（谁让他是表演系教师，头发已经掉光了，影片却还没执导过一部呢？）他下决心要靠自己写出的好本子为自己争取到一个执导的机会。他苦干了数年，终于赢得了这样的机会。他导演的第一部影片《死神与少女》就得到了影界的好评（并获第十三届瓦尔那国际电影节荣誉奖）。他说一句："哎哟我的妈呀，哪儿有说的那么好哇？"为自己的作品挑足了毛病之后，他又为童影编导了《多梦时节》（获第九届金鸡奖最佳儿童片奖、一九八九年政府优秀影片奖及第三届童牛奖艺术追求特别奖等）。去年他又应邀为香港银都机构拍摄了《欲火焚心》（已经送法国参加南特三大洲电影节）。此外，这十年间他还写了三十几篇电影理论文章，其《电影表演要电影化》《当代电影表演断想》等文章于十年前在刚刚开放的影坛上引起过许多争论。他为建立电影表演的理论，提出过一个观点，叫电影表演艺术"三圈论"，第一是基础圈，表演作为一门艺术，必须承认舞台表演与电影表演的共性；第二电影圈，是强调表演进入银幕的独特性；第三圈指出了电影表演的当代性，随着电影制作新技术的出现，电影美学的发展和对人的深层发现与理解，电影表演必然要突破旧有的金科玉律。他说他在艺术创作中最喜欢的格言是："航船应驶向未开拓的彼岸。"他拍的影片有独到的风格，评论家称之为"散文诗电影"，理论研究中他也总热衷开拓一些荒岸。说实在的,依我的浅见,他那"三圈论"可以说是天经地义,没什么好争论的,可是时过境迁我们有可能已经把乍开放时的形势忘了,当我听林洪桐说那时竟有人为此谴责他是玩弄玄学时,我目瞪口呆之余着实感到了改革十几年来电影艺术所取得的成就。我与林洪桐相识多年,我真看不出他还会玩玄学,实际上他不懂玄学很可能是他的一项缺欠。我一向只担心他较真儿得过分。上帝有时候不太喜欢这么认真的人。让他们有病,还让他们疏忽着自己的病,他们自己也仿佛认定累死仍是善终。作为朋友我不能劝林洪桐不认真,我只希望他把节奏稍稍放慢一点,懂一点玄学——有所不为才能更有所为,然后有机会吃点补药。听说,他在繁忙的教学拍片之余还在著书立说,我以为像著书一类的事他可以到拍不动片子的时候再去做,现在他主要应该拍片子。

这几年我跟他学一点剧本创作方面的事,关于电影的全部学问我懂得太少,他的片子拍得如何,由专家们去说,由观众去说。我赞成"大狗小狗都要叫"的思想,而且各具风格流派的"狗"都有叫的权利,不必一窝蜂地都去做陈凯歌或张艺谋。

我只说说像林洪桐这样的认真的艺术家,可以得到什么和得不到什么。

他得不到很多拍片的机会。原因之一是他对剧本过于挑剔,剧本送上去他觉得太粗陋太落俗套,即便有拍摄机会他也把它错过。另一个原因是他对剧本非常尊重(包括对文学原著),剧本(或原著)送上来,他觉得好但他认为自己把握不了或拍摄条件不理想,他也宁可把机会错过而不去糟蹋好东西。他的兴趣不是要拍多少部片子,而是要拍点好片子和把片子拍好。所以,林洪桐今年五十出头了,只拍了三部影片。片子究竟拍到了一个什么水平上,另说,他心里得到的永远是一份不满足,和一份坦然——他没有蓄意糊弄别人和自己,前者是一个艺术家必然的苦恼,后者是上帝对其真诚所给予的最好的酬劳。

## 评论（序跋）

　　这样的人注定不会吹牛。人过半百而不会吹牛且片子拍得又少，难免得不到人家的重视得不到优越的创作条件。现在我常常记起我们刚刚开始合作时的情景。那时候，为了一起商量剧本，他不得不一大早便骑车跑很远的路到我家来。他夫人的工作单位离家更远，他中午必须赶回去照顾女儿，为了节省时间，后来就是我到他家去。他又要买菜，又要做饭，又要督促女儿练琴，又要把剧本搞好，因而他的秃脑袋总让人想起一只旋转的陀螺。条件不好，便只有挥霍自家的大脑与性命，常常是一天下来头昏眼花，寝既不安食又无味，得些什么呢？有时候只是三五段好台词或一两个新构想。听说有人可以用三五个晚上写下一个剧本，那确实令人羡慕。

　　跟这样一个认真的导演合作写剧本，是得有点勇气。他很少有满意的时候，偶尔一天晚上他满意了，那你就要准备好第二天一早他又带了若干不满意来。他可以晚上十点多钟跑来，愁眉不展地向你指出剧本中的一处败笔，或眉飞色舞地向你陈述一个新设想。他可以对一个构思或一句台词连说九个好，但一次比一次弱下去，第十次却说不好，然后抱了头蜷缩在椅子里肆意折磨那把椅子。他可以突然派一辆车来，把你接到拍摄现场，蹲在寒风里跟你重新讨论一段台词，最后改掉两三句话。他的不满意更多的是冲着自己，他说他看自己的片子时，总是浑身冒汗心动过速无地自容。只有当行家说他的片子拍得不错时，才能见到他的笑容——娃娃脸上配以孩子气的笑，很和谐。

　　我想，林洪桐无论得不到什么，总归得到了一个艺术家的真诚。我想，如此真诚的导演最好不要很快就累死，要像保护大熊猫那样来保护一下这类导演。我想，他应该有更多的拍片机会，这样的人生不会粗制滥造，如果他的时间更充裕一些，他定会拍出更好的影片。

# 何立伟的漫画

一个现代的何立伟——"孤独人的周末,来客每每是一只野猫同六点钟的黄昏"+一个古典的何立伟——"远方躲在一棵树的后头,活着就是与之做无休止的迷藏"=一个必以审美价值安魂立命的何立伟——"以梦的方式进入不真实的美丽,正如以眺望的方式进入童话般的云"。

这样一个何立伟,若忽而发现"既然不能挑选梦,那就挑选睡眠的姿势罢",他就非挑选幽默不可了。他的漫画是真正幽默的产品。幽默常遭误会:以为是机智的笑料,以为是愤世的讥嘲,以为是精巧的牢骚;因而大流的漫画都是借针砭时弊去落实此三种效果。但是,人的路途上有着比时弊更为深重的问题,那便是古典得不能再古典的问题,那便是现代得不能再现代的问题,那便是亘古至今乃至永远都以迷藏的方式所呈现的问题:生命同其自由的问题。

以往最好的漫画当属丰子恺先生的作品,他带着传统的纯情之爱走进古典的追寻,为人的前途画一幅回归童真的方向。何立伟呢,却是带着现代的孤哀走去作这古典的追寻,望见并且感动于那些童真的背影都已变得冰凉,于是便为人的前途改换一个方向。这真是继承和发展吧,正如孩子必要长大,童真无计久留,于是在丰子恺先生走后漫画界空旷多年,终于等来了何立伟。这个何立伟极有可能并不将方向规定为一个眼见的目的,而是陶醉于将脚步引向精神的游历,并于那条没有终点的路边观赏着自己和众人的脚步,因而他曾沦为作家,现在他又掉进了幽默的渊薮。

从他的漫画中,我对幽默有了初步的印象:幽默是机智地证明机智的无效,是通向智慧的智慧的绝境,是看强人败绩于宽容和泼妇受阻于柔顺的刹那,是快乐地招待苦难的妙举,是拱手向自然出让权力的善行。

# 韩春旭散文集序

韩春旭的散文,使我由来已久的一种感觉忽然间更加清晰:尤其今天,要经常听听女人的声音,因为,这个世界被男性的思考和命令弄得很有些颠三倒四不知所归了。

我从小到大总相信真理在女人一边。不是认为,是相信。这信心,可能是因为母亲,也可能是因为爱情。无论因为母亲还是因为爱情,总归都是因为艺术。女人的心绪、情怀和魂牵梦萦的眺望,本身就是艺术之所在。譬如,一个孩子落生时,一个疲惫的男人回家时,这时候,艺术的来路和归途尤其见得清楚。

我想,这不是以男人为坐标来看艺术,这是在雄心勃勃的人类忽然坠入迷茫的图景中发现了艺术。

因而与女人相反的,倒也不是男人,我说的是男性,是勃勃雄心之中对自然和家园的淡忘。我有时想起贾宝玉,很赞成他的悲哀,即对女人也会男性化的悲哀,其实呢,那是实际功利驱逐了美丽梦想时的悲哀,是呆板的规则湮灭痴心狂想时的悲哀。

真正的女人说什么?她说:"我是一个爱慕男人的女人。"她说:"我甘愿将灵魂和肉体全部奉献给他,让他在极乐中迷醉。"她说:"但我又是那么恨他们,恨他们有那么多的东西让他们活下去……他们爱你,只是希望你活在他们的生命中,但他们从不希望为你而浪费自己的生命。"我想,这不是男人女人的问题,这是爱的问题,爱不是某一时空里的狂热事件,她说爱"应该伴随生命的每时每刻"。

真正的女人在想什么?她想"寻找家园"。她"梦想了那么久,本以为那永远是一种空幻。"她说:"使我读到自然灵魂的,你想象不到,连我自己都难以置信的,竟是茫茫戈壁滩上实在不起眼的骆驼草。""夕阳将自己的依恋缭绕在四面瀚海的戈壁滩上……那是互相缠绵产生的一种奇妙的蓝色暮霭,十分甘愿而一致地将这种情色,投射在生硬的盐碱地和崖壁上……"我想,这不单是爱的问题,她说这是"一个永不褪色的信念",这是不屈的生命必要皈依的美的彼岸。

母亲,对儿子说什么?她说:"你去吧,去干燥的原野上跑,让你稚嫩的脚体验沙砾的灼热;去太阳照射的岩石边,体验岩石反射过来的闷人的热气;去疯狂的大海,体验那庄严的浪峰和呼啸。"她说:"去吧去吧!将来你会有爱情,会有痛苦,会有孤独,你会面带微笑地把这一切都看成是体验。"她说:"当我两鬓斑白时,我相信站在我面前的是这样一个英俊的小伙:身材修长,肌肉结实,眼睛里饱含着喜悦和生活的光芒。你给予人的是一种令人心醉神迷的美,心底的仁慈和宽厚使你温情脉脉,智慧和坦然使你从容而潇洒,敏锐和幽默辉映着你,使你全身心都显得那么高雅。"这不仅仅是母亲的嘱咐,这是上帝的恩赏,是人类积淀千古的对生命的感悟;不仅仅是母亲对儿子的期待,是亘古至今以至永远,人类对完美的渴盼。

那么对生死,她怎么想呢?她说:"你凝望我,我凝望你。甘美而宁静。"我不知道她这确凿是说生,还是说死。很可能,生死在她看来不过是殊途同归,或者是结伴而行,在天父和地母的怀抱里,在此岸和彼岸之间,"那是一颗冲走再冲回,起伏不倦,勇往直前,以更新的威力勃起的灵魂"。

那冲荡之间,宇宙必留下优美的声音,任什么也不能湮灭的声音。永远会有女人,把战场或市场上的男人拉回她们身边,指给他们听这声音。现在,此时此地,这个女人,名叫韩春旭。

1992年10月19日

# 短评三篇

## 《残阳如血》读后

　　这是一个悲惨的故事。类似这样悲惨的故事，我自己就听说过不少。我不认为把这样的事藏起来比把它写出来要乐观，（还有光明呀和高昂呀）因为首先我们不想闭上眼睛躲起来，我们决意睁大着眼睛走进真生活。晓钟说，他自己"瘸跛地走在坎坷的人生路上还屡屡受着命运的打击，可我居然发现自己的灵魂很坚韧"，从这一篇《残阳如血》中我相信，他上述话里的每一个字都是确凿无疑的，而且每一个字都应该放大千倍万倍来读，来想。

　　晓钟的文笔不错，结构故事的能力也好，他说"文学中有我的爱，我也深深地爱文学，虽然很苦很艰难，但是我无怨无悔"，请允许我以一个多着几岁年纪的文学信徒的资格说，在晓钟的前面，不是一步步的成功，还能是什么呢？

　　但是说到小说《残阳如血》，我想更多的是给晓钟提些意见。我想把话说得过分刻薄一点，因为这样问题才显露得清晰鲜明：

　　一篇小说，和一则传闻有什么不同呢？不同之处在于，小说重过程，传闻重结果，小说重人物，传闻重事件；小说更关注事件中人的心魂，传闻则偏爱事件外表的线路。因而小说可以在任何司空见惯的事件里发现独特的心路历程，传闻却把一切心路历程的独特省略,仅仅剩下司空见惯的事件。

《残阳如血》的故事不可谓不真实,不可谓不悲惨,但是它并不感动我。为什么呢?我想,因为它仅仅掠过事件的外表,而放弃了走进三个主人公心魂中去的机会。这传闻充其量只能让传者和闻者相互叹息,然后很快就忘记。因为这样的或那样的悲惨的事情很多很多,闻不暇闻,记不暇记。但最重要的是因为,它仅仅是悲惨,它不是悲剧(或者它事实上是悲剧,而作者只写出了它的悲惨)。悲惨并不能让人感动也很难让人有更多的思索,让人感动让人思索的是悲剧。比如偶然的工伤事故、医疗事故、交通事故那仅仅是悲惨,而只有伤残者的心魂面对这偶然造下的诸多问题之时,感动和思索才可能出现,悲剧才可能诞生。悲剧必须走进人物的心魂,悲剧是发生在心中的问题不是发生在心外的事件,因而它才使更多的心为之感动,为之思索,长久地难忘。晓钟说:"残疾人的爱是首独特的诗,有时伟大无私和自卑懦弱实在分不清楚。他们渴望爱情雨露的滋润,却又看到世俗的眼光和阻力以及生活的重荷,更多的时候,他们埋藏了自己的爱。"我想,晓钟其实已经看到了悲剧是什么,是因为什么。"他们埋藏了自己的爱",这是一种悲剧。换一个字——"他们埋葬了自己的爱"怎么样?那是更大的悲剧。我想,《残阳如血》中的三个主人公,都是埋葬了自己的爱。牛爷是,疙瘩是,柴妞更是,他们都败于强大的世俗,但主要是败于自己的软弱,于是埋葬了自己的爱。牛爷是因为往日的伤痕而扭曲了心,竟至与世俗同流。疙瘩是因为怕牛爷,是因为他自己的软弱(他干吗不拉上柴妞跑呢)。柴妞更软弱甚至有些自私,她对疙瘩说"你要做傻事我恨你一辈子",可她自己却一走了之(她要是坚持着等下去事情不会闹到这步田地了吧)。当然,他们要都是那么英明那么坚强,也就没有这个故事了。我想说的是,三个爱着的人都埋藏了自己的爱,这中间必有着更为动人、更为震撼人的心魂路程,有更为值得思索的东西在里面,晓钟应该在这儿多用笔墨才是。那样的话,《残阳如血》就能成为一篇很好的小说了。

我的意见不保证全对,谨与晓钟商榷。

## 写给《地震》作者的一封信

东野长峥:你好!

你摔伤住院的情况我都听说了。你住的那家医院离我家太远,那阵子我的电瓶车又出了故障,所以没能去医院看你。现在好些了么?又拄着拐到处乱窜了吧?我又出了毛病,也是腿,静脉血栓,在医院住了两星期而且现在还要常常卧床。咱们俩都用得上那句话:黄鼠狼专咬病鸭子。

看了你的小说《地震》。单就这篇小说而言,应该说它是一篇挺不错的作品,但我有一些不限于这篇小说的感想,很想跟你聊聊。

你的身世我多少知道些,看来这篇小说与你的经历紧密有关。看罢它心里很不好受,并不是一般的忧伤或悲哀,而是感到一阵阵彻骨的冰冷。你我都是残疾人,不同的是我基本上是被爱所维护着,而你很久以来一直被爱所冷落。生活,到处都显露着不公平。因此你的作品中常常流露着嘲讽与愤恨。

不,我绝不是要简单地说这不好。这世间到处和时时都存在着庸卑和丑恶,所以恨是需要的是必要的,虽然它并不是我们的希望。恨可以让丑行暴露,可以使麻木惊醒,可以令愚昧与昏聩不能安枕,可以给惰性或习惯揭示一条新的活路,因而恨与爱一样是创造生活的一股动力。恨,大约原本就是爱的背影,是对爱的渴盼与呼唤。记得有一次和一位朋友谈起写作者应有的心性品质,我们一同发现,恨与爱同样可以是好作品的源头,甚至人的一切心性品质都可以创造出好作品来,唯要真诚。唯要真诚。只有一种东西是写作的大敌,就是虚伪。只有虚伪不能产生好作品,因为从根本上说,虚伪的消灭和真诚的降临正是读者立于此岸的祈祷和伫望于彼岸时的期待。

我们相识已久,我知道你是个以真为善、不守成规、敢怒敢言的人,你对生活对文学的真诚,以及你的写作才赋,这些都无可怀疑。但对于一个作家,这些是不是就够了呢?

我特别记得有一次,在一个什么会上,你对我说:"老史,我这些日子忽然明白了什么是宽容。"你说这话时样子很激动很兴奋。当时的环境不容我们多聊,但这事我记得深刻,因为当时我就想:东野这家伙的作品肯定要更棒了。

我想,宽容并不意味着失去锐气,宽容绝不是谦恭加麻木。宽容之妙在于,它可以使人冷静,因而可以让人理解和发现更多的东西。

我一向以为,好的作品并不在于客观地反映了什么(像镜子或照相机),而在于主观地发现了什么。人们之所以除了看生活还要看文学,就是期待从文学中看到从生活中不见得能看到的东西。所以文学不是收购进而出售生活,而更是像孩子一样向朋友们描述自己的发现。发现,是文学的使命。在大家都能够看到的生活中发现其更深的意蕴那才是创造。作品的好与坏,其品格的高与低,全在于它发现了什么(以及它发现了一种怎样的发现)。为了这发现的深广和准确,所以需要宽容。因为否则也许狭小的恨或者爱会限制和扭曲了发现者的目光。我们可以把那些狭小的恨与爱咀嚼千万遍,然后把目光放得更为宽阔,把心放得更为从容,那时候我以为就肯定能看到更深刻更广大的存在了,那时候的爱也会是更为博大的爱,那时候的恨也会是更为博大的恨。行诸文字的话,就有可能是人们常说的那种大气之作了。

以上是我对写作的一点看法,不知你以为如何?唯望我的老朽(我比你老十好几岁)不要磨损了你故有的锐气和野性,我知道我缺少这种东西。但愿宽容能与锐气共存,冷静与热情共存。最后说一句:千万把身体弄得好好的,否则想干的事干不了,不想花的钱还得花,咱们下个决心不受那份罪可好?

祝　好运!

## 《逃亡三题》读后

文学评论和小说创作,不见得是指导与被指导的关系。正如小说以生活为根据,去写作家对生命对存在的感受,评论则以作品为根据,阐释评论家对世界对文化的理解。所以,在我被推上评论者的位置之前,我最想说的是:写作,千万别跟着评论跑,尤其不要事先为自己选定什么主义。

"维纳斯星座"的主持人,要我来评论小说,至少不是一个上好的主意。我不会做评论,只会写一点小说之类。所以读者不要把下面的文字看成评论。看成什么呢?《逃亡三题》的读后感而已。

《逃亡三题》最引我去想的是:要逃的是什么?很明显,是孤独。但这绝不是串串门、逛逛街、去去歌舞厅和交几个酒友就能排遣掉的情绪。孤独并不是一个人独处时的寂寞。《陈梅》中的那个孤独者,不是独自面对一只红苹果,也会感到欢乐吗?孤独,是在熙熙攘攘的人群中所遇的隔离,在觥筹交错间所见的冷漠,在彬彬有礼的人类语言中所闻的危险。这样的孤独可怎么摆脱?唯有爱情。狭义的性爱,对于人,并不仅仅承负着繁衍的使命,很可能,那更是对博爱的渴望、呼唤、祈祷所凝聚起来的一次祭典、一种仪式。《少年》中的那个少年,"死死护住自己的小鸡鸡",虽然这象征或者意象不免陈旧了些,但那确凿是人之初渴望亲和的根源。人被分开成男人和女人,万物也都被分开作阴阳两极,这是上帝最为英明的考虑,否则世间轰轰烈烈的戏剧将无从展开也无从延续。但光是肉身的继续,那戏剧仍难免乏味。所以上帝从万物中选出一类——名之为人,使之除了繁衍肉身,还要祈求爱情,于是魂牵梦绕,悲喜无穷,创造不止。我想,正是因为爱情的诞生,如今的世界上才不光有机器和仪器,还有了文学和艺术。但它同时给我们送来痛苦。这痛苦是那些"为了晚上能摸到那些鬼婆娘的肉他们白天总要拼命去砍柴"的人所不能体会的。爱情的诞生,使人不再能像其他生物那样安分地繁衍了,他要向苍茫的天际张望、寻找。一个看见了爱情的人,便走出那一点陈旧的象征或者意象了,在百折不回地张望,尽管天际只飞着一只灰色的蝙蝠,凶吉难定,但心中总听见一首驱除孤独的歌了。终于,这世界上有一缕目光向这个孤独者投来——从他紧闭的房门的缝隙间照耀进来了。不管她是否曾经沦落——也许每个人都因为孤独而曾经在心中沦落,只要那目光穿透隔离穿透冷漠向你投来,那目光便是无比圣洁,便以其真诚、坦荡、炽烈打碎了周围的危险。而且不管那是真是幻,"依然可以安慰我的苦寂的灵魂"。

所以,不管是谁声称在文学中放弃了浪漫,我都不信。因为当一个人想要写小说的时候,就像一个人渴望爱情的时候,他已经进入了梦想。因为没有梦想的世界太可怕太无聊太不知所终,因而让上帝疑心他是不是造就了一场无期的苦役,地球上这才出落了一类要求着爱情又要求着艺术的动物。人们对文学的期盼并不与对新闻的期盼等同。孤独者之所以要逃亡,料必不是因为新闻太少,最可能的是因为浪漫的梦想常常破灭。但是,梦想的破灭与梦想能力的丧失,哪一个更可悲呢?所以,我在《陈梅》中,看到了一个不屈的向孤独挑战的最可尊敬的人;他不仅向着人间倾诉爱情,而且为写作者指点着迷津。写作和爱情一样,是要走出孤独,是要供奉梦想,是要祭祀这宇宙间一种叫做灵魂的东西。在这三篇各自独立又相互关联的小说中,少年的恐惧、愤恨和焦灼;灰蝙蝠远去的天空下,男人"挥手叫她不要再来";那个暂且叫做陈梅的女子,"在愈来愈浓的苍茫暮色中,她洁白得宛若一个少年的梦";从中我看到了由真至善,由善至美的一种递进关系。很可能沈东子会说他并没有过这一份设计,但我相信(也许是强词夺理)上帝有这一份设计:人要走出孤独,走进爱情与艺术,非此路而不可通行。

我是个残疾人,"维纳斯星座"的作者们也都是残疾人,《逃亡三题》中的主人公也都多多少少有着残疾,因此我又想起一个老话题:什么是残疾?孤独是残疾么?可以这么说,孤独是所有人的残疾。正如人被劈作两半,一半是男人,一半是女人,而每一半都有残疾。但如果每一半都不仅渴望另一半,而且能舍生忘死地去追寻另一半,残疾便给我们一个实现美满的机会——像断臂的维纳斯那样。但倘若我们渴望,而我们又不敢去追寻,那么我们就不止于断臂的残疾,而又迎来失魂落魄的残疾了。所以我想,我们不要害怕去寻找我们的那一半,不要害怕写出我们真正的感受,不要害怕梦想的屡屡破碎尤其不要萎谢我们梦想的能力。不要囿于孤独。一个写作者就是一个恋人,我们得坦诚地奉献我们的心魂,那才会有好的创作。我见过不少残疾朋友写的作品,毛病常常出在要么一味地诉苦,要么不敢触动心底的梦想,要么靠纸笔去向人间作一场雪耻式的战斗;这就糟了,这不能走出孤独,反而会越陷越深在孤独中咬坏了自己的心智,那样,便有千种技巧万般努力,也难有好作品问世。便是你要写恨,你也要超越于恨之上,去看准那恨的来由。

我还有一个小小的建议:走出残疾人,再去看人的残疾;走出个人的孤独,再去看所有人的孤独。沈东子的作品是好作品,原因之一就是,他写的不仅是残疾人,而是人的严峻处境,和比严峻处境更坚固的人的梦想。

我希望我没有曲解沈东子的作品。当然我不指望上面的文字已构成一篇面面俱到的评论,因为我在篇头已经说过——这算不上评论,只是一点读后感。

1993 年 3 月 2 日

## 周忠陵小说集序

一本小说所以需要一篇序,最主要的原因大约在于,一篇序至少要占一页纸,这样,在封面一旦磨损后就不至于马上危及序后的正文。

周忠陵,男,四川人。今年三十出头,身材中等,体重却只有三十九公斤。他说有一回风刮得大了些,他渐随风飘移了一会儿。这样的人看世界不可能指望他有一个很正规的角度,因此他适合搞艺术。一个艺术家能够给人提供什么呢?他不是教师因而不能给人什么教导。他不是领袖所以未必能给人指引一条光明或安全的道路。他其实也不是灵魂工程师做不来总为别人以至自己脱胎换骨的事。他们是以正规角度看这世界而看腻了的人,并且天真地以为别人可能也不大耐烦,所以为公为私就去找些新鲜的角度看这世界。千百年来这世界变得很小,而人看这世界的角度变得很丰富,艺术家据此应该有一碗饭吃。有一碗饭吃是有用的。有一个新角度看看自己看看世界看看自己和世界的关系,从而赋予这呆板的世界以美感赋予这漫长的时间以意义,对人来说也是有用的,其用不亚于吃饭。

周忠陵的第一篇小说就是《角度》。某一天他被某阵风刮到我家把他找到的新角度与我同享,于是我们相识。在目前海洋一般浩瀚的小说群中其角度至少是不多见的。以后他又发表了《远与近》《病女》等若干篇。从题目看,他分明对角度颇感兴趣。我常想,人为什么要看小说呢?好像不是单为了探听些别人的私事以打发掉多余的时间，而主要是想获取些看世界看人生的新角度以填补精神的空缺，以澄清生存的迷茫。周忠陵以其特殊的体重所负载的特殊的感觉，常把我们带到意想不到的位置上，指给我们说：您再从这个角度瞧瞧；您再从这个角度瞅瞅；您再从这个角度看看吧。他得意于此。他不正规地笑着并且骂骂咧咧地走后，我常陷入茫然和恐慌，看来文学这条路是注定没有终点，没有彻底完美和圆满之归宿。

　　周忠陵的小说可能属于"先锋派"。见一篇评论"先锋派"的文章上说："'先锋性'并不一定等于本真的价值性……它仿佛是我们脱出困境走向本真生存所必经的'炼狱。'"我想，什么是本真生存呢？我们或者死在那儿或者还得往前走；而还得往前走则意味着我们并未到达本真，而且还得必经无穷的炼狱。死不是生存因而也不是本真生存。这是显而易见的。看来本真生存不在终点上而在过程中，而过程便是不断地必经炼狱。可不可以说炼狱即本真呢？所以文学的先锋性不仅应该受到赞扬而且应该使其永存。人借助无穷过程中无穷的炼狱来无穷地超越自己，人才不至于像鸡像狗像驴生生世世都以一个规定了的角度看世界看自己，永远与世界处于一种僵死而顽固不化的关系中，结果仅仅活成其他动物的食品和工具——为人有这样的幸运和特权而感谢上苍！

　　祝周忠陵和我们大家对新角度的兴趣永不衰减。

# 新的角度与心的角度

——谈周忠陵小说

## 一

也许是一九八七年也许是八六年,忠陵要我为他的小说集写一篇序,说是有一家出版社愿意为他出一本集。"序"已经诞生了好几年,但"集"却一直没能出世。因为忠陵的小说难于盈利是显而易见的。因为商业的考虑恰在那几年开始袭击文学,随后文学节节败退溃不成军,像土匪或逃犯般地去找各自的水泊梁山了。说起如此形势,忠陵夹骂地开怀大笑,相信这实在不能算一件坏事。"小说创作是一种绝对孤独的个体化作为,跟所谓世俗化的普遍精神从某种意义上说应该彻底无干。"这样的话,配上骂声、笑声,配上碗口粗的一副身腰,配上"淡芭雪茄"的烟雾缭绕,便是不见忠陵的日子里总能见到的忠陵的样子。

## 二

一九八七、八八年以后这家伙也下了海,开书店、办印刷厂、批发挂历,说是"不然穷死了可怎么办"。但至今没见他发什么财,一如没见他的体重有所增添。他说他的经商热情总是随着夏天的结束而降温、冷却,被莫名的荒诞感顶替。进入秋天,暑热消散,天空变得明朗,鸟儿飞在更高的地方,心里感到孤独、落寞、迷茫和漫无边际的感动,便到了忠陵写作的季节。那时他足不出户,伴着烟和茶,伴着音乐和自己的影子,凭窗眺望远远近近的人间,心绪在高高低低的地方飘游,于是重重叠叠的生活幻现出无穷而且奇异的组合与角度,便找一支笔来捉住它们才能甘心。写到天气转暖,他又在屋子里憋不住,跟随着骚动的春风满世界去奔走了。我看,忠陵生活的这种季节性,无意中是对人类存在的一个概括,是对生命务实务虚之双重必要性的一个证明,是对文学诞生以及永存的一个解说。

## 三

我一向认为好的小说应该是诗,其中应该渗透着诗性。(顺便说一句——这并不是在褒奖所有自以为是的"诗",因为没有诗性的"诗"比比皆是,并不比没有诗性的小说少。)什么是诗性呢?最简单的理解是:它不是对生活的临摹,它是对心灵的追踪与缉拿,它不是生活对大脑的操练,它是一些常常被智力所遮蔽所肢解但却总是被梦(并不仅指夜梦)所发现所创造的存在。相信某些处在儿童期的"唯物主义"者必然要反对上述看法,他们只相信存在决定意识,仿佛意识仅仅是存在的被动的倒影。其实意识并不与存在构成对立关系,意识(和梦)也是存在。譬如深夜,这人间更多地存在着什么呢?千千万万的梦。这千千万万神奇莫测的梦的存在必定会在天明时有所作为。常有人把写作者比为白日梦者,这很对。这白日的梦想,是人类最可珍贵的品质,是这白日的梦想拯救了"唯物主义"者们那些僵死的存在,在物质呀、生产力呀、经济基础呀之上创造出神奇多彩的意义、价值和勾魂撩魄的生之魅力。正如忠陵所言:"因此珍视生命中的点点滴滴,一次痛苦一次惊骇和喜悦,哪怕一个男人的一瞥和一个女人的一笑,其实这都很重要,在方便的时候它们都会不请自来,给你制造出成堆的幻觉和幻觉中的诗意,这是心中飘然而至的图画,一旦形诸文字便成了文学。"失去幻觉,失去梦想,失去诗性,失去飘然而至的图画,那样的一个物质世界不仅是不能发展的而且是没有趣味的而且是再可怕不过的。人间需要梦想因而人间需要艺术,还是那句话:据此作家应该有一碗饭吃。

## 四

但是艺术家和作家若想总有一碗饭吃是不容易的,他们不能重复制造不能堕落为工匠,他们的艰苦在于要创造,创造之后还要创造,一旦停滞就不如像鲁迅先生所倡导的那样去找个别的事做。因此很多很多聪明的写者深知停滞的危险,(缺乏俏货的小店面临关张,不能更新产品的工厂难免倒闭,没有新节目的杂耍班子就要散伙。)开始在这个叫做地球的地方寻找新鲜的材料和方法,其状如同淘金的、测绘的、考古的,甚至炒股票的、走私贩货的、制造伪币的。虽创新之风蔚然成势,但慨叹之声随即传来:"你不能不承认,一切可写的都已经被写过了,所有可能的方法都已经被发现完毕。"正如忠陵所言:"当前并没有什么范本可供我们寻求和借用。因此,在轰轰烈烈的生命秩序中企图找到一种表现形式并且使之有别于其他似乎就很难很难了。"那么,新的题材新的语言新的结构新的角度在哪儿呢?也许正所谓骑着驴找驴吧,那些玩意儿很可能不在身外而在心中,从来就在那儿,永远都在那儿。新的角度不在空间中甚至也不在时间里。新的角度肯定决定于心灵的观看。正如忠陵所言:"这样,我就在靠椅的这个视点上很稳妥地找到了自己。因此,我敢说,我们并不是生活在行进的时间中,而是生活在魔方似的空间和状态中,此时此刻我端坐在窗前欣赏月光与我仰坐在辉煌的酒吧欣赏音乐,世界的整个构成与组合就绝对的不同。"请注意"状态"这个词,那正是心灵的创造,人并不是生活在三维的空间和四维的时空里,而是生活于多维的状态中,状态者,乃心与万事万物自由无穷的关联与结构。

## 五

我相信,心灵的角度是无限的,至少对我们的大脑而言是这样。有一位当代的哲学家在说到大脑与心灵的区别时问道:"大脑是否能做到心灵所能做的一切?"回答当然是:不能。心灵的丰富是大脑所永远望尘不及的。这让我想到写作,让我看到了写作之不尽的前景。写作若仅限于大脑的操作(花样翻新)终归是要走入穷途的,而写作若是大脑对心的探险、追踪和缉拿,写作就获得一块无穷无尽的天地了。我以为历来伟大的作品都是这样的产物,以后也依然如此。所谓"人人心中有,人人笔下无",艺术家的能力可能就在于比别人更能捕捉到心灵的图景,虽然永远不能穷尽心灵的一切。忠陵的写作显然是由于这样的欲望,是向着心灵的探险。因而忠陵的小说比较地忽略故事,他说,故事"只是在需要时借来用用而已。这就像借用锄头和播种机耕种庄稼一样"。他重视的是庄稼而不是锄头,是心灵的获得而不是外部经历,而心灵不是一个完整的故事,心灵是一种至千万种变动不居的状态。

## 六

我常想,所谓小作者和大作家,其区别多半不源于外部经历的多寡,而在于内心世界的贫富,在于走向内心的勇气和捕捉心魂的能力。文字语言之于写者,以及线条画彩之于画者、音符节拍之于歌者,相当于一种捕具或显影剂,把纷纭缥缈的心绪、心思、心性以及由之而生的种种可能的图景捕来,使一个隐形的世界显现。这样的世界才是人所独具的世界,是人脱离开马驴猫犬而独享的世界。可能是罗兰·巴特说过:写作是语言的历险。可能还是这个罗兰·巴特说过:不是人创造了语言,而是语言创造了人。所以我想,语言并不是一个预先已有的捕具,而是在捕捉的同时被创造出来的。这可能同时是三个悖论:语言是捕具/语言是猎物。我们去捕捉/我们被捕捉。我们是永远的自我捕捉者/我们是永远的自我漏网者。于是我又想起了忠陵夹骂的开怀大笑,可能就是在这种意义上讲,写作与所谓的普遍世俗精神应该彻底无干,我们在捕捉中存在和成长,从心的角度瞭望新的角度,从新的角度瞭望心的角度。写作就是这样一种事业或者嗜好,不大能够盈利。

## 七

在这篇所谓的评论中,竟然没有取忠陵的任何一篇小说做一次剖析,没有看出他的写作究竟属于什么潮流、门派或主义,这多少使我有些不安。但这罪行应该由忠陵和小天二位承担。我说过我不会写评论,可他们就是不信。我只想,以后再不冒充评论者。

1993 年 8 月 3 日

# 季节的律令

## ——黑明摄影集《走过青春》跋

有位哲学家说过：纯粹的回忆没有日期，却有季节。季节才是回忆的基本标志。在那难忘的一天有什么样的太阳抑或什么样的风？这才是赋予回忆准确脉搏的问题。于是回忆成为巨大的形象、扩大的形象，不断扩大的形象。这种种形象是与一个季节的天地、与一个不会欺骗的季节、停息在完美的静止中、可以称之为完整的季节相结合的。

这话真是不错。回忆起插队生活的种种艰辛与乐事，虽已忘记那都是发生的何月何年，却都清楚地记住那是在怎样的季节。在早春的风沙里掏地，在盛夏的日头底下放牛，在斑斓的秋山中采食野杏和杜梨，走几十里雪路去拉炭或去赶集，洪水蛮横地夺走了成熟的麦子，苍凉的唢呐声依然迎来喜庆的年宵……春夏复秋冬，那些情景永远储藏进记忆，没有日期，只与季节的消息融为一体。这是为什么呢？因为季节是永恒的。四季，以其各自独有的姿态年年到来。

青春也是这样，是季节。

所以，当我们透过这些已经不再年轻的，甚至几近苍老的面庞回忆我们的青春时，悔与无悔都近于多余，因为这些照片要我们记起和思想的，并不固定是谁的青春，而是青春，是所有的青春，是青春必然的身影、路途或消息。一代人一代人一代人，都会听见这消息，都要走进青春，走过青春，经历其渴望、梦想、坎坷、动荡、无知与严酷,夭折和创造。那是季节注定的风采,是生命的律令。

因而没有必要重复一种老调:我们这一代是不同凡响的,是受过大苦大难而且不屈不挠的,是独具理想和使命的。不必这样。因为不是这样。每一代人都是独特的,都必有其前无古人的际遇,有其史无前例的困境、伤疤和创造。

"老三届"差不多已经走进了秋天。在丰饶宽厚的秋天里纪念春天,顾影自怜或孤芳自赏都显得太没有味道。秋天,只是把他的落叶和果实和盘托出,无论甘甜还是苦涩,都为了让往日的梦想于中保存,让一代又一代日夜兼程着的春天听见秋天的要求:不能逃避的苦难与责任。

这些照片的作者,在我们离开陕北的时候,还是个少年。"老三届"竟会给他留下这样深刻的印象,以致他费尽周折、倾囊竭力地寻找"老三届"足迹,这超过了我们的意料。谢谢他了。这难免使人想起"继承"二字。但秋天已经懂得:继承并不意味着原原本本,唯季节的律令万古不变。

1995 年 12 月 9 日

# 郑也夫《游戏人生》序

也夫学识宏阔,思趣广博。天地自然,社会人伦,工农兵商,文艺体育,无不是他所关心。听他思想的脚步纵横中外,上下古今,总为我四壁围困的目光凿开新窗。

不知也夫何以选中我为他的这本书作序。想来只可能有一个理由:我是个体育迷。或者说,我只有这一种资格在此书前面写几行字。

恰值奥运百年,七月到八月,亚特兰大的赛事正酣。我坐在轮椅上没日没夜地看比赛。尤其是田径,凡电视转播的我一项不落,电视一遍遍重播,我一遍遍屡看不厌。于是有种种梦想萦绕心头:此生无望,来生定要去奥运赛场上跑一回,跳一回,九秒八三,两米四六,八米九六,奔跑如风轻捷似燕……当然,明知道这是梦想,不可能成真的白日梦。明知如此,却依然为之迷醉,这真是为了什么呢?这到底可有什么用处吗?这样的行为是否太荒唐?一缕沮丧掠过,闭目静想,想起也夫的另一本书,标题是《走出囚徒困境》。从根本上说人都是囚徒,生来便被关进一个有形有限的身体里面了,时间空间都是无限,风云变幻时代更迭都是无限,任何伟大的思想和发明创造的前面都是无限,就像牢窗之外的无限风光把你标明在了一个囚徒的地位。怎样走出这囚徒的困境?也许只有像一个不死的囚徒那样,满怀梦想。市场文明下的所谓现代人,过分务实,凡不能见其实效的行为都被疑为精神有病,梦者总是贬斥和讥笑的对象。但是没有梦想,人又是什么呢?电脑?机器?定理?

程序?布设精确的多米诺骨牌?仪态得体的五十亿蜡像?由于电脑的不可一世,也许我们终于有机会发现,人的优势只有梦想了。只有梦想。因为有了梦想,人才有了一件可以对抗无限的武器了,可以在无限的时空与未知的威慑下,使信心有着源泉,使未来有着希望,使刻板的一天二十四小时有了变化万千的可能性。简言之,它有无限的未知,我有无限的知欲,它有无限的阻障,我有无限的跨越阻障的向往,它是命定之规限,我是舍命之狂徒。这就是梦想,可尊可敬的梦想,这就是梦者可欢笑的理由!奥林匹斯的火便是这梦想的凝聚,是这梦想的仪式与号召:人是在这梦想的引领下而成为人的呀。

然而,九秒八三,两米四六,八米九六……音速、光速、黑洞、百年、千年、永远……这梦想注定是没有归宿。

但是,梦想就是归宿。

就像膨胀着的宇宙,膨胀就是它的归宿。(膨胀大约也就是宇宙的梦想吧?)

梦想当然不是物欲,不是贪婪。

更为要紧的是,梦想的尽头还是梦想,并没有最终的成功与彻底的实现做它的家园。在梦想被证明永远是梦想的地方,我这篇枯乏的文字终于可以和也夫这本书的题目接轨了:游戏人生。在梦想被证明是永不结束的路途的时候,生命傲然成为天地间唯一的伟大游戏。游戏人生,这不是颓唐,不是绝望下的荒度,也绝不意味放弃责任。事实上,我们是来无真凭,去无实据的。我们只是朝梦想所设置的真、善、美的方向走去,在一个没有原因也未必有结果的过程中。见此命运真相,倘若心灰意冷卧倒待毙,那就还不如一个孩子,不如我们以孩子的姿态初来人世时聪明。我们都会记得孩提时的游戏,目的是假设的,过程便是一切,在这过程中兼着好奇与想象,被一个美丽的童话不断点燃起激情,弱小的心智便长大成为健美的精神——但是这不是目的么?可有比精神的强健与美丽更好的目的么？五环旗下是这游戏的极致,熊熊圣火是对这梦想的推崇和赞誉,金牌是假设的目的,而"我们是世界,我们是孩子",我们同去投奔一个悠久、巨大的童话。那是上帝讲给人听的童话,人不妨再去讲给上帝;他为什么要讲给我们听那是他的秘密,我们要讲给他听那是为了我们公开的感动。

一个悠久巨大的童话无所不包。也夫对这童话的每一部分似乎都有兴趣,都饱含热情。不久前见他在电视里(《实话实说》节目中)力驳众议,坚持"做好事不该索取酬报",那情景真是让我感动。也夫不可谓涉世不深,不可谓学识不厚,不可谓观念不新,他是在全力保护一个不可为实利所损害的梦想、不可为成熟所丢弃的童话。

也夫是梦者,尽管关心未必都有结果,思索未必都具英明。也夫是行者,尽管实行经常碰壁,奔走时告无功。也夫是勇者,尽管思想的迷宫重重,现实的围壁坚固,他且思且行,坦言直说,不虑近利,但图未来,此行大梦者之大勇也。顺便说一句:序文可以不看,这是我自己读书的经验。

1996 年 8 月 2 日

# 陕北知青影集序

这些人被历史命名为"老三届""老知青"。

"老三届"是说,他们本该在一九六六、一九六七、一九六八年初中或高中毕业的,但他们都没能毕业。一九六六年六月中国开始了一场空前的运动——"文化大革命",全国的学校都停了课,直停到他们的中学时代结束。因此他们有了这样一个名称,这样一个抹不去的烙印,或者是不可忘却的纪念。

紧接着又一场运动开始了,即所谓"上山下乡"。其时他们中间最大的二十一岁,最小的还不到十六,学是上不成了,参军多要凭关系,进工厂则全靠侥幸,于是在一个不容置疑的"号召"下,他们差不多都离开城市,到农村去,到边疆去,到据说可以大有作为广阔天地里去;豪情满怀者有,无可奈何者有,更多的是稀里糊涂随大流,还有的只想着玩,心说这一回远走高飞总算可以玩他个痛快了吧,水断山隔倒省得再去看大人们的脸色。从此他们被叫做"知青",落户四方。所以又被冠之一个"老"字,是说,他们之后仍有几届类似的人流,但已是强弩之末,稀稀散散不过在城市近旁比画比画,不如说是"拉练"或者郊游了。

这一去十年八载未回还。这一去真可谓"少小离家老大回"。

"插队"的故事太多了,可以说包含了人生的一切,倘国人不失记忆和反省,那是写不完也想不尽的。"插队"的意义呢,众说纷纭。众说纷纭最好,它原本就丰富到不适合统一。那一个时代的全部复杂都印照在这一群人的经历中,如今的变迁和未来的道路,也都能从这一群人的脚印与眺望中寻到线索。

　　这一代人是命定的铺路石。但哪一代人又不是呢?我曾在另一部老知青影集中写过,没有必要说我们这一代是不同凡响的,是受过大苦大难是不屈不挠的,是独具理想和使命的。不必这样,因为不是这样。每一代人都是独特的,都必有其前无古人的际遇,有其史无前例的困境、伤疤和创造⋯⋯"老三届"或者"老知青",现在都已步入了人生的秋天。在丰饶宽厚的秋天里纪念春天,顾影自怜和孤芳自赏都太没有味道。秋天,只是把它的落叶和果实和盘托出,无论甘甜还是苦涩,都为了让往日的梦想于中保存,让一代又一代日夜兼程的春天听见秋天的要求:不可逃避的艰难与责任。

　　春天和秋天都要记住。险路和歧途更是都要记住。感谢当年这些无意的"摄影家",感谢今天这些有意的编辑者,感谢这些如实的记录。唯愿那一段历史不要在遗忘中作废,不要在沮丧和怨怒中重演。历史要求于人的,永远是思考,是激情,还有祈祷,一样都不能少。

2000 年 6 月 15 日

# 湘月的写作

应该说湘月的作品还不够成熟,结构呀,文笔呀,都有可以挑剔的地方。但这些稚嫩的文字却让我感动。感动何来?真诚,心里流淌出来的真诚。真诚已经说厌了吗?即便说厌了,真诚还是让人感动。而那类逃避着心魂、放大着光荣的文章,即便优雅、娴熟、凛然或机智,读罢还是索然,仿佛旁观了一回商场的开业典礼。

真诚仍然是写作的根本。人干吗要写作呢?活着,并且繁衍得兴旺,人是从哪一刻忽然想起写作来了呢?从孤独的一刻,从意识到了人之局限的那一刻。我一直相信,写作,即是为了有限的心魂能够同无限的存在连接起来。譬如一个孤单的音符,因为牵系进一曲无限的音乐,而有了自己的价值,而发现了存在的意义。

这联接,或这牵系,是什么?就是爱呀。爱和写作是同宗同源的,都是因为有限的束缚和折磨(残疾是它的强调),而要在无限的敞开和沟通中去寻求解救。这解救,当然不是一方对一方的施与,而是相互连接,相互牵系,是一同奏响并且谛听这宇宙中永恒流传的音乐。因而才有了平等。因而也才有了自由。因而你从这孤独的爱愿出发,去探问一切的所谓文化吧;从这儿出发去成熟,去老到,去优雅你的文笔,结构你的文章,那就都好了。

湘月坐在这世界的一个角落,一个不起眼的角落(我们都是这样),猜想着别人,猜想着外界,猜想着遥远,为一些相识和不相识的别人而忧哀,而庆幸,而欢喜,然后平静地把他们写下来,写成独自的祈祷,写成了自己的生命。心路漫漫,湘月的生命因此得以扩展。这是写作对她的报答。这是写作对一切写作者的报答——从孤独的爱愿出发，走回来时，爱愿已经丰盈饱满。从爱愿出发又回到爱愿，这不是一个怪圈吗？但未必谁都能走成这样一个圈，这中间有多少诱惑可能让你离开它呀！（你觉得终于走到哪儿才算合适？）

　　因为湘月的写作，更让我怀疑作家该不该成为一种职业？我读过很多非职业作家的作品，鲜活灵动不拘格套，思也透辟，情也真切，便想到职业作家的尴尬：人家是什么都会，还会写，咱是别的不会，只会写。故前者之写必是有感而发——人家不等着它吃饭嘛。后者之写，或有定额，或要规避，或又不可久疏叫卖以防市场的忘记，这倒常常像是写饭票了。我的怀疑或许偏激，偶尔写写饭票应该也算正当，但若能时常看看湘月这类写作，时常想想写作的源头和归处，定会大有益处。

2002 年 1 月 9 日

## 刘咏阁画集序

  我一直不知道,远古岩洞壁画的朴拙,是因为先人们的技法尚不精当,还是他们本不在意万物的形真,唯竭力捕捉飞扬于形外的神采?想来那时,人与人,物与物,并无鲜明的隔离与警惕,形真或无需强调。譬如鲁滨孙只身孤岛(那情形近似远古),对于他,形真能够表达什么呢?他的处境,乃物对心的阻隔,人同命的对抗;他要是忽然想起画画,我猜他多半会像海明威,夸张海的神秘,夸张心的孤单,尤其要夸张羸弱的形体向精神的依靠,于是乎形随神变,张扬的神韵才是要点。于是乎远古之人便把那份依靠供奉于岩壁,刚劲其威猛,放浪其飘逸,得意忘形,意在有限的形外寻求神的救助。

  但后来,人走出了伊甸园(或鲁滨孙回归了社会),人间的纷然对立,皆以形做标识,含糊不得,含含糊糊的你到底是左是右是哪家的好汉?神采便隐蔽于形形色色,譬如公子和樵夫,譬如别墅或茅舍。设若你赤一双脚去星级饭店,保安必请止步。设若毛主席想去早市上花一点钱,料也不易。呜呼,形虽确确,魂却拘拘,孰料这姑且之形竟做成了巩固的牢笼!

  何以打破这牢笼?在我想来,艺术的本职就在于此。每一种流派的诞生,每一种技法的尝试,都是突围,都是越狱,都是逃离,是心魂的飘缭漫展不甘就范。我说过:文学在文学之外。咏阁说:艺术也是。

  咏阁的作品证明着这一点。我看他像一匹困兽,时而在牢墙边逡巡试探,时而在牢窗前伫立眺望——那儿有他梦想的天空,天上有他梦中的奇景:所有的技法他差不多都试过了,却都似离他的梦境还远。我认识咏阁的时候他还是个孩子,现在他也还是像个孩子那样抱紧他的梦愿。多年不见,从他的画中,我看见的仍是一个寻梦者的心魂旅程——焦灼、躁动、挣扎,乃至忽而沉静、寂寥,终至望风枯坐,面壁沉吟,继而笔下倒仿佛犹豫了,如丝如麻,如空如旷,我猜他必是看见了世界人间(或万物万法)的不确定性。不知别人感受如何,我则偏爱这样的不确定。形是确定地小,神是不确定地大。僧是确定的小,佛是不确定的大。知是确定的小,不知是不确定的大。这真是多么好呀,在种种确定的流派和技法之外,咏阁,你还有不确定的大领域可以为!

我不敢说咏阁的画已经多么好(首先我没这个资格),但我敢说已经多么好的画仍然是不够,因为真正的艺术家都是寻梦者,而梦,哪有个尽呢?

2002 年 5 月 23 日

# 石默《故土的老房子》序

正如爱情是一种理想,写作也是。爱情不得已是限于两人的交谈,写作唯更大气——把你的困惑和疑难,盼念与梦想,快慰或感动,说给尽量多的人听,这本身就是一种理想,绝不比各类主义轻浅,或简单。

既是理想,就不会、也不该为少数专业人士所独有。其实,专业人士倒容易看那仅仅是职业,是工作,是饭碗。人间有各式各样的工作,需要大家分头去完成,因而分头有一碗饭吃当然中情中理。石默的一碗饭,乃时下"万千宠爱在一身"的金融业,这让我对她的写作殊为敬佩。生存是第一的,但非唯一。务实的建设当然重要,务虚的理想却非次要。务实的务实,务虚的务虚——这分工或这鸿沟,正是造成普遍残缺的原因之一吧?虚实兼备才是健全,才可能通向生命之全面的意义。

石默的散文,行文运句固不似专业者的娴熟、张弛有致,但字里行间都是真感受,真性情。

设若朋友间交谈,你终于的期待是什么?专业,还是真情?故为文之要也就不言而喻。真性情,当然不同于策划与操作之下的模仿激情、制造感动,更不是只给人以快乐和明媚,以至于躲闪疑难。真性情尤其是要直视疑难。疑难,甚至常不得圆满解答,但不懈的追问却可以开辟精神的新路。正如《故土的老房子》中那位讲授俄国文学的叔叔所说:

"生活总有迷惑之时,当积极进取的方向莫辨,颓废就成了中间地带,在这个地带更多的显示了文学的美,这是一种忧伤之美、变态之美、绝望之美,那是为了寻找真善而不得的一种异化,一种优雅的革命。"

这话让石默不能忘怀,更让我获益匪浅;从中恰见一个不逐时流者的优雅风范。

2002 年 10 月 27 日

## 皮皮《儿歌》序

我闻见春天湿土地的味道,也许该去看看,是谁还在那棵大树底下跳皮筋儿?

2002 年 11 月 12 日

## 曾文寂《咀嚼人生》序

我尚未写完的一篇小说中的一个人物,昨天在那小说中忽然问我:"这个科学与经济如此发达的人间,其最终的产品是什么?"

这时候收到文寂的信,要我为他的文集作序。

认识文寂是在多年以前。多年中,文寂之文一直沉寂,我以为他是放弃了。"识时务者为俊杰",况且文寂的"时务"又是少见的紧迫——医食住行,每日都是悬难。母亲、妹妹和他,一家三口都是残病缠身,文寂所以得竭尽劳累与计谋,为生存。他说他什么都干过,什么都敢干,他说他也许不能还算好人。但我见到的文寂却是文质彬彬,尤其说起文学,更是谦恭、坦诚,甚至天真。我说:你不像你说的。他说:分什么事。言外之意:文学这件事是绝不可以轻慢的。

时间并不单是线性地无限着,分分秒秒也都有着无限的事件发生,有着无限的心魂在寻觅。收到文寂的文集我才想到:那个似乎已经中断的故事,其实一直都在远方艰难并且寂寞地继续着。终于,这艰难与寂寞以一本书的形式有了声音,而且是如此的纯洁、优美、自信。

但这些年他都是怎么过来的呢?

他说他:"一边坚持靠摆小摊来养家糊口,一边坚决把自己从喧嚣与物欲中解放出来,努力让自己成为一个心灵不再被遮蔽的人。"

他说他听过一首歌,歌名是一句法语"C'est Lavie"——这就是生活。他说:"听不清歌词是什么,生活就在她空灵缥缈的声音里混沌着前行,每一句都是一句隐忍的诉说,'C'est La vie'之前一声突然拔高的'啊',听起来像似感叹中含着不甘。"他说:"是啊,这就是生活。"

他说:"人生一世,最后会发现名利财富都是空,人能够拥有的只有生命本身。但生命的流逝使得它难以实现超越时段的自我确认,唯有文字能够担当此任,宣告生命曾经在场。经由它们,我们得以端详生命的纹理,探寻生命的本质与深意。在那个相对无言的时间与空间,生命被拉长加叠,不但拥有此刻还拥有过去。而如果能够看着文字和自己一起老去,简直更是一种温馨愉悦的体验了,就像风雨同舟的终身伴侣,相互偎依着慢慢衰老,自有一种彻骨的浪漫和甘美。"

至此,本文开头的那句问,应该接近找到回答了。

谨以此序祝贺《咀嚼人生》一书的出版。

2003 年 7 月 27 日

# 沉默的诉说

## ——钱瑜、李健鸣《实录北京》序

"历史仅记录少数人的丰功伟绩/其他人说话汇合为沉默"（西川诗句）。摄影，天生来是沉默的，似乎是上帝专为沉默的人群备下的语言。因而，所谓"宏大"，所谓"主流"，对于摄影，尤其显得隔膜。钱瑜先生的镜头，始终都是对着这个"沉默的大多数"——沉默的人，和沉默的处境。沉默得想让你喊出来，但最终还是不宜喊；沉默得要让你笑出来，但最多是一丝苦笑。于是我听见了沉默者的诉说。

摄影的第二种天赋，是记忆；没有什么别的方式比它更利于记忆了。别的方式更容易变成丰功伟绩，而摄影，如其不能保持住沉默，简直就是嘲讽自己。摄影的记忆是全息的，在明天，在未来，在遥远的任何时候，人们会由之想起历史的丰富或复杂，人生的坎坷与趣味。

因而，摄影向摄影者所要求的首要品质，是诚实。"主流"多变，"宏大"忽而即成渺小，唯那沉默的地带是摄影不熄不尽的源流；诚实的心会在未来听到回响。但诚实，并不是说摄影仅仅就是纪实，并不是说摄影者就应该放弃自己的态度。幸好，态度！是每一种创作者都不能摆脱的。什么样的态度呢？我从钱瑜先生的作品中看到的是：诚实与爱愿的并在。比如那照片中的很多人物，你都想走去近前跟他说："哥们儿，你怎么了？""有啥事跟兄弟聊聊，甭忒往心里去。"

虚伪自然是不可能成就好作品的。那么恨呢？我一直在想：恨之下，能不能有好作品？比如对于浑浑噩噩的生存，对于墨守成规的思想，对于人云亦云的情绪，对于一切的社会不公，你不恨吗？这恨当然也是可以造就好作品的。但是细想，这恨，仍是出于爱的呀！顺便说一句，也有嚷着爱这爱那其实不是出于爱的，不过那已然是虚伪了。

这老两口真可谓是珠联璧合。李健鸣老师恰恰是个锋芒多露、口无遮拦的人。她的文字并不仅仅是怀旧，在对那个时代的一件件小事的叙述中，我看到的是一个知识分子的心路历程——理想与激情，理性与忧虑。站在今天，回望以往，才更相信这样的理想与激情是多么重要，而理性与忧虑呢，恰恰是那沉默中的希望。

真是没想到，真是写到这儿才想到：沉默的钱先生恰恰给了我们声音——欲哭欲笑、欲喊欲叫；而李老师的敢爱、敢恨、敢骂，给我们的是希望。祝这老两口健康！一动一静，给我们更多的好作品。

2004 年 6 月 3 日

## 梁筠《焰火》序

自然造化的偏心让人惊讶,它把太多的才华都给了一个名叫梁筠的女孩。本文所以不堪称序,只可以叫读后感。

聪明少男少女的文章以前也读到过,无论才情、机智、文笔的优美还是知识的广博,都让我羡慕,但像梁筠这样又富于思考的却少。比如在《我看哲学》一文中,梁筠提到她一位校友的话:"哲学给了我一把屠龙刀,可这世界上没有龙。"话说得潇洒,豪迈。聪明人从师父那儿很快就看懂了屠龙法,而后却找不到龙,我相信这是真话。对此梁筠写道:"在我看来,龙是有的,那就是人的淡漠。这淡漠不是对他人……是对于自我的淡漠。"梁筠又说:"这个世界发展太快了,快到了我们都不舍得抽出时间关心自己,关心自己的心灵,精神和思想。"真是真是,人们更愿意花时间去装修房子,维护皮肤、头发还有牙,却腾不出工夫来照看自己的心灵。梁筠说:"我想首先学会为了自己而思考。"是呀,除了在人的心里,哪儿还能找到龙呢?

我一直有个疑问:如果把人间比作一个大工厂,大试验室,其最终的产品或成果是什么?设若一天地球人跑到了外星人家,咱终于能够找到的是什么?或究竟有什么要紧事,值得这么大老远地跑来说?

傻问题!至少在忙着"唯物"的人们来看,是巨傻之问。曾有"导师"说过:"一个傻瓜提出的问题,十个聪明人也回答不出。"又曾有一位伟大的人说:"提出问题比解答问题要艰难十倍。"这下好了,十对十,扯平了。也许,他们是要联合起来告诉我们一个完整的真理:聪明人=傻瓜。至少在命运面前这等式成立,就比如有限的系数再小或再大,也要在无限面前美丽地扯平。

不过,这样一来问题就怕闹得更傻更大了:活着的意义呢?

借机我插句嘴:这样一来,上帝就在了——一道所有聪明人加起来都解不开或解不完的题,谁出的?我想,此题之最简要的表述是这样:在没终点的路上,你终于能够得到什么?梁筠以其诚实与谦恭,正在向着答案靠近:"关心自己的心灵的最好方法就是去思考,去探求,让自己的思维延展开来,充满整个世界。那样,世界都是充实的,我们自己也是充实的。"

接下来,我猜是一个(向着答案)永恒靠近的过程。但永恒靠近,为什么不可以就是答案?非得突然回零才满意?永恒靠近,即永恒的悬疑引领出的一条永恒的超越之路。人即超越,难道不比盖棺论定好?

"为了自己而思考",依我看是写作的最纯洁的出发点,否则倒怕要学会迎合与墨守。生命凭其鲜活,一落生就知道天大的事,倒是后来"主义、主义"地给走瞎了。那我就再插句嘴吧:没有哪一种生活不是真正的生活,只要诚实地问过它了,和不断地问着它。巨傻之问或非凡之题充满善意,谜面本身已然泄露了一半谜底:

生活 > 活着。

2004 年 10 月 17 日

# 潘萌散文集序

潘军说他答应了女儿,要我为此书写序。我猜是潘萌答应了她爹。

读了些章节,已觉潘兄多事——何必要在这么好的文字面前加一篇老生常谈?我早说过我们这一代不过是铺路石。

如今的年轻人广见博识,不像我们那会儿找不着几本书读;如今的年轻人广猎博思,不像我们那会儿往一条道上挤;如今的年轻人自由天赋,不像我们那会儿自布雷池。

潘萌的文章,最是角度与形式的不拘一格让我赞叹。我一向对仿真不以为然。上帝给了人写作的能耐,未必是要多多地复印实际,而是期待生命因而呈现多种可能。比如武家坡上的悲欢,几百年来止于一副面孔,一套言词,一种道德审视,多叫人扫兴!生命的多种可能,显然不在外表而在内心,尤其是写者的内心,写者对于这人世间种种僵硬外表之独辟蹊径的观问与求答。这需要想象力。角度的丰富与单调,实在是想象力旺盛或萎败的证明。还有荒诞感,如果一切现实都在你眼前奔流得正当、顺畅,想象力又从哪儿长大?想象力和荒诞感,我看是角度与形式的源泉。甭跟我说那么多别人的事——六十亿人料你也说不过来,我只想看你看生活的独具角度,我只想听你从现实听到的另种声音,我只关心对于生命,人还可以有怎样的态度。潘萌的文章所以让我满足。

正是想象力的不拘一格,或对生命的态度不落窠臼,造就了潘军、潘萌之间不同凡响的父女关系吧。"致父亲书"一章直读得我欲泪欲喜,感慨万千。如今人们常对人与人关系的功利与冷漠摇头喟叹。其实,对他人的态度无不孕育于家庭。而家庭的美好与否,并不在别的,而在于——社会也一样——是不是真正崇尚爱与自由。

潘萌望着父亲的背影,感叹其"英雄迟暮"——潘兄你够了,看她的吧。

2005 年 3 月 12 日

书信

# 给王安忆（1）

王安忆：

　　你好！

　　未能见面一聊，很遗憾。我记得好像见过你，在文讲所，那次是袁可嘉讲课。

　　坦白说，《清平湾》是受了汪曾祺的影响。我最喜欢他的作品，主要是他的语言。

　　我很喜欢的是他的《七里茶坊》，但他的这篇作品似乎没有得到应有的重视。这大约与中国历来不太重视语言有关。其实语言绝不仅仅是文字组合的问题，它是审美角度的体现，而审美角度又体现着作者的思想深度。我在读《七里茶坊》时，总能感到汪增祺的神态、目光——看着这个世界时的目光；常感到我是在和他默然对坐着，品味着人生的滋味，辛、酸、苦、辣、喜、怒、哀、乐，全在淡淡的几句对话中了。他的语言的妙处就在于给了读者一个"默然"的机会，默然之中，不知所思，却又无所不思，说的是区区小事，却又使人忘却营营，能想到宇宙中去。海明威更是这样。我不认识汪，但有一次见他在文章中说，他是与海明威相通的，我信。大约通就通在审美角度上了。我说《清平湾》受了汪的影响，绝不是说此文敢与《七里茶坊》相比。我只是从他那儿感到了语言的重要。高行健在他那本引起争论的书中说到过语言，我觉得很正确。这大概就是旋律的问题，作者用语言构成旋律。一首无标题音乐之所以能使人感到作曲家对世界、人生的看法，大约更能说明语言绝不仅仅是语言本身的问题。

我的牛吹得够厉害了。陕北老乡有句话："多吃饭身体好,少说话威信高。"不过既然通信,何必不吹吹牛呢!

我近年来看的刊物不多,老实说,觉得可看的太少。不过我的很多善于挑剔的朋友都很欣赏"女作家中的王安忆"。不恭维。

我这辈子大约只能写写短篇了,充其量试试中篇。生活面有限,慢慢就会显出后劲儿不足了。文学又纯粹是马拉松,一过三万米,是骡子是马就看出来了。好在我有充分的心理准备。所以今天这牛是不吹白不吹,过了这村儿,没这店门儿了。

头次通信就放肆得很,请原谅。来京时,一定来聊聊。

祝好!

史铁生

1983年3月30日

# 给王安忆(2)

王安忆：

你好！

我周围的一些朋友，也常常说起文学与气功的相似，没想到你也这样看，真妙。我们常常说，海明威等名家就在于练出了丹田气，而后来的一些模仿者都只练了一些花架子，比画起来虽然貌似，却是神离。文学与气功确实相似之处太多，气功在入静时常常是想"天地玄黄，宇宙洪荒"、"飘飘欲仙，优哉游哉"，于是入了静，忘却营营神清意朗。文学也是要忘却营营，否则只能发泄私愤，以至弄得歇斯底里起来。如能想想"宇宙洪荒"，甚至站在星球之外来看这人世，大约就能把人生看得明白一些，不至蝇营狗苟了。这可能就是"神通"的妙用。因为文学未必能教会人们生活，只希望其能净化人的灵魂，陶冶人的感情等等。（有个伟人这样说过，记不清是谁了，我以为太对了。）我非常同意你的"修炼"说，常说文如其人，只有人修到了"悟"的境界，文章写来才能使读者去悟。悟痛苦，悟存在，悟心灵何以会扭曲，绝不会去悟党委书记的报告，或"形势大好"。形势即使大好，也用不着悟。倘若悟起来也是悟过去：人类何以竟愿意相互厮杀，均于其中演了一回悲剧。于是有了悲剧。悟着悟着笑了，于是有了喜剧……悟着悟着，发现若干好人都在抽风，于是有了荒诞剧。千万种创造都发于悟性之中。正如你说，不能靠练。"练习写小说"这句话过于滑稽。

我常常感到自己悟性不足，有时回过头去看看，竟不知自己写的东西于人类究竟有什么用处。"光明剧"固然最可笑,但浮浅的悲剧充其量也不过是忆苦思甜,说烦了,说腻了,狗屁不是了。真像有人说的:你把人家的事写下来,还向人家要钱。

  现在到处在大谈现代派,有干脆否定的,有叫喊形式是最重要的。其实现代派的很多好形式也都与悟性分不开,人家正是因为对生活、对人生、对存在有了新的理解,上升到了新的哲学、美学高度,才创造出那些好形式。不知荒诞哲学之所以然,就开始荒诞派创作,本身就成了荒诞的事实。人生的荒诞正在于这种失却悟性的苟活、苟学与苟作。信中难于畅叙,总之悟性最重要。

  问你爱人好!他对《清平湾》的评价,几乎使我飘飘然,那两句评语正是我想得到的。

  祝好!

史铁生
1983年4月17日

# 给杨晓敏

杨晓敏:你好!

看了您的论文。文章中最准确的一个判断是:我并非像有的人所估计的那样已经"大彻大悟",已经皈依了什么。因为至少我现在还不知道"大彻大悟"到底意味着什么。

由于流行,也由于确实曾想求得一点解脱,我看了一些佛、禅、道之类。我发现它们在世界观方面确有高明之处。(比如"物我同一""万象唯识"等等对人的存在状态的判断;比如不相信有任何孤立的事物的"缘点"说;比如相信"生生相继"的"轮回"说;比如"不立文字""知不知为上"对人的智力局限所给出的暗示,以及借助种种悖论式的"公案"使人看见智力的极限,从而为人们体会自身的处境开辟了直觉的角度等等,这些确凿是大智慧。)但不知怎么回事,这些妙论一触及人生观便似乎走入了歧途,因为我总想不通,比如说:佛要普度众生,倘众生都成了"忘却物我,超脱苦乐,不苦不乐,心极寂定"的佛,世界将是一幅什么图景?而且这可不可能?如果世间的痛苦不可能根除,而佛却以根除世间痛苦的宏愿获得了光荣,充其量那也可能是众生度化了佛祖而已。也许可能?但是,一个"超脱苦乐"甚至"不苦不乐"的效果原是一颗子弹就可以办到的,又为什么要佛又为什么要活呢?也许那般的冷静确实可以使人长寿,但如果长寿就是目的,何不早早地死去待机做一棵树或做一把土呢?如果欲望就是歧途,大致就应该相信为人即是歧途。比如说人与机器人的区别,依我想,就在于欲望的有无。科学已经证明,除去创造力,人所有的一切功能机器人都可以仿效,只要给它输入相应的程序即可,但要让机器人具有创造能力,则从理论上也找不到一条途径。要使机器人具有创造力,得给它输入什么呢?我想,必得是:欲望。欲望产生幻想,然后才有创造。欲望这玩意儿实在神秘,它与任何照本宣科的程序都不同,它可以无中生有变化万千这才使一个人间免于寂寞了。输入欲望,实在是上帝为了使一个原本无比寂寞的世界得以欢腾而作出的最关键的决策。如果说猴子也有欲望,那只能说明人为了超越猴子应该从欲望处升华,并不说明应该把欲望阉割以致反倒从猴子退化。而"不苦不乐"是什么呢?或者是放弃了升华的猴子,或者是退出了欲望的石头。所以我渐渐相信,欲望不可能无,也不应该无。当然这有一个前提,就是:我们还想做人,还是在为人找一条路,而且不仅仅想做一个各种器官都齐全都耐用的人,更想为人所独有的精神找一个美丽的位置。还得注意:如果谁不想做人而更愿意做一棵树,我们不应该制止,万物都有其选择生存方式的权利——当然那也就谈不上选择,因为选择必是出于欲望并导致欲望。说归齐,不想做人的事我们不关心(不想做人的人,自然也都蔑视我们这类凡俗的关心,他们这种蔑视的欲望我们应该理解,虽然他们连这凡俗的理解也照常地蔑视——我唯一放心的是他们不会认为我这是在暗含地骂人,因为那样他们就暴露了暗地里的愤怒,结果违反了"不苦不乐"的大原则,倒为我们这类凡俗的关心提出了证据)。我们关心的事,还是那一条或那一万条人的前途。

  这就说到了"突围"。我确曾如您所判断的,一度甚至几度地在寻求突围。但我现在对此又有点新想法了——那是突不出去的,或者说别指望突出去。因为紧接着的问题是:出去又到了哪儿呢?也许我们下辈子有幸做一种比人还高明的生命体,但又怎么想象在一个远为高明的存在中可以没有欲望、没有矛盾、没有苦乐呢?而在这一点上佛说对了(这属于世界观)——永恒的轮回。

这下我有点懂了,轮回绝非是指肉身的重复,而是指:只要某种主体(或主观)存在,欲望、矛盾、苦乐之类就是无法寂灭的。(而他又希望这类寂灭,真是世上没有不犯错误的人!)这下我就正像您所判断的那样"越走越逼近绝境"了,生生相继,连突围出去也是妄想。于是我相信神话是永远要存在的,甚至迷信也是永远要存在的。我近日写了一篇散文,其中有这么两段话:"有神无神并不值得争论,但在命运的混沌之点,人自然会忽略着科学,向虚冥之中寄托一份虔敬的企盼。正如迄今人类最美好的想往也都没有实际的验证,但那想往并不因此消灭。""我仍旧有时候默念着'上帝保佑'而陷入茫然。但是有一天我认识了神,他有一个更为具体的名字——精神。在科学的迷茫之处,在命运的混沌之点,人唯有乞灵于自己的精神。不管我们信仰什么,都是我们自己的精神的描述和引导。"我想,因为智力的有限性和世界的无限性这样一个大背景的无以逃遁,无论科学还是哲学每时每刻都处在极限和迷途之中,因而每时每刻它们都在进入神话,借一种不需实证的信念继续往前走。这不需实证也无从实证的信念难道不是一种迷信吗?但这是很好的迷信,必要的迷信,它不是出自科学论证的鼓舞,而是出于生存欲望的逼迫,这就是常说的信心吧。在前途似锦的路上有科学就够了,有一个清晰而且美妙的前景在召唤谁都会兴高采烈地往前走,那算得上幸运算不得信心,那倒真是凭了最初级的欲望。信心从来就是迷途上的迷信,信心从来就意味着在绝境中"蛮横无理"地往前走,因而就得找一个非现实的图景来专门保护着自己的精神。信佛的人常说"我佛慈悲",大半都是在祈望一项很具体的救济,大半都只注意了"慈"而没有注意"悲",其实这个"悲"字很要紧,它充分说明了佛在爱莫能助时的情绪,倘真能"有求必应"又何悲之有?人类在绝境或迷途上,爱而悲,悲而爱,互相牵着手在眼见无路的地方为了活而舍死地朝前走,这便是佛及一切神灵的诞生,这便是宗教精神的引出,也便是艺术之根吧。(所以艺术总是讲美,不总是讲理。所以宗教一旦失去这慈悲精神,而热衷于一个人或一部分人的物界利益时,就有堕落成一种坏迷信的危险。)这个悲字同时说明了,修炼得已经如此高超的佛也是有欲望的,比如"普度众生",佛也是有苦有乐有欢有悲的。结果非常奇怪,佛之欲求竟是使众生无欲无求,佛之苦乐竟系于众生是否超脱了苦乐。这一矛盾使我猜想,此佛陀非彼佛陀,他早已让什么人给篡改了,倘非如此我们真是要这个劳什子干吗?无非是我们以永世的劫难去烘托他的光环罢了。所以,我一直不知道"大彻大悟"到底是什么,或者我不相信无苦无乐的救赎之路是可能的是有益的。所以,灭欲不能使我们突围,长寿也不能。死也许能,但突围是专指活着的行为。那个围是围定了的,活着即在此围中。

  在这样的绝境上,我还是相信西绪福斯的欢乐之路是最好的救赎之路,他不指望有一天能够大功告成而入极乐世界,他于绝境之上并不求救于"瑶台仙境,歌舞升平",而是由天落地重返人间,同时敬重了慈与悲,他千万年的劳顿给他酿制了一种智慧,他看到了那个永恒的无穷动即是存在的根本,于是他正如尼采所说的那样,以自己的劳顿为一件艺术品,以劳顿的自己为一个艺术欣赏家,把这个无穷的过程全盘接受下来再把它点化成艺术,其身影如日神一般地做美的形式,其心魂如酒神一般地常常醉出躯壳,在一旁做着美的欣赏。(我并没有对佛、禅、道之类有过什么研究,只是就人们对它们的一般理解有着自己的看法罢了。不过我想,它们原本是什么并不如它们实际的效用更重要,即:"源"并不如"流"重要。但如果溯本清源,也许佛的精神与西绪福斯有大同,这是我从佛像的面容上得来的猜想,况且慈与悲的双重品质非导致美的欣赏不可。)所以宗教和艺术总是难解难分的,我一直这么看:好的宗教必进入艺术境界,好的艺术必源于宗教精神。

  但是这又怎么样呢?从死往回看,从宇宙毁灭之日往回看:在写字台上赌一辈子钱,和在写字台前看一辈子书有什么不一样呢?抽一辈子大烟最后抽死,和写一辈子文章最后累死有什么不一样呢?为全套的家用电器焦虑终生,和为完美的艺术终生焦虑有什么不一样呢?以无苦无乐为渡世之舟,和以心醉于悲壮醉于神圣为渡世之舟又有什么不一样呢?如果以具体的生存方式论,问题就比较难说清,但把获得欢乐之前和之后的两个西绪福斯相比较,就能明白一个区别:前者(即便不是推石头也)仅仅是一个永远都在劳顿和焦灼中循环的西绪福斯,后者(不论做什么)则是一个既有劳顿和焦灼之苦,又有欣赏和沉醉之乐的西绪福斯,因而他打破了那个绝望的怪圈,至少是在这条不明缘由的路上每天都有一个悬念迭出的梦境,每年都有一个可供盼望的假期。这便是物界的追求和(精)神界的追寻,所获的两种根本不同的结果吧。当然赌钱或许也能赌到一个美妙境界,最后不在乎钱而在乎兴奋了,那自然是值得祝贺的,但我想,真有这样的高人也不过是让苦给弄伤了心,到那牌局中去躲避着罢了,与西绪福斯式的欢乐越离得远些。

　　最后有一个死结,估计我今生是解它不开了:无论哪条路好,所有的人都能入此路吗?从理论上说人都是一样的构造,所以"人皆可成佛",可是实际上从未有过这样的事实;倘若设想一个人人是佛的世界,便只能设想出一片死寂来,无差别的世界不是一片死寂能是什么呢?至少我是想不出一个解法来。想而又想可能本就是一个荒唐者的行状,最后想出一个死结来,无非证明荒唐得有了点水平而已。那个欢乐的西绪福斯只是一个少数,正如那个"大彻大悟"的佛也是一少数,又正如那些饱食终日的君主同样是一些少数,所谓众生呢?似乎总就是一出突围之戏剧的苦难布景,还能不体会一个"悲"字吗?

史铁生<br>(1990年)

## 给《音乐爱好者》

编辑同志:好!

　　我一直惭愧并且怀疑我是不是个音乐盲,后来李陀说我是,我就不再怀疑而只剩了惭愧。我确实各方面艺术修养极差,不开玩笑,音乐、美术、京剧,都不懂。有时候不懂装懂,在人们还未识破此诡计之前便及时转换话题,这当然又是一种诡计,这诡计充分说明了我的惭愧之确凿。

　　现代流行歌曲我不懂,也不爱听,屡次偷偷在家中培养对它的感情,最后还是以关系破裂而告终。但有些美国乡村歌曲和外国流行歌曲,还是喜欢(比如不知哪国的一个叫娜娜的女歌手,和另一个忘记是哪国的胡里奥·伊格莱西亚斯)。也仅仅是爱听,说不出个道理来。

　　古典音乐呢? 也不懂,但多数都爱听,不知道为什么爱听,听时常能沉进去,但记不住曲名、作者、演唱演奏者和指挥者,百分九十九的时候能把各种曲子听串(记串),就像有可能认为维也纳波士顿团的指挥是卡拉征尔。至于马勒和马奈谁会画画谁会作曲,总得反复回忆一下才能确定。而签证和护照的关系我也是昨天才弄明白的,后天会否又忘尚难保证。

　　史铁生与音乐是什么关系呢? 他是个爱听他所爱听的音乐的人。而且不限于音乐,音响也可以。比如半夜,某个下了夜班的小伙子一路呼号着驰过我家门口;比如晌午,一个磨剪子磨刀的老人的叫卖;比如礼拜日,不知哪家传来的剁肉馅的声音,均属爱听之列。

民歌当然爱听,陕北民歌最好。但到处的民歌也都好,包括国外的。虽然我没去过印尼,没去过南美和非洲,但一听便如置身于那地方,甚至看见了那儿的景物和人情风貌。北方苍凉的歌让人心惊而心醉,热带温暖的歌让人心醉而后心碎(总之没什么好结果)。我常怀疑我上辈子是生活在热带的,这辈子是流放到北方的。看玛·杜拉的《情人》时也有此感。

被音乐所感动所迷倒的事时有发生。迷倒,确实,听得躺下来,瞪着眼睛不动,心中既空茫又充实,想来想去不知都想了什么,事后休想回忆得起来。做梦也是,我总做非常难解的离奇的梦,但记不住。

音乐在我看来,可分两种,一种是叫人跳起来,一种是令人沉进去,我爱听后一种。这后一种又可分为两类:一类是无论你在干什么,一听就"瞪眼卧倒"不动了。另一种则是当你"瞪眼卧倒"不动时才能听,才能听得进去。而于我,又是后一种情形居多。

听音乐还与当时的环境有关,不同环境中的相同音乐,会有完全不同的感受。在闹市中听唢呐总以为谁家在娶媳妇。我常于天黑时去地坛(我家附近的一个公园,原为皇上祭地之处),独坐在老树下,忽听那空阔黑寂的坛中有人吹唢呐,那坛占地几百平方米,四周松柏环绕,独留一块空地,无遮无拦对着夜空,唢呐声无论哀婉还是欢快却都能令人沉迷了。

当然,更与心境有关。我有过这样的时候:一支平素非常喜欢的曲子,忽然不敢听了;或者忽然发现那调子其实乏味得很,不想听了。

我看小说、写小说,也常有这样的情况,心境不同便对作品的评价不同。那些真正的佳作,大约正是有能力在任何时候都把你拉进它的轨道——这才叫魅力吧?鬼使神差是也。所以我写一篇小说之前总要找到自己的位置、自己的心态,并以一种节奏或旋律来确认（或说保障）这种位置和状态。但我说不好是谁决定于谁。心境一变，旋律就乱，旋律一乱，心境便不一样。所以我很怀疑我能否写成长篇，因为没把握这一口气、这一旋律可以维持多久，可以衍伸到哪儿去。

等我好好想想，再认可能否应下你的约稿吧。

祝

岁岁平安！

史铁生

1991年12月19日

# 给盲童朋友

各位盲童朋友,我们是朋友。我也是个残疾人,我的腿从二十一岁那年开始不能走路了,到现在,我坐着轮椅又已经度过了二十一年。残疾送给我们的困苦和磨难,我们都心里有数,所以不必说了。以后,毫无疑问,残疾还会一如既往地送给我们困苦和磨难,对此我们得有足够的心理准备。我想,一切外在的艰难和阻碍都不算可怕,只要我们的心理是健康的。

譬如说,我们是朋友,但并不因为我们都是残疾人我们才是朋友,所有的健全人其实都是我们的朋友,一切人都应该是朋友。残疾是什么呢?残疾无非是一种局限。你们想看而不能看。我呢,想走却不能走。那么健全人呢,他们想飞但不能飞——这是一个比喻,就是说健全人也有局限,这些局限也送给他们困苦和磨难。很难说,健全人就一定比我们活得容易,因为痛苦和痛苦是不能比出大小来的,就像幸福和幸福也比不出大小来一样。痛苦和幸福都没有一个客观标准,那完全是自我的感受。因此,谁能够保持不屈的勇气,谁就能更多的感受到幸福。生命就是这样一个过程,一个不断超越自身局限的过程,这就是命运,任何人都是一样,在这过程中我们遭遇痛苦、超越局限,从而感受幸福。所以一切人都是平等的,我们毫不特殊。

我们残疾人最渴望的是与健全人平等。那怎么办呢?我想,平等不是以吃或可以穿的身外之物,它是一种品质,或者一种境界,你有了你就不用别人送给你,你没有,别人也无法送给你。怎么才能有呢？只要消灭了"特殊"，平等自然而然就会来了。就是说，我们不因为身有残疾而有任何特殊感。我们除了比别人少两条腿或少一双眼睛之外，除了比别人多一辆轮椅或多一根盲杖之外，再不比别人少什么和多什么，再没有什么特殊于别人的地方，我们不因为残疾就忍受歧视，也不因为残疾去摘取殊荣。如果我们干得好别人称赞我们，那仅仅是因为我们干得好，而不是因为我们事先已经有了被称赞的优势。我们靠货真价实的工作赢得光荣。当然，我们也不能没有别人的帮助，自尊不意味着拒绝别人的好意。只想帮助别人而一概拒绝别人的帮助，那不是强者，那其实是一种心理的残疾，因为事实上，世界上没有任何人不需要别人的帮助。

　　我们既不能忘记残疾朋友，又应该努力走出残疾人的小圈子，怀着博大的爱心，自由自在地走进全世界，这是克服残疾、超越局限的最要紧的一步。

史铁生

（1993年）

# 给　XL

XL:你好!

　　不妨就先把学业当作出国的工具,这没有什么不对。当一个地方限制了一个人发展的时候,他完全应该换个地方,另辟生路。(所谓发展也并不单指学业,而是指生活或生命的全面发展)而另辟生路的工具,自然各用其能了。我们赞成你不要放弃学业,主要是从这个角度考虑的。出国之后也可以继续搞原来的专业,也可以干别的,路子就宽了。你要是不喜欢生物,迟早都应该放弃它,这也并不见得意味着白学,知识终归是有用的。一个人无论被指定干什么,都是苦役,逃离苦役是正当的是必要的。无论干什么,理由只有两个:一是你乐意干,一是你借此达到其他你所感兴趣的目的,舍此两点即是荒唐。再没有比一个人一辈子都在干他所不喜欢干的事更荒唐的了。所以,既然知道不想干什么,又得知道终于想干什么,还得知道现在必须干什么。假如没有更好的工具,你就只好先把这件工具收拾好备用。我想,学业还是你目前出国最重要的资本,其他的条件都隶属于它。出国是一个宽广的未知,二十几岁应该去追寻这样的东西。出不了国则大约是个狭窄的已知,四十几岁的人适合这种途径。真理是多元的,结构决定其对错。

　　其实,一切学业说到底都是谋生的手段(为了肉体的存活),都是娱乐的玩具(为了精神的充实)。一切科学、哲学、文学、艺术,到底都有什么用呢?从人迟早都是要死的这一点来看,从人类乃至宇宙迟早也是要毁灭的这一点来看,人终归只是一堆无用的热情,我们之所以还得保持这热情,还得用明智和真诚来校正、来助燃这热情,只是因为舍此我们会活得更加荒诞。甚至死也不能免除这荒诞,因为:结束不过是另一个开始。绝对的虚无可以证明是没有的——一旦有就不是绝对的无了。而一切存在都是主客体的共同参与,那么主体就会永远面对一个无可逃避的世界,因此必然是生生相继永恒轮回。逃避生之事实必定是徒劳的,而放弃生之热情只能使人落入更加荒唐的境地。所以看透了生活的本来面目然后爱它是一种明智之举。唯此可以使生命获得欢乐和价值,永远能够这样便永远能够欢乐,生生能够这样便生生能够获得价值。

总有些人以颓唐来证明自己是看破红尘,其实只是加剧了自己的痛苦而已,使自己陷入更加荒唐的境地而已。

我以为人们对于佛法也常有一种错误的理解——即灭欲。人生来就是欲望的化身,人比机器人多的只是一份欲望(我从《心我论》中得此结论),消灭欲望绝不是普度众生,而只是消灭众生,不应该灭欲,只是应该把欲望引向过程,永远对过程(努力的过程、创造的过程、总之生命的一切过程)感兴趣,而看轻对目的的占有,便是正当的欲望。只是为了引导出一个美丽的过程,人才设置一个美丽的目的,或理想。理想原就不是为了实现,而只是为了引出过程罢了。美丽者何?所谓童心不泯是也,所谓生气勃勃是也,所谓既敬畏自然之神秘又不屈于命运之坎坷是也,无论你干什么都干他个津津乐道一醉方休。

人不仅对科学了解太少,而是对一切都了解太少了。人是太狂妄了。上帝给人们设置了无限,就是为了让人永远不失却乐趣,为此我们要感谢他。

现在所说的科学仅仅是一种方法,一个角度。也许它将来会扩大得不像它了呢,或者不是它了呢,这又何妨?所谓大胆想象,不能只是一个范畴里大胆,要是超范畴的大胆,或干脆毁灭一个范畴的大胆。有什么用呢?好玩!有趣!高兴!美哉乐哉!陶哉醉哉!而已。

这样,又何必一定要出国呢?但是也可以换一种问法:又何必不出国呢?我只是想在二十几岁的时候,使自己的世界更开阔些还是好的,闯荡闯荡去还是好的。所以能出去就出去看一看,学一学,终于不能出去也没什么大关系。所谓:是真才子自风流。中国也有能人,美国也有傻瓜。能否使生活成功,大约还是内在的心路。所以,我们既建议你争取出国,也建议你做好出不去的准备。暂不放弃学业,是否于出去和不出去都有好处呢?——这要由你自己来判断。事业是重要的,但也如目的一样只是为了过程的欢乐而设置的,因为没有事业大概也是很难受的一件事,又如没有目的大概也是很空茫的一种处境。

在人生的路上,必要找到一个好玩具。而只要玩得入迷,就都是好玩具。就像找到一个好爱人,而只要爱得深,什么人都可以做好爱人。记得很久以前我发现一个并不伟大的知名人物,说了一句我至今认为是伟大的话:人生无非两件事,事业和爱情(既是狭义的,也是广义的)。我想不妨给他加上两个字:过程。事业的过程,和爱的过程。

有了电脑,很好玩,就越写越多了,而且有点书卷气了,有点说教的味道了,别在意。

祝好运!

史铁生
(1994年)

# 给安妮(1)

安妮:您好!

来信收到。我最近正与别人合作写一部电影剧本,很大程度上是为了生计,电影剧本的稿费要比小说和散文高得多。写电影,基本上是奉命之作,要根据导演和电影市场的要求去写。写完一稿了,导演不满意,还要再写一稿,很累,以至血压也高上去了。所以,眼下我不敢接受您的约稿。我想,就在这封信中,谈谈我何以特别喜欢玛格丽特·杜拉斯和罗兰·罗伯-格里耶的作品吧。

其实,法国当代文学我读得很少,杜拉斯和罗伯-格里耶的作品也只读过几篇。所以不如明智些,把话题限制得尽量小:就罗伯-格里耶的《去年在马里昂巴》和杜拉斯的《情人》说说我的感受。

我曾对搞比较文学的朋友说过:为什么不在中国的《红楼梦》与法国的《去年在马里昂巴》之间做些文章呢?这两部作品的形式殊异,但其意旨却有大同。《红楼梦》是中国小说最传统的写法,曹雪芹生于二百多年前;《去年在马里昂巴》是法国新小说派的代表作,罗伯-格里耶活在当代。但这并不妨碍我从中看到,两部作品或两位作家的意趣有着极为相似的由来与投奔。罗伯-格里耶在他这部作品的导言中写道:"在这个封闭的、令人窒息的天地里,人和物好像都是某种魔力的受害者,就好像在梦中被一种无法抵御的诱惑所驱使,企图改变一下这种驾驭和设法逃跑都是枉费心机的。"又写道:"她(女主角 A)好像接受成为陌生人(男主角 X)所期待的人,跟他一起出走,去寻找某种东西,某种尚无名状的东西,某种别有天地的东西:爱情,诗境,自由……或许死亡……"我感到,这也正是曹雪芹在《红楼梦》中所要说的,虽然我们没有直接听到他这样说。那个陌生男子 X,走过漫无尽头的长廊,走进那座豪华、雕琢、一无生气的旅馆,正像那块"通灵宝玉"的误入红尘。那旅馆和荣宁二府一样,里面的人百无聊赖、拘谨呆板、矫揉造作,仿佛都被现实社会的种种规矩(魔法)摄去了灵魂,或者他们的灵魂不得不藏在考究的衣服和矫饰的表情后面,在那儿昏迷着,奄奄一息,无可救药。唯有一个女人非同一般(《马》中的 A 和《红》中的林黛玉),这女人便是生命的梦想之体现,在这死气沉沉的世界里,唯有梦想能够救我们出去。

这梦想就是爱,久远的爱的盟约,未来的自由投奔。爱情是什么?就是自由的心魂渴望一同抵抗"现世魔法"的伤害和杀戮。因这"现世魔法"的统治,人类一直陷于灵魂的战争,这战争不是以剑与血的方式,而是以对自由心魂的窒息、麻醉和扼杀为要点。在这样的现世中,在那个凄凉的旅馆和荣宁二府里,一个鲜活的欲望需要另一个不甘就死的生命的应答,这时候,爱情与自由是同意的,唤醒久远的爱的盟约便是摆脱魔法一同去走向自由;如果现实难逃,就让艺术来引领我们走进那亘古的梦想。

我终于明白,这两部出于不同时代不同国度的作品,其大同就在于对这梦想的痴迷,对这梦想被残杀的现实背景的关注,对这梦想能力的许之为美。这梦想的所指,虽是一片未知、虚幻、空白,但正因如此才是人性无限升华的可能之域。这永难劫灭的梦想,正就是文学和艺术的根。这根,不因国度的不同而不同,不因时间的迁移而迁移,因为人与物、与机器人的根本区别,我想,就在于此。

我记得在罗伯-格里耶的一篇文章中,他说过,《去年在马里昂巴》中的某些情景,源于他早年的梦境。我来不及去查找他是在哪篇文章中这样说过的了,我甚至不能确定他是否真的这样说过,也许那只是我看了这部作品后所得的印象,以致我竟觉得那也是我有过的梦境。这可能是因为,在他的很多作品中(比如还有《嫉妒》)的写景写物里,都含着梦似的期待。罗伯-格里耶的"物"主义,确实不像他所希望的那样,摆脱了人的主观构想、主观色彩,达到了纯客观的真实。他之所以这样希望,我想,他是要说:必须摆脱那些固有的、僵死的、屈从于习惯的对存在的观念,从那里走出来,重新看看人与这个世界的关系,看看你心魂的无限领域吧。所以他笔下的真实都是"不确定的真实"。

真实不单是现实,真实还是梦想。比如黑夜,弥漫于半个地球的纷纭梦境,会随着白昼的来临便化为乌有吗?不,它们会继续漂流进白天,参与进现实。比如白天,谁能根据一个人目前的作为,而肯定地推断出他下一步的行动呢?那么你还能认定一群去上班的人只是一群去上班的人吗?不,每一个人都是一团不可预测的梦想,他不是一颗逻辑中的棋子,他是一个难于琢磨的下棋的人。比如记忆,你所有的记忆都是发生过的现实吗?不,那里面肯定有从未发生过的梦。但是,说梦是没有发生的,显然荒谬。梦已经发生,如同现实一样地发生了,并且成为我们真实生命的一部分。如果人与电脑的根本区别,在于电脑不能无中生有地去创造,显然,梦想甚至是我们生命的主要特征了。

罗伯-格里耶的写作不是写实,甚至也未必是写梦,他的写作在我看来,是要呼唤人们的梦想和对梦想的痴迷与爱。所以在他的作品里,处处留有未知、虚幻和空白,使我们得以由此无限地展开梦想,即展开我们的生命。生命恰恰是由梦想展开的,试想减去梦想,人还能剩下什么?罗伯-格里耶有一种非凡的能力,他总是能够把我们带到一个角度,让我们走进若实若幻的画面、声音或处境中,见此形而生他意,得其意而忘其形,恍然记起生命悠久的源头,恍然望见生命不尽的去处。这正是我读之而痴迷的原因吧。

在疯狂的物欲和僵死的规矩,像"魔法"一样使人丧失灵性的时代,梦想尤为珍贵,写作者要记住它,要崇尚它,跟随它。

在我们满心的爱情被"魔法"震慑、性爱被它劫掠去越来越广泛地变成商品、文学经常地沦为艺妓表演的时候,我们多么希望听见杜拉斯《情人》中的那种独自诉说!我们需要她的声音,那种语气,那种不加雕饰的款款而谈,沉重而又轻灵地把我们牵回梦想。有时我觉得,《去年在马里昂巴》的空白处,所埋藏的,就是这个《情人》的故事。如果一个人,历经沧桑,终于摆脱了"现世魔法"的震慑,复归了人的灵性,他的文章就会洗去繁缛的技巧,而有了杜拉斯式的声音。真诚的、毫不规避的诉说,使你既在现在,也在过去和未来,在"情人"年轻的裸体上,在"情人"衰老的面容里,在"情人"已经飘逝的心魂中。那时已不需要任何技巧、规则、方法,你是在对自己说,对上帝说,对生命和死亡说。"魔法"被宽广和朗的秋天吓跑了,你一生的梦想自由地东来西往,那是上帝给你的方式,不需要智力的摆弄,而随意成诗,成为最好的音乐。我非常喜爱《情人》,但似乎没有更多的东西可以议论。自从我看到了《情人》的那一天起,在我的写作路途上的每一步,那样的境界都是我向往的。但我办不到。我想,这也许不是能够学到的,模仿也许会更糟。也许,需要年龄把时间的距离拉得更长些,更长些,才可能走进它。也许我在那"魔法"中还没有走够,没有走完,所以不可能走出去。但我似乎已经看见了,文学应该走去的方向,就是在现世的空白处,在时尚所不屑的领域,在那儿,在梦想里,自由地诉说。

我不想谈论中国文学和法国文学,我只想说文学是一样的,有着一样的并且亘古不变的根。

安妮:此信如您认为可用,就请删去首尾,算作一篇文章吧。

加利玛出版社愿意出版我的作品,我自然是非常高兴和感谢的。您所选定的篇目,我也觉得很恰当。多谢。

今年为写那个剧本,花了太多的时间,所以其他东西写得很少。明年万万不能这样干了。

即颂

大安!

史铁生

1994年11月9日

# 给安妮(2)

安妮：

您好！

我当然愿意参加您召开的那个会。尤其巴黎，我一直都想去看看。但从我目前的情况看，大概很难如愿。

一是我两年前始患"尿毒症"，现在每隔两天必须做一次"血液透析"，又因我不能换肾，这疗法已是终身难免。（所谓"尿毒症"，即因肾功能衰竭，身体中的垃圾不能随尿液排出，进入血液，使人处于中毒状态。"血液透析"即是通过人工方法，排除血液中的毒素。）

二是"透析"费用昂贵，在北京每次需人民币七百多元，在巴黎可能更贵。我现在的"透析"费用，是作协方面多次为我呼吁，市政府才予特别拨款的，为期三年，三年后尚不知如何。所以若去巴黎，这费用必自己承担，而我是无力承担的。

三是即便上述问题能够解决，也还要看明年秋天我的身体状况如何。"透析"，在排除毒素的同时，身体中的营养也会流失很多，所以"透析"病人的体力，有时比较好，有时就很虚弱。虚弱时就怕难于承受长途旅程的劳累。

四是以我这身体状况，很难单独前往，杂事很多，务需我妻子一路照顾。

所以，我只能向您表达我愿意参加的愿望，至于实际，只好看天意了。我估计是很难实现的。不过，去不成也毫无关系，我仍要感谢您的好意。

问候您全家,问候朱丽和黑米!

我才发现,您信尾注明的日期是 2000 年 3 月 14 日。怎么回事?所谓"明年秋天"是指 2000 年秋天呢,还是指 2001 年秋天?

史铁生

2000 年 7 月 28 日

# 给安妮(3)

安妮:您好!

您给的题目实在是太大了。尤其"华人性"和"中文性",绝非才疏学浅如我者敢于妄论。要在这样的题目下发言,单凭一点浅显的感受或一时的情绪,肯定不行,是必须要有大学问和大智慧的。对"华人"和"中文",岂可轻论其"性"?在我想,是一定要深究其源与流的,比如信仰、习俗、生存状态,以及中文自古而今的演变历程,而这些都是我力所不及的。

至于"中国心",依我看,最美好的理解就是乡情、乡恋,即所有人都会有的对家乡的眷恋、对故土的祝福。除此之外,我就弄不大懂"中国心"是要特特地表达什么,尤其是对文学而言。有没有"法国心"和"英国心"?有没有"老挝心""刚果心"?倘若没有,那就奇怪。(果真有外星人的话,当然还会有"地球心";一旦去火星侨居得久了,怎能不想念地球我们的家乡?)所以我想,这样的心,原就是人的向爱之心;只因对家乡的眷恋铭心刻骨,对故土的祝福尤其深切,这才特特地冠以国名。倘还有别的意图,多半就可怕——此国心,彼国心,一旦悄然或张狂地对立起来,就要变质,就不大可能还是爱心,而是互相疏离、防范,甚至于敌视的心了。(外星人见此必大惑不解:不都是"地球心"吗,何至如此?)

爱祖国,爱家乡,原本是多么美好的心愿,是爱心于地球之一局部的具体实行,却不知怎么,有时竟变成武器,把人武装到心情和话语;或如魔法,把"地球心"切割得四分五裂,本来是"四海之内皆兄弟",怎么现在大家都捂着一颗受伤的心,互送冷眼与怒目?这些万物之灵呀,这些自诩高贵并智慧的人类,竟然迷失在自己不得已而做出的一种划分之中,竟会被一种抽象概念弄得南辕北辙不辨善恶!(外星人闻之或会提醒:女士们,先生们,你们的"地球心"出了什么事?)

"某国心"最初是怎么来的?在我想,原是为了一土之民的互爱互助,唯恐"一己之心"各行其是,结果势单力薄,难御天灾与外敌。这曾经或只是生存所迫,是一项减灾措施或治政方略,但渐渐地,人对生之意义有了深思远望——设若无敌来犯,就可以丢弃这互爱之心吗?就算无爱的群体仍可御敌于外,那么人心的疏离与防范,岂非要姑息养奸纵敌于内?于是乎,在治政方略的深处,便有信仰觉醒——看人间爱愿比富国强兵更是紧要;唯此,"某国心"才得尊崇,才被弘扬。就是说,那根本是一种爱愿,是"地球心"(博爱)的一次局部实现;倘爱愿消损,单单"国心"张扬,倒似数典忘祖了——据说我们的祖先殊途同源,本都来自非洲。

可不管怎么说,"某国心"确有御敌的指向;不单既往,便在当今,这指向也仍有其合理的根据。但这合理,在我看只是治政的合理,并非也是文学的期待。文学,不论是乐观还是忧患,赞美还是揭露,勇猛还是疑难,都当出于爱愿;即便写恨,也还是出于爱的祈盼。(爱,真有这么要紧吗?或者,凭什么人类的终极价值一定是指向爱?非常简单:人,渴望幸福。物使人舒适,国保障安全,而最终的幸福非爱而不可。)故在外星人到来之前,文学一向是以"地球心"为观察,为悲喜,为眷念,为折磨的。政治则不同,政治总难免是以"国"为划分,为遵守,为协商,为抗争的。而文学的理想,岂条条国界可以阻隔?比如不管什么文学奖,倘其过分地倚重了国籍或语种,被损害的只能是这奖项自身的声望。这就是为什么文学并不逃避政治,却又不等于政治。这就是为什么文学不是属国的,而是属人的。这就是为什么文学可以超越国界和语种。

(倘有外星人,还要超越天体或星系。)

针对文学和艺术,中国有一句流行的话:越是民族的,就越是世界(人类)的。细想,这话已然暗示了一种褒贬:越是世界的就越是好的,反之则不够好。然而,可有哪一民族不是世界的吗?世界从来就不是一个空壳,而是诸多民族的构成。那么,"世界的"当然也不会是空穴来风——是"民族的",就必然是"世界的"。如此说来,那个"越是……越是……"岂不是废话吗?非也。在我想,前面一个"越是"指的是个性,是真诚,是独具;后一个"越是"则是指敞开、沟通和借鉴。那就是说:越是"民族的",就越是有相互敞开、沟通、借鉴的理由和价值;而越是能够相互敞开、沟通和借鉴的,就越是"世界的",越是美好的。而绝不是说:越是孤芳自赏、故步自封、自恋自闭就越是民族的;倘其如此,又怎么可能是"世界的"?"世界的"岂不真的是空穴来风了?

所以我理解,或者我希望,"某国心"既然根本是向爱之心,就一定还要是坦诚的心,敞开的心,智慧、博大和宽容的心。

当然,所有民族都有其独具风采的文化、独具智慧的信仰,不可强制地扬此抑彼,更不能以经济或政治的强势去统一,把意趣纷繁的"地球心"都变成一股味。向爱之心,纷然独具,那才好;强成一律,就怕爱愿又要变了味道。

这样看,"某国心"显然也有同样的问题:它必然都是一样的吗?尤其,它必须都是一样的吗?当然不是。到处都是丰富多彩的心,热爱自由的心,个性独具的心,其风流各异绝不因为国界而有束缚(这也就是文学不受国界束缚的原因)。所以,"某国心"从来就不是一个可靠的、测度心魂的单位,从来就不是个性的坐标。在另一篇文章中我写过:"说到保护民族语言的纯洁与独立,以防强势文化对它的侵蚀与泯灭,我倾向赞成,但也有些疑问。疑问之一:这纯洁与独立,只好以民族为单位吗?为什么不更扩大些或更缩小些?疑问之二:各民族之间可能有霸道,一民族之内就不可能有?各民族之间可以恃强凌弱,一村一户中就不会发生同样的事?为什么不干脆说'保护个人的自由发言'呢?"

个人发言,关心普遍,各具风采,同具爱愿,从而"家心""国心""地球心"就都有了美好的解释和方向,不是这样吗?这未免太过理想吗?那就说说现实。现实是什么?现实就是向我们要求着理想的那种状态。

祝您全家幸福!

史铁生<br>2002年4月11日

此文是作者给安妮·居里安女士的回信。此前安妮曾写信来,替法国的一家刊物"法国汉学家"约稿,希望作者就"华人性""中文性"或"中国心"等题目谈谈看法。 ——史铁生注 2003年11月11日

# 给　HDL

HDL:你好!

　　一直在写那个长篇,没及时回信。现在终于写完了。是"完了"还是"完蛋了"尚不一定,但不管是什么,总可以先不想它了。

　　就像"完了"和"完蛋了"都由不得我一样,在写这长篇时,我有一个突出的感受:写什么和怎么写都更像是命——宿命,与任何主义和流派都无关。一旦早已存在于心中的那些没边没沿、混沌不清的东西要你去写它,你就几乎没法去想"应该怎么写和不应该怎么写"这样的问题了。这差不多就像恋爱,不存在"应该怎么爱和不应该怎么爱"的问题。写作和恋爱一样是宿命的,一切都早已是定局,你没写它时它已不可改变地都在那儿了,你所能做的只是聆听和跟随。你要是本事大,你就能听到得多一些,跟随得近一些,但不管你有多大本事,你与那片没边没沿的东西之间都是一个无限的距离。因此,所谓灵感、技巧、聪明和才智,毋宁都归于祈祷,像祈祷上帝给你一次机会(或一条道路)那样。所以大作家的才能被叫作天赋。我没有天赋,或者没有足够的天赋,这是不能埋怨的事,但安贫乐命之中似乎也听见一点什么,便作为动笔的理由。

　　(顺便说一句:LX听见了什么和在跟随什么,是别人不知道的,所以别人不要指挥他,他也不要听别人指挥。在宿命的写作面前,智力本来用处不大,别人的智力就更没什么用。所谓大狗小狗都要叫,真是上帝给人间的最佳劝告。据此,什么狗都可以有信心了。何况 LX 很可能是一条大狗，或者品种极为难得的一条纯种狗。）

那些没边没沿、混沌不清的东西是什么呢？如果"灵魂"这个词确是有所指的话，我想那就是灵魂了吧，否则真不知灵魂到底是什么了。我的那个长篇中有几句话，在电脑上把它搬来倒也方便：

> 你的诗是从哪儿来的呢？你的大脑是根据什么写出了一行行诗文的呢？你必于写作之先就看见了一团混沌，你必于写作之中追寻那一团混沌，你必于写作之后发现你离那一团混沌还是非常遥远。那一团激动着你去写作的混沌，就是你的灵魂所在，有可能那就是世界全部消息错综无序地纺织。你试图看清它、表达它——这时是大脑在工作，而在此前，那一片混沌早已存在，灵魂在你的智力之先早已存在，诗魂在你的诗句之前早已成定局。你怎样设法去接近它，那是大脑的任务；你能够在多大程度上接近它，那就是你诗作的品位；你永远不可能等同于它，那就注定了写作无尽无休的路途，那就证明了大脑永远也追不上灵魂，因而大脑和灵魂肯定是两码事。

于是就有一个挺有趣的问题了：是聆听者和跟随者是我呢？还是那些被聆听和被跟随的东西是我？人有大脑，又有灵魂——这是一个古老而又常新的命题。我想：很可能，聆听者和跟随者是我的大脑，被聆听者和被跟随者就是我的灵魂。也就是说，写作就是大脑去聆听和跟随灵魂的时刻。至于白纸黑字，那不过是手或者打印机的功劳（打印机会发热，手会出汗，打印机会出故障，手会得腱鞘炎等等）。

我想，历来的好作品无不是这样聆听和跟随的结果。当然，这样的聆听和跟随并不为好作品打保票，因为大脑的优劣也不可忽略——这就是所谓"本事"了。但是大脑差不多也是一个定局，或只可做些微改善。因而,写作之路主要就是这样的聆听和跟随了,人所能为者也就只有它了。但是,所能或所为,千万别在这样的聆听和跟随之外发展。在这之外的发展,不管多么漂亮(多么轰轰烈烈的主义或者多么新颖的流派),大约也只是书写或编纂。这样的聆听和跟随之外,必然是追逐潮流,膜拜"样板",和监听市场信息。一旦大脑只被大脑使唤着,制造就要代替创造,当然制造量一定会比创造量高,花样儿也容易多。因为创造肯定要在人智未至之域,依我想就是那片没边没沿、混沌不清的东西——灵魂的幽暗处。大脑跟随它到那儿,一切都像洪荒未开,激动得你满心思绪却又默然无语——这就是写作者叼着笔在寻找语言的时刻,这样的时刻才可能有创造。灵魂用不着我们创造,那是上帝的创造,我们的创造是去接近那片东西,也可以说就是去接近上帝。尤其当我们发现这接近是永无止境的距离时,真正的写作才可能发生。

你上次说到"先锋与传统的结合才是写作大有可为之地"——大意是这样吧?我非常同意。"先锋"并不是固定的一种风格、流派、技巧,而是对未开垦(未知、未发现)之域的探问激情。"传统"当然也不是故有的一种或几种风格、流派和技巧,而恰是对灵魂的来路和去处的关注,是接近上帝的心愿,又是对永恒距离的接受,这些自打人成为人那天起就一直有,所以谓之"传统"。"先锋"的探问激情若仅仅对着古往今来发生在空间里的未知事物,就差不多离开了文学,离开了传统,离开了根。"传统"若画地为牢,就差不多像是将死的老人一心只求长寿,再看不惯青年人忘死的热恋了。事实确是如此:老化的征兆,正在于这探问激情的衰退,而年轻的先锋又容易被空间中的新奇牵引得到处乱跑。这作为一个人或一个作者,都无可厚非,甚至是一种必然,大惊小怪倒是不必。但文学若总在这两端跳,就不像什么好事。最可期望的是:文学永葆它的探问激情,同时又总是向着那一片无边无际、混沌不清的灵魂领域。正因其无边无际和混沌不清,这探问才永无止处,激情也才不会衰退。

我不能在空间里随心所欲地到处去跑,不过我并不是因此而不赞成"被空间中的新奇牵引得到处乱跑",我其实是非常想到空间的新奇中去乱跑的(去不去得成是另外一回事)。我只是说:不管你是否在空间中乱跑,不管你的空间是大是小,不管那儿有或没有以及有多少新奇的事,文学也主要是发生在心魂里的事,尤其是发生在心魂中一直被遮蔽之处的事。发生在心魂里的事,似乎仅仅用"发生"这个词就不够了,要用"发现"。因为,如果心魂没有发现它,它就等于没有发生。而发现,必定是由于传统的精神关注和先锋的探问激情,否则,心魂被遮蔽处的事就很难被发现,文学就只好到心魂之外的空间中去乱跑了。

我不大爱看仅仅发生在空间的故事,那样的故事全世界每天不知要发生多少,似乎与我关系不大。记得有人挖苦作家说"把人家的事写一遍,还跟人家要钱",这挖苦挺公道。我想,其实没有一篇好作品是纯粹写别人的,而只可能是借助很多发生在空间中的别人的事,在写发生在自己心里的事,准确说是发现早已存在于自己心里的事。

我有时想:若是世界上只有我,我心里大概就什么事也不发生,甚至干脆发现不了我自己。我心里之所以有所发生或发现,就在于这世界上还有别人,在于我与别人相关。所以,其实也没有纯粹写自己的作品。我有时想:心魂和心魂一向是联通着的,在那片混沌之域各居一隅,但是并不隔离。是大脑把人隔离的(就像一个个"286""386""486"未能联网),当大脑受到膜拜之时,人为肉体和灵魂都穿上衣裳——棉、绸的织品,或语言的遮蔽。不过这处境并不值得厌弃,这恰是写作出发的地方,别忘了去哪儿就好。

删除大脑(删除上帝的游戏机)怎么样?像有些参禅悟道者主张的那样,断灭一切智识,人人都去成佛,不好么?我总觉得这不大可能,我总以为灵魂或者佛性必不是一处固定的所在(或者宝座），它是一个动词，它只在一条行走着的路上，只有在接近它而又永远走不到它时，它才呈现。这不是删除大脑（把众生都删除成傻瓜）所能办到的。可是对大脑的膜拜又总是让人走进歧途，因为只是智力这么活着、嚷着、比赛着，智力终有一天要聪明到发现这处境的无味。我有时想：上帝把人隔离，原是为了人的团聚，上帝弄出几十亿大脑就是为了让我们有办法去跟随灵魂，上帝弄出各种互相不能听懂的语言正是为了那座通天塔的建造。要是人人都已成佛，或者给人一座现成的通天塔，人可还往哪儿走呢？无处可去，灵魂倒要消散了。（其实，正是一个个脑细胞的互相联通、互相的往来投奔，才使灵魂成为可能的吧。）

越说越远了。本来是想给你写封信，却正儿八经地又像是做起文章来了。主要是有些乱七八糟的想法，想说说。主要是觉得很多文章竟是在灵魂之外的操作。操作是一个时髦用词，看来，大脑一旦只对着大脑发狠，必会选中"操作"这个词的。

你上次讲的，我觉得句句在理。你靠直觉，那就是天赋。你只差一写，虽然写起来也得费点力气——费点大脑。我是更多的用脑的人，这不是天赋。有两种人，一种是生来有悟性（直觉，或者叫通灵性），另一种是，命运把他扔在一个使他不得不想一想灵魂问题的地方，我是后者。

还有一句话要说：你所感受到的困苦，我都懂。懂，于是就不必多说。但是在写作中是不能绕开那些困苦的，因为灵魂正是在那些困苦的地方。

问候 LX。问候你们的女儿。

即颂

大安！

史铁生

1995年7月10日

# 给  LR

LR兄：

你好！

寄来的文章（剪报）早已收到，那时正忙着为长篇收尾，未及时回信。

若是就这两篇文章（殷小苓的《艺术与伦理的对峙》和臧棣的《艺术独立于伦理？》）谈看法，似乎太麻烦（比如首先得逐字逐句去分析他们二位的准确意思，说不定还得引几段他们的话），我实在不精此道，而且涉及种种立场式的辩论历来让我发怵。不如脱离开这两篇文章，只说说我自己对艺术和伦理以及对顾城事件的想法吧：

1.艺术和艺术家是两码事。艺术可以独立于伦理，艺术家则不可。最简单的逻辑是：对艺术的评价显然不能依据伦理，但艺术家除非与他人隔绝，否则就不可能不受伦理的约束。

2.我手头的《现代汉语词典》上是这样解释"伦理"一词的："指人与人相处的各种道德准则。不同的阶级有不同的伦理。"我想，"阶级"一词应谨慎使用，不如说"不同的时代、不同的文化、不同的群体，有不同的伦理"更恰当。

3.艺术家作为具体的人，他可以反对某种伦理，也可以放浪不羁而至希望不受任何伦理的束缚，但他不可能不在某种伦理的约束中——因为你必要与他人相处，而且必然是在某种现实中与他人相处。必要与他人相处就必得遵守某种道德准则，必然在某种现实中与他人相处就必得遵守某种现实的伦理。这时候任何浪漫和梦想都不能代替现实,不管是如世界大同一类的好梦还是如法西斯一样的坏梦,也不管是永难实现的好梦还是可能实现的好梦,都不给你不受现实伦理约束的权利。比如足球,现行的规则并非尽善尽美,可以发议论以期改善它,但眼下的比赛中必须遵守它。你不遵守,就依据现实的伦理(规则)制裁你,不管你是谁,也不管你做的什么好梦。所以,艺术家的杀人当然要与任何人的杀人同等看待,这里甚至没有什么"可不可以原谅"的问题需要讨论,杀人就是杀人犯,余下的问题和思索请到伦理(以及基于伦理的法律)之外去讨论。

4. 现实和梦想,必要泾渭分明。艺术家必是一个现实,而艺术从根本上说是梦想(理想、希望等等)。现实的人必须遵守现实的伦理,可梦想,你要它遵守什么呢?尤其遵守什么伦理、什么准则呢?如果梦想不是无拘无束于已有的伦理或准则之外,它也就不是梦想,或者也就没有梦想,没有梦想艺术也就完了,艺术就又会变成一种"样板"下的千百次移植,或者一种主义下的千百条注释了。梦想和现实,艺术和伦理,各归其位各司其职,不仅利于艺术也利于伦理。比如《流浪者》中的拉兹,作为一个偷儿要不要被制裁?但作为一个被污辱与被损害者,是不是制裁了就够了?于是就有两难局面:按照艺术的逻辑,法律将无所适从;按照法律的逻辑,艺术将无所作为。我一直记得《流浪者》中的一句话:"法律不承认良心,良心也就不承认法律。"这句话像是声讨,但它无论如何是说对了,法律不能承认(或遵从)良心,良心也不能止步(或俯首)于法律,于是法律才能严谨,良心才能独立,艺术才能鲜活,独立的良心和鲜活的艺术便有助于法律的修正,日趋完善的法律也才能更好地维护良心和艺术。若是法律和良心、艺术互相不能独立,最终准定是一锅粥,哪样也好不了。我又要拿足球作比:足球的魅力,源于两样东西——

梦想和规则,没有梦想的足球是死的足球,没有规则的足球干脆甭踢。而足球规则中最根本的一条是不允许"越位"。很可能,一切规则的立身之本都是防止"越位"。又比如良心、艺术和伦理、法律,都是需要的,唯不可越位。

5. 艺术的自由正在于对各种已有道德准则(规范、契约、习惯等等)的独立。它是梦想,它不与现实的他人相处而只与梦想中的世界相处,它干预现实也只是在梦想、理想、希望的范围内干预,总之是非实际地干预,否则就不像艺术而更像社论、诉讼,或"焦点访谈"了。因而任何已有的伦理,艺术都有权指责和违背(有权并不意味着必须和必然)。就像常说的:你管天管地,总管不了我做什么梦! 一处连梦想也被管制的地方,必是一片沙漠,最少也是一块不生长艺术的土壤。

6. 所谓准则,必然是指已经存在的规则,尚未产生的(尚在寻求和期盼的)境界不能作为准则,因为不能为公众认同的东西必然无准可遵无则可守。因而在艺术面前并没有伦理,因为梦想不受约束,梦想之为梦想正在于不是现实或尚未成为现实。如果有一天梦想成为现实,期盼中的人与人的关系得到公众认同,那时伦理必然随之出现。但这时,艺术要是不愧为艺术,梦想也不愧为梦想的话,它们就又要脱离开现实走向那片混沌之地,到不受道德准则约束的地方去察看,到蛮荒的心魂深处去探问了,结果它就还是独立于伦理。就像梦想生性是非现实的,艺术生性是在伦理之外去开拓。而伦理生性是现实的,如果它有资格作为准则,就证明它必得是现实的。

7. 说到"脱离现实",可能生出歧义。比如遭到诘问:"艺术能够脱离现实吗? 梦想能够凭空而生吗? 意识能够脱离存在吗?"等等。这样的诘问有必要先让它作废。因为这就像是说我们不能脱离生命去思想一样,原就是一种彻底的废话。我说的"现实",是指生活中有限的明晰、确定之域(比如种种成文或不成文的准则、习惯),而不是指我们生存于斯的一切。若连迷茫、未知、心路的困苦和希望也脱离,那我直接主张去死也就够了。还有,对艺术而言,"脱离现实"不是必须,而是有权;就像我们有权脱离社会主义初级阶段而梦见共产主义,但不必回回这样。

(顺便说一句:我对理论词汇一知半解,不敢乱用,只好这样拙笨地区分这两种现实——可以脱离的,和不可能脱离的。)

8. 但是艺术和梦想就没有一种需要遵守(遵循、恪守、崇尚,甚至膜拜)的东西吗?如果没有,你为什么梦?你从何而梦?你为什么写、画、舞、唱……?比如说,你不为了人道吗?你不为了真、善、美、爱、幸福、自由、平等……吗?我相信,任何好的艺术家和好的艺术品都不能不为了这个。但这不是伦理,因为它们不是固定的道德准则,它们没法儿遵守,它们变动不居,要由人不断地更新、扩展、赋予其具体的内涵。比如说,法律保护自由,伦理维护美德,但自由的内涵永远比法律所保护的大得多,美德的内涵永远比伦理所维护的大得多,大到无限。由于这片大出来的无限,于是产生梦想和艺术。

9. 但是很多坏艺术、伪艺术、被恶毒的欲望或权势弄出来的所谓艺术(姑且称之为"艺术"吧,因为照理说这样的东西其实不是艺术),不也可以打着无视任何伦理的梦想之旗而泛滥了吗?我想这是另外一个问题。不能因此就先把艺术套上伦理的枷锁,因为套上了好的固然一时高兴,但同时却为给它套上坏的开了方便之门,最为关键的是,它不能套上任何枷锁,因为它是人间最后(和最终)的一块自由保留地。为了这块自由保留地上不断地长出美好的未来,我们得冒它也不断长出坏东西的风险。切不可因害怕做噩梦,就干脆放弃梦想的权利;而放弃梦想权利的方式,通常就是拿某种伦理来限定梦想。梦想一经被限定,就不是梦想了,梦想恰是在被限定的那一刻被放弃的。

10. 说到具体的那个诗人,肯定,他要是活着他必须要像任何杀人犯一样被绳之以法,他死了,他也并不因此就不是一个杀人犯。但是他的诗和小说,依我看还是好作品,万不可因人废言。再者,怎么看这件事,也有一个伦理态度和艺术态度之分。伦理(或法律)态度是确定的,不容有丝毫弹性,但艺术态度可以各种各样。艺术态度其实已经与那个诗人或杀人犯无关了,就像福克纳与"爱米丽"无关,只与《纪念爱米丽的玫瑰花》有关。我相信,若真有"爱米丽"其人,福克纳绝不会不认为她是一个杀人犯。但当福克纳写这篇名作时,主要不是想写(当然更不是赞美)一个杀人犯。所以不能以伦理的态度看这篇小说,而必须以艺术的态度去看它。艺术家福克纳不能独立于伦理,艺术品《纪念爱米丽的玫瑰花》是独立于伦理的,而福克纳借这小说所希冀的并不是一种确定的准则,而是比准则更为辽阔的梦想或思考。这梦想或思考之辽阔,大约是无限的,因为任何时候伦理都比它小。

本想简单地回封信,谁想就这么又长又枯燥了。

近日北京文坛上有些人发起了一场所谓"抵抗投降"的战斗,听说了吗?把你我的名字也写进了"抵抗"大营。此事你可能还不知道。我也是才知道的,人家把我编队之后我才听说。此事的因由我还不太了解,不敢妄论。但是我想文学不必树旗,尤其不要分拨排队。至少我是不想站队的,我们从小就站队,站腻了,而且每每效果也坏。我赞成"少谈点主义,多研究点问题",理由是,研究问题并无损于高明的主义,而旗幡障目倒要把问题搞乱。文学也不要中心,文学适合在边缘。就便真有中心,也是自然而然的事,强造不得。

新近进口的美国片《阿甘正传》看了吗?真好。"阿甘"的逃跑哲学很妙。比如文学,与其总向中心追,莫如常往边缘逃。

前些天美术馆又有"巴尔蒂斯画展",去看时左寻右找,想再碰上你们两口子。不知你们是否又千里迢迢来看过了。画虽不多,也是真好。

问候全家!

铁生
1995 年 7 月 19 日

# 给 柳 青

柳青：您好！

  来信收到已久，本该早给您回信的，但总想就您对《务虚笔记》的意见说说我想的法，所以一直耽搁着。

  可现在又觉得，要在一封信中说清楚，未必容易。试试看吧。但这绝不是说《务虚笔记》（以下简称《务》）有多么高明，只是说它有点特别，甚至让人难于接受。让人难于接受的原因，当然不都是它的特别所致，还因为它确实存在很多缺陷。但这缺陷，我以为又不是简单的删减可以弥补，删减只能损害它的特别。而其"特别"，又恰是我不能放弃的。所以，这篇东西还是让它保留着缺陷同时也保留下特别吧。你不必再操心在海外出版它的事了。它本不指望抓住只给它一点点时间的读者，这是我从一开始就明白的事。世界上的人很多，每个人的世界其实又很小，一个个小世界大约只在务实之际有所相关，一旦务虚，便很可能老死难相理解。这不见得是一件坏事。也许这恰恰说明，法律需要共同遵守，而信仰是个人的自由。

  《务》正在国内印第二版，这已经超出我的意料。读者大约是根据对我以前作品的印象而买这本书的，我估计很多人会有上当的感觉。对此我真是有点抱歉，虽然我不认为这是我的错。我还是相信，有些作品主要是为了卖，另一些更是为了写——这是陈述，不包含价值褒贬。就比如爱情的成败，并不根据婚姻的落实与否来鉴定。

您在信中说,"C的穿插可以舍去……没有自传体味道,使它脱胎而独立,更显得成熟"。——就从这儿说起吧。

在我想来,人们完全可以把《务虚笔记》看成自传体小说。只不过,其所传者主要不是在空间中发生过的,而是在心魂中发生着的事件。二者的不同在于:前者是泾渭分明的人物塑造或事件记述,后者却是时空、事件乃至诸人物在此一心魂中混淆的印象。而其混淆所以会是这样而非那样,则是此一心魂的证明。故此长篇亦可名曰"心魂自传"。我相信一位先哲(忘记是谁了)说过的话,大意是:一个作家,无论他写什么,其实都不过是在写他自己。因而我在《务》中直言道:

"我不认为我可以塑造任何完整或丰满的人物,我不认为作家可以做成这样的事……所以我放弃塑造丰满的他人之企图。因为,我,不可能知道任何完整或丰满的他人,不可能跟随任何他人自始至终。我经过他们而已。我在我的生命旅程中经过他们,从一个角度张望他们,在一个片刻与他们交谈,在某个地点同他们接近,然后与他们长久地分离,或者忘记他们或者对他们留有印象。但,印象里的并不是真确的他们,而是真确的我的种种心绪。

"我不可能走进他们的心魂,是他们铺开了我的心路。如果……在一年四季的任何时刻我常常会想起他们,那就是我试图在理解他们,那时他们就更不是真确的他们,而是我真确的思想……在我一生中的很多时刻如果我想起他们并且想象他们的继续,那时他们就只是我真确的希望与迷茫。他们成为我的生命的诸多部分,他们构成着我创造着我,并不是我在塑造他们。

"我不能塑造他们,我是被他们塑造的。但我并不是他们的相加,我是他们的混淆,他们混淆而成为——我。在我之中,他们相互随机地连接、重叠、混淆,之间没有清晰的界线。……我就是那空空的来风,只在脱落下和旋卷起斑斓的落叶抑或印象之时,才捕捉到自己的存在。

"……我经常,甚至每时每刻,都像一个临终时的清醒的老人,发现一切昨天都在眼前消逝了,很多很多记忆都逃出了大脑,但它们变成印象却全都住进了我的心灵。而且住进心灵的,并不比逃出大脑的少,因为它们在那儿编织雕铸成了另一个无边无际的世界,而那才是我的真世界。记忆已经黯然失色,而印象是我鲜活的生命。"

——《务》136节

这就是我以为可以把《务》看作自传体小说的理由,及这一种自传的逻辑。

所以,有关C的章节是不能删除的。因为C并不是一个我要塑造或描写的人物,而应看作是这一份心魂历史的C部分。C的其他方面在这篇小说中是不重要的,只有以C为标志的残疾与爱情的紧密相关,才是这一心魂历史不可或缺的。而C的其他路途,亦可由Z、L甚至O、N等此书中出现的其他角色(即此一心魂的其他部分)来填补、联想,甚至混淆为一——这是允许的,但非一定的。一定的仅仅是:这诸多部分,混淆、重叠而成就了我的全部心路。

如果有人说这是一部爱情小说,我不会反对。残疾(残缺)与爱情——尤其是它们以C为标志如此地紧密相关,我甚至相信这是生命的寓言,或是生命所固有的遗传密码,在所有人的心里和处境中都布散着它们的消息。从我们一出生、一感受到这个世界、这个同类之群,我们就日益强烈地感受到了差别、隔离和惧怕,同时生出了爱的欲望——这就是"我"与画家Z从童年时,便由"一座美丽的房子"和"一个可怕的孩子"所听到的消息。这消息不断流传,不断演变,直至诗人L的日记被人贴在了墙上,和他未来在性爱中的迷惑;直至WR的童言无忌与流放边陲;直至O的等待,及其梦想的破灭;直至 F 医生的眺望、深藏的痛苦与梦中的供奉;直至 Z 的叔叔晚年重归葵林;直至一个叛徒的生不如死的残酷处境,和她永生永世的期盼……这一切都携带着那种美丽并那种可怕的消息。因而这一切(无论是更为个体化的,还是更为社会化的)都发端于、同时也结束于生命最初的那个密码:残疾(残缺)与爱情。

就是说,每个人生来都是孤独的,这是人之个体化的残缺。因此我们倾向与他者沟通、亲和。而他者之为他者,意味着差别、隔离、恐惧甚至伤害,这是社会化的残缺。于是我们更加的期盼着团聚——我需要你,需要他者,一个心魂需要与另外的心魂相融合。而这,证明了爱情。我们因残缺而走向爱情。我们因残缺而走向他者,但却从他者审视的目光里发现自己是如此地残缺。我们试图弥补残缺,以期赢得他者的垂青或收纳,但我们又发现这弥补不可能不求助于他者,因为只有在他者同样祈盼的目光中,那生就的残缺才可获弥补。甘地说过:没有什么方法可以获得和平,和平本身是一种方法。爱亦如此,爱可以视为和平的根源,那不是一种可期捕获之物,是方法,是关系。爱的艰难与祈盼,简直是千古的轮回或重演!原来残缺和爱情是互为因果的。一切心魂的福乐与危惧中都携带了这样的消息。而这消息,在 C 的处境中(或我之 C 的思绪里)尤为昭彰。

我并不想写一个残疾人的爱情遭遇,那些东西差不多已经被写滥了。我是要写,恰是人之残缺的背景,使爱情成为可能和必要。恰是性的残疾或沉沦,使爱情与单纯的性欲明显区分,使爱情大于性欲的部分得以昭彰。是人对残缺的意识,把性炼造成了爱的语言,把性爱演成心魂相互团聚的仪式。只有这样,当赤裸的自由不仅在于肉体而更在于心魂的时刻,残疾或沉沦了的性才复活了,才找到了激情的本源,才在上帝曾经赋予了它而后又禁闭了它的地方、以非技术而是艺术的方式,重归乐园。为此应该感恩于上帝,也感恩于魔鬼,亦即感恩于爱也感恩于残缺。当残疾降临之时,以至其后很多年,我绝没想到过有一天我会这样说。而当有一天我忽然想到了这一点时,我真是由衷地感动。

有人说,父母之爱比性爱更无私更纯洁,我实在不能同意。父母对儿女的爱固然伟大,但那并不触及爱的本质,因为其中缺少了他者。父母爱儿女,其实是爱着自己的一部分。唯在与他者的关系中,即自我的残缺中,爱的真意才显现。当有一天,父母对儿女说"我们是朋友"的时候,我想那是应该庆祝的,因为那时父母已视儿女为平等的他者了。但是多么有意思啊,如果在恋人之间忽然要特特地强调"我们是朋友",这却值得悲哀,这说明一堵曾经拆除的墙又要垒起来了。语言真是魔术师。这墙的重新垒起,不仅指示爱情的消逝,同时意味着性关系的结束或变质。可见,于人而言,性从来不仅仅是性,那是上帝给人的一种语言,一种极端的表达方式。所以诗人 L 终有一天会明白,这方式是不能滥用的,滥用的语言将无以言说。是啊,一切存在都依靠言说。这让我想起大物理学家玻尔的话:物理学不告诉我们世界是什么,而是告诉我们关于世界我们能够谈论什么。

《务》最劳累读者的地方,大约就是您所说的"过于分散的物象"。人物都以字母标出,且人物或事件常常相互重叠、混淆,以至读者总要为"到底谁是谁"而费神。我试着解释一下我的意图。

首先——但不是首要的:姓名总难免有一种固定的意义或意向,给读者以成见。我很不喜欢所谓的人物性格,那总难免类型化,使内心的丰富受到限制。

其次——但这是最重要的:我前面已经说过了我不试图塑造完整的人物,倘若这小说中真有一个完整的人物,那只能是我,其他角色都可以看作是我的思绪的一部分。这就是第一章里那个悖论所指明的,"我是我的印象的一部分,而我的全部印象才是我"。就连"我"这个角色也只是我全部印象的一部分,自然,诸如 C、Z、

L、F、O、N、WR……就都是我之生命印象的一部分,他们的相互交织、重叠、混淆,才是我的全部,才是我的心魂之所在,才使此一心魂的存在成为可能。此一心魂,倘不经由诸多他者,便永远只是"空穴来风"。唯当我与他者发生关系——对他们的理解、诉说、揣测、希望、梦想……我的心路才由之形成。我经由他们,正如我经由城市、村庄、旷野、山河。物是我的生理的岁月,人是我的心魂的年轮。就像此刻,我的心路正是经由向您的这一番解释而存在的。

如果这种解释(在小说里是叙述,在生活中是漫想,或"意识流")又勾连起另外的人和事,这些人和事就会在我心里相互衔接(比如 A 爱上了 B,或相反,A 恨着 B)。但这样的衔接并不见得就是那些人的实际情况(比如 A 和 B 实际从不相识),只是在我心里发生着,只不过是我的确凿的思绪。所以我说我不能塑造他人,而是他们塑造着我——这简直可以套用玻尔的那句名言了:文学不告诉我们他人是什么,而是告诉我们关于他人我们能够谈论什么。而这谈论本身是什么呢?恰是我的思绪、我的心魂,我由此而真确地存在。那"空空的来风",在诸多他人之间漫游、串联、采撷、酿制、理解乃至误解……像一个谣言的生成那样,构成变动不居的:我。说得过分一点,即:他人在我之中,我是诸多关系的一个交叉点,命运之网的一个结。《务》中的说法是:

> "我"能离开别人而还是"我"吗?"我"可以离开这土地、天空、日月星辰而还是"我"吗?"我"可能离开远古的消息和未来的呼唤而依然是"我"吗?"我"怎么可能离开造就"我"的一切而孤独地是"我"呢……
>
> ——《务》228 节

如果这类衔接发生错位——这是非常可能的,比如把 A 的事迹连接到 B 的身上去了,甚至明知不是这样,但觉得唯其如此才可以填补我的某种情感或思想空白,于是在我心魂的真实里,一些人物(包括我与他人)之间便出现了重叠或混淆。这重叠或混淆,我以为是不应该忽略的,不应该以人物或故事线索的清晰为由来删除的,因为它是有意义的——这也就是小说之虚构的价值吧,它创造了另一种真实。比如若问:它何以是这样的混淆而非那样的混淆?回答是:我的思绪使然。于是这混淆画出了"我"的内心世界,"我"的某种愿望,甚至是隐秘。

(我有时想,一旦轻视了空间事物,而去重视心魂状态,很可能就像物理学从宏观转向微观一样,所有的确定都赖于观察了。这时,人就像原子,会呈现出"波粒二重性",到底是波还是粒子唯取决于观察,而一个人,他到底是这样还是那样,唯取决于我的印象。孤立地看他,很像是粒子,但若感悟到他与人群之间那些看不见摸不着的神秘关联,他就更像似波了吧——这有点离题了。)

说到隐秘,什么隐秘呢?比如说,A的恶行我也可能会有(善行也一样),只不过因为某种机缘,A的恶行成为了现实,而我的这种潜在的可能性未经暴露——这通过我对A的理解而得印证。我相信,凡我们真正理解了的行为,都是我们也可能发生的行为,否则我们是怎么理解的呢?我们怎么知道他是如此这般,于是顺理成章地铸成了恶行的呢?如果我们没有这种潜在的可能,我们就会想不通,我们就会说"那真是我不能理解的"。人性恶,并不只是一些显形罪者的专利。(比如,某甲在"文革"中并未打人,但他是否就可以夸耀自己的清白?是不是说,未曾施暴的人就一定不会施暴呢?叛徒的逻辑亦如是,你不是叛徒,但你想过没有,你若处在他的位置上会怎样么?如果我们都害怕自己就是葵花林里的那个叛徒,那就说明我们都清楚她进退维谷的可怕处境,就说明我们都可能是她。)

不光在这类极端的例子中有这样的逻辑,在任何其他的思与行中都是如此。我可能是Z、L、O、N、WR……因此我这样地写了他们,这等于是写了我自己的种种可能性。我的心魂,我的欲望,要比我的实际行为大得多,那大出的部分存在于我的可能性中,并在他人的现实性中看到了它的开放——不管是恶之花,还是善之花。尽管这种种可能性甚至是互相矛盾的,但难道我们不是矛盾的么?我们的内心、欲望、行为不是常常的矛盾着么?善恶俱在,我中有你,你中有我,才是此一心魂的真确。当然,他们做过的很多事并非就是我的实际经历,但那是我的心魂经历。如果我这样设想、这样理解、希望、梦想了……并由之而感受到了美好与丑陋、快乐与恐惧、幸福与痛苦、爱恋或怨恨、有限与无限……为什么这不可以叫做我的经历?皮肉的老茧,比心魂的年轮更称得上是经历吗?(所以,顺便说一句:当有人说《务》中的角色可能是现实中的谁的时候,我想那可真是离题太远。)

我想,某种小说的规矩是可以放弃的,在试图看一看心魂真实的时候,那尤其是值得放弃的。就是说,对《务》中的角色,不必一定要弄清楚谁是谁(更不要说《务》外的人物了)。事实上,除非档案与病历,又何必非弄清楚谁是谁不可呢?又怎么能弄清楚谁是谁呢?然而档案只记录行为,病历只记录生理,二者均距心魂遥远,那未必是文学要做的事。还是玻尔那句话的翻版:我无法告诉你我是谁,我只能告诉你,关于我,我能够怎样想。

如果有人说《务》不是小说,我觉得也没什么不对。如果有人说它既不是小说,也不是散文,也不是诗,也不是报告文学,我觉得也还是没什么不对。因为实在是不知道它是什么,才勉强叫它作小说。大约还因为,玻尔先生的那句话还可以作另一种引申:我不关心小说是什么,我只关心小说可以怎样说。况且,倘其不是小说,也不是其他任何有名有姓的东西,它就不可以也出生一回试试吗?——这是我对所谓"小说"的看法,并不特指《务》。这封信已经写得有点像争辩了,或者为着什么实际的东西而争辩了。那就再说一句:写这部长篇时的心情更像是为了还一个心愿,其初始点是极私人化的,虽然也并非纯粹到不计功利,但能出版也已经足够了。至于它能抓住多少读者,那完全是它自己的事了。您的出版事业刚刚开始,不必太为它操心,不能赚钱的事先不要做,否则反倒什么也干不成。"务虚"与"务实"本当是两种逻辑,各司其职,天经地义。

  我近来身体稍差,医生要我全面休息,所以就连这封信也是断断续续写了好些天。立哲想请我去美国逛一趟,如果身体无大问题,可望六月成行。到时瑞虎将做我们的导游兼司机,这真让人想起来就高兴。只盼美梦成真吧——这一回不要止于务虚才好。那时您若有空,可否也来一聚呢?

  即颂

大安!

史铁生<br>1997 年 3 月 14 日

# 给陈村、吴斐

陈村 吴斐:好!

　　希米存有一方台布,久寻受赠者而不得佳选,幸悉村哥斐姑旧婚(既然鲁迅夫妇可哥可姑),可以圆满此物的归宿了。新婚当然可贺,但谁说得准不会朝令夕改有更新的政策面世?真正可贺的是旧婚,十年一贯,百年不变。台布者,未必一定置台可用,其名正如小说,正如大道,无以名之故勉强名之曰台布,其实亦可铺床,亦可遮窗,还可做即将入世之贵子的尿垫,便是双胞,料护其天使般纤稚小臀也尽够了。倘实在派不上用场,就压箱底,好在你的领土扩张了不小。

　　安忆对我的爱护,常令我感动得无言答对——甚至为此多生几回病也是福气。其实我并未病弱到那般不禁电话。尤其是你的电话和信,总能让人忘却营营烦恼,使此身归顺自己。所谓"玄思",实在是一种毛病,每日凭窗枯坐,不勉引来一堆胡想,挥之不去,命也。命是何物(具体于我)?天知道。倘若克隆一个史哥出来呢,他就可以去游山玩水,或如"陈言勿去录"那般隐于闹市而潇洒人间了么?倘那是确凿的复制,谁敢说史哥B不会在二十一岁那年又坐进轮椅,且以终日的胡思乱想了其余生呢?想到这儿,不仅不敢去克隆,而且庆幸当年未曾谋子真乃懵懂一世聪明一时。

　　近日读一本《原子中的幽灵》,更加相信灵魂是确有的。当然这又可能是我的"玄思"病。不过,读一读无妨。我总相信,今天的文学,毛病就是太文学,今天的小说,绝望就绝望在太小说。当有人说"这不是小说"的时候,我总忍不住要问:什么是小说?读此《原子》一书,书中有大物理学家玻尔的一句高论:物理学不告诉我们世界是什么,而是告诉我们关于世界我们能够谈论什么。这句话似可引申为:我们不必关心小说是什么,我们只需关心小说可以怎样说。

我近日在看着一位中医肾科专家,已服十几剂汤药,感觉比前些日子好得多了。千万不要活到九十岁去,六十岁于我可能适合。

问候吴斐。大概是十年前见过她一面,记不大清她的样子了,唯余一个纤秀的轮廓。你只把史哥米姑的照片寄来,却不见十年旧婚者的大照,实为不妥。

祝好!

铁生和希米<br>1997 年 3 月 27 日

# 给 王 艾

王艾：

  你好！

  我回到北京已经一个多月。这一个多月先是酷暑难熬（据说是北京百年来最热的一个夏天，最高气温曾到摄氏43.4度），然后便一直病病怏怏，没什么好消息报告给你，所以现在才给你写信。我的肾病似又有加重，各项指标都比去美国之前增高，恐怕离换肾不太远了。现在仍是全面休息，人处在尿毒症状态，整天昏昏的，什么也干不成。西医没什么好办法，只好吃吃中药，指望能延缓透析或换肾，毕竟透析和换肾绝不是什么好玩儿的事。说实在的，唯此什么也干不成的日子比较可怕，其他倒都是早有准备。就连早年给我看过病的医生也说，没料想我还能活到今天，因此一切都在盈余之中，不该有什么不满。我现在的奢望是：近期靠中药维持些精力，做点小事或至少不要成为负数；远期呢，换上一只好肾，使盈余再行增加。

  美国之行大开眼界，虽有多年的耳闻与目睹（电视），一朝身临其境，其美丽富饶仍令人惊讶。虽然我看到的多属表面，但这样的表面也够让人深思了。（当然我从来也不相信有完美的世界，甚至不相信有完美的天堂。）从洛杉矶到纽约，一万多公里的游历中，让人不得不想的主要倒不是政治，而是宗教或近乎宗教的一类问题。说来话长，简言之：神的问题，无论是对一个人还是对一个家，抑或对一个族、一个国，都是最紧要的。"失神落魄"一语，言之不虚,落魄者必因先失其神。失神者,并非无神,而多是把神搞错了。就是说,把最不需要实证的那个终极信念搞错了,便什么事就都难有好结果。比如说,倘若出现一种所谓宗教热,而其中却很少甚至没有忏悔意识,那必定不是什么好兆。

  这次能见到你,真是很高兴。只是那天我太累了,又急着想多看些地方,没有时间多聊。现在的感觉是,如果有人说那是一场梦,我也不会太怀疑。我是在累得气喘吁吁、恍恍惚惚中见的美国,况且那良辰美景也如梦境。

  徐晓也还好,仍是整天忙东忙西。她大概暂时放弃了去美国的打算,等待更好的机会吧。

  问候胡平和你们的小女儿。

  祝 好运!

铁生和希米
1997 年 9 月 14 日

# 给 胡 建

胡建：

  你好！

  来信收到。多谢，多谢。

  先要抱歉：家妹胆小，闻那妙药必致涕泪横流，一直没敢去动。好在她现在自我感觉还不错，除 ao（发四声，不得其字）抗不能转阴，其他指标都还将就。你寄来的表格，我一定让她认真对待。

  现在是我惹下麻烦。自年初始，肾功能忽然大幅度衰竭，已近做"透析"的地步。现在不得不全面休息，不写字，光吃药。前些时候，"尿毒症"搞得我整日昏昏然，肉也似乎要离开骨头，看一会儿电视也恶心。于是就想：我先是不能直立行走，后又不会制作什么工具，再要不能思想，岂不是把人的最后一项特点也弄丢了？好在近日略见好转。经朋友介绍，正看着一位老中医。其人医道不俗，"望闻问切"唯重切，不要病人多嘴，切罢脉就开药，所选之药与我以前所服者迥异。偷望其容，一副信心百倍的样子。据说他早年学理工，后于深山遇一道人，授其医术。听去颇为传奇。试试吧，说不定好歹能把我再变回成人，那时我就可为贵《文化周刊》写些什么了。现在是不能多写，也不能多说。说多了话，便觉气短。确乎是集老弱病残于一身了。

  即颂

大安！

史铁生

1997年11月3日

# 给　ZLB

ZLB 先生：

您好！

几天前我才拿到您元月六日写给我的信。因为上半年我出了趟远门,又因为北京作协负责转递信件的人近期家务缠身,没顾上这件事,所以耽误了这么久。非常抱歉。

谢谢您推荐的马佳的书,我正设法找来拜读。在中国,宗教问题比文学问题更显得重要和复杂,需不需要信仰似乎很明白,但信仰的指向却很混乱。比如现在,宗教差不多算得热门,各类信徒也很多,但忏悔意识却属罕见。缺乏忏悔的宗教热情,会走向哪儿呢?

也谢谢您对《务虚笔记》的评论。这对我是个鼓励,至少让我相信了,那样的写法还是可行的,这差不多已经满足了我的愿望。根据某种文学理论,我曾怀疑我能否搞文学,现在知道,在梦返伊甸园的路上,心魂世界是要比外在的时空巨大得多的。

今年来我几乎一个字也没写,身体很糟糕,忽致肾功能衰竭,现在除了休息就是吃中药,指望延缓"透析"日程。

不入"文人圈子"确是一种幸运。前两天,听到一位评论家也在感叹,说是写评论还是不认识作者的好,中国人很难逃过人情的大网。作者其实也是如此。所以生病有时候也有一点好处,可以推脱很多麻烦,关键是可以不把自己看得多么重要,也不必为失去什么位置而忧心。自我折磨,大约也是中国足球屡战屡败的症结之一。

即颂

大安!

史铁生

1997 年 11 月 10 日

# 给　LY

LY：

　　您好！

　　来信收到已久，数月来疾病缠身，未及时回复，抱歉。我的肾功能因截瘫受损，已十余年，去年开始严重。今夏我去美国玩了两个月，太过劳累，回来后各项指标稳步上升，怕是难免要做"透析"了（经仪器排除血中毒素）。现在终日昏沉，什么事也不能做。中医中药亦告无功。据说"透析"效果还好，唯一旦做起来便要终身依赖，一星期要有两天去陪伴透析机，想来未免令人懊恼。不过，可以视之为"坐班"或"服役"，健康人常常也要如此。

　　关于我的那部长篇，您不一定要看，更不一定要看完，可以仅仅把它看做一个小纪念品，比如名片之类的东西。我很清楚其阅读的艰难。我曾就此长篇给柳青写过一封信，信中谈了一些我写它以及为什么这样写它的原因。柳青有意在出版这部长篇时将此信附于书后，您若有兴趣可以注意一下。

　　对于书中涉及的"性爱"观点，您说您有不同态度，我想那是很正常的，那只是方式问题，方式并不很重要。爱情，无论有什么样的信奉，都难免是一种性关系，或者说，都不能否定性的因素，并非通常的"行房"才是性的证明。而我想写的，并非某一种形式的问题，而是无论什么样的形式，性，除传宗接代之外，还有什么意义？到底要表达什么？这样的表达，在这心魂相互隔膜的人间，有着一种怎样的价值？爱情和性，与我们的终极理想（或说梦想）之间,有着怎样的关联？我之所以选择您并不以为然的那些方式来表现这一点,实在可以说是写作的技术问题。更因为这样的方式,毕竟是自古至今给人们带来最多折磨的事件,或迷恋,或不齿,或奉为天条,或视为下贱。其所以有如此魔力,原因何在？其所以屡被赞美,又常遭贬斥,到底都是为了什么？

当然我知道,我远没有做到上述想要做的事。很可能,我是在寻找一种并不存在的答案。世界上有两样东西可能是永远说不清的:艺术和爱情。我有时想,也许这正是答案:正是这两样永远说不清的东西,牵引着人们世世代代如醉如痴地往前走。物质世界是有限的,我们每时每刻都在有限的物质环境中,倘若生活永远只是物质的,人就要觉得乏味。幸好精神世界是无限,期待与梦想总没有尽头,唯此人生才可能永远有路可走。人生斯世,真像是下放劳改。下放者,从虚冥之中来到人间;劳改者,经过肉体与精神的奔波劳碌,终于醒悟到生命的意义。于是渐渐相信,这样的消息经过各种姓名(即每一个"我"),永远不会完结,一批批地来,又一批批地毕业,回到虚冥去。死,可以视为皈依。当然可以对灵魂和天堂有种种设想,但于现世,那主要是一种信守,是对人性的神性的监督。

这些也许并不是您感兴趣的话题。因为您的来信很坦率,引得我也想多说一些。您应该在加拿大这样的地方生活,在我的印象里,那样的地方更适合坦率。而过于古老的地方,难免需要一点狡猾。

新年将至,给您拜年:

恭贺圣诞　新年好运　虎年有福！

史铁生

1997 年 12 月 12 日

# 给 曹 平

曹平大姐：

　　您好！

　　很多年不见了，但常听曹博说起您以及您家中的情况。北京越变越大，我的行动又不方便，好几次想去看望伯父伯母，都未如愿。

　　今夏闻知伯母去世的噩耗，很是悲痛，又很是后悔，没能早点去再看看她老人家。我已记不清最后见到伯母是在什么时候了。记得最清楚的是那年从陕北第一次回北京，和立哲一块去您家，伯母给我们做的红烧猪蹄和西红柿鸡蛋面真是香极了，现在我和立哲还常常回忆起那时情景。谁都免不了终于要离开这个世界，想想伯母晚年饱受疾病折磨，现在轻松仙逝，应该是去了一个更好的地方，况且在她重病之际有您和曹博在身边精心侍候，总也使她一生的操劳得到安慰了。您千万不要太过悲哀。伯父年事亦高，还要您多多照料和劝慰。良善之家，自然会是去者魂赴极乐，生者身心安康的。

　　我和曹博十三岁相识于清华大门口，三十多年可以说都是一块走过来的，我们之间可以无话不谈。曹博不是糊涂人，对未来不会没有想法，风风雨雨也四十好几了，经历的事不能算少了，您也不必太为他操心了。

　　我近一年来身体很糟糕，肾功能衰竭，弄不好就要做"透析"。现在，有人给介绍了一种"气针"疗法（即气功与针刺结合，调整

"气场"以排病气），做了几次，似乎还有效果，但需要长期做一段。倘这疗法也不行，大约就只有做"透析"了。据说"透析"的效果还是不错的。等到来年天气暖和了，我一定去您家拜望，我早跟张铁良说好了，他开车，我们一起去。

新年将至，给您和伯父拜年：

九八好运　虎年有福

铁生

1997年12月28日

# 给　GZ

GZ：

　　你好！

　　寄来的照片收到了。

　　立哲回国几日，12月22号返美，我托他给你们带去五本书，他到芝加哥后会把书寄给你们的。五本书分别是《走向十字架上的真理》《复杂》《博尔赫斯文论自述选》《白雪公主》，以及卢跃刚的包括"辛末水患"在内的文集。我怕立哲马马虎虎把给你们的书寄错，故列清单，倘若有误，我再请他查找。

　　上次托人带给你们的几本小书收到了吧？

　　从美国回来后，我的病情一直不太好，肾功能的各项指标总在缓缓上升，中西医都不能遏制，每日昏昏然什么事也不能做。现在主要是练气功。又有人给介绍了"气针疗法"（以针刺调整气场），正准备去试一试，但愿有奇迹，否则怕是难逃"透析"了。"透析"的效果据说还是不错，唯一旦做上便终生依赖，一星期要有三天去陪伴透析机，想想很是烦恼，不过可以视之为"坐班"或"服役"，那在健康人也多是难免的。

　　生病也有一种好处，可以免去很多奢望，仿佛一贫如洗，倒似乎平心静气与世无争了。游侠的历险常被称道，其实生病亦可视为一次游历、探险，二者之同在于险，不同之处是，前者预设了一份光荣与欢乐，后者唯可向另一个世界做一点眺望性的工作。躺在床上时时胡思乱想，觉得向生与向死是人的两种必然处境，这大约也正是两种不同之宗教观的源头。人既已生,则不可能不考虑生的问题,其拯救大致包含在探险式的欢乐、光荣与爱的弘扬之中。人之必死,则不可能不对死后的情境有些猜测,其拯救之途,必对应着生之荒诞而有着更为美好的梦愿。所以,这两种宗教意识都是必要的。想来想去其实简单,凡行恶者,都愿意相信死是一切的结束,那样便可免去末日的审判;凡向善者,都会倾向善恶之缘不会随着死而完结,那样正义才能具备永恒的价值。所以,神即是现世的监督,即神性对人性的监督,神又是来世的,是神性对人性的召唤。这一个监督和一个召唤,则保证着现世的美好,和引导着希望的永在,人于生于死才都更有趣些。由此想到,神性的取消,恰是宣布恶行的解放,所以任何恶都从中找到了轻松的心理根据。我们那次从西至东的旅游,让我最深刻地感到了宗教精神的无比重要。当然,宗教问题是非常复杂的,现在的中国,也可谓是宗教热时期,但是有一个非常值得注意的现象,简单说:很少听到忏悔二字。而缺乏忏悔意识的宗教热,就怕又会走歪。

先写这些吧。现在是写几个字就累得不行。有机会,我还会给你带几本书去,每次带不多,但可以坚持。

问候全家。祝圣诞快乐,虎年好运!

铁生

1997年12月18日

# 给李健鸣（1）

李健鸣：您好！

　　我正读刘小枫的一篇文章，谈卡夫卡的，《一片秋天枯叶上的湿润经脉》。其中有这样一段："这种受苦是私人形而上学意义上的，不是现世社会意义上的，所以根本不干正义的事。为这私人的受苦寻求社会或人类的正义，不仅荒唐，而且会制造出更多的恶。"

　　我想，这就是写作永远可以生存的根据。人的苦难，很多或者根本，是与生俱来的，并没有现实的敌人。比如残、病，甚至无冤可鸣，这类不幸无法导致恨，无法找到报复或声讨的对象。早年时这让我感到荒唐透顶，后来慢慢明白，这正是上帝的启示：无缘无故的受苦，才是人的根本处境。这处境不是依靠革命、科学以及任何功法可以改变的，而是必然逼迫着你向神秘去寻求解释，向墙壁去寻求问答，向无穷的过程去寻求救助。这并不是说可以不关心社会正义，而是说，人的处境远远大于社会，正如存在主义所说：人是被抛到世界上来的。人的由来，注定了人生是一场"赎罪游戏"。

　　最近我总想起《去年在马里昂巴》，那真是独一无二的神来之笔。

　　人是步入歧途了，生来就像是走错了地方。这地方怎么一切都好像中了魔法？在狂热的叫卖声中，进行的是一场骗术比赛，人们的快意多半系于骗术的胜利。在熙熙攘攘的人群（或者竟是千姿百态的木偶）中走，定一定神，隐隐地甚至可以听见魔法师的窃笑。

我想起《去年在马里昂巴》，正像似剧中人想起（和希望别人也想起）去年在马里昂巴那样，仿佛是想起了一个亘古的神约。这神约无法证实，这神约存在于你不断地想起它，不断的魂牵梦萦。但是中了魔法的人有几个还能再相信那神约呢？

"马里昂巴"与"戈多"大有关联，前者是神约是希望，后者是魔法是绝境。

我经常觉得，我与文学并不相干，我只是写作（有时甚至不能写，只是想）。我不知道写作可以归到怎样的"学"里去。写作就像自语，就像冥思、梦想、祈祷、忏悔……是人的现实之外的一份自由和期盼，是面对根本性苦难的必要练习。写作不是能学来的（不像文学），并无任何学理可循。数学二字顺理成章，文学二字常让我莫名其妙，除非它仅仅指理论。还是昆德拉说得对：任何生活都比你想象的复杂（大意）。理论是要走向简单，写作是走进复杂。

当然，写作与写作不同，有些只是为了卖，有些主要是为了写。就像说书瞎子，嘴里说着的一部是为了衣食，心里如果还有一部，就未必是大家都能听懂的。

我曾经写过：人与人的差别大于人与猪的差别。人与猪的差别是一个定数，人与人的差别却是无穷大。所以，人与人的交往多半肤浅。或者说，只有在比较肤浅的层面上，交往是容易的。一旦走进复杂，人与人就是相互的迷宫。这大概又是人的根本处境，所以巴别塔总是不能通到天堂。

现在的媒体是为了求取大众的快慰，能指望它什么？

性和爱，真是生命中两个最重要的密码，任何事情中都有它们的作为：一种是走向简单的快慰，一种是走向复杂的困苦。难怪流行着的对爱情的看法是：真累。大凡魔法（比如吸毒，比如电子游戏）必要有一份快慰作吸引，而神约，本来是困苦中的跋涉。

造罪的其实是上帝。他把一个浑然的消息分割进亿万个肉体，和亿万种残缺的境况，寂寞的宇宙于是有了热火朝天的"人间戏剧"。但是在戏剧的后面（在后台，在散了戏回家的路上，在角色放弃了角色的时候）才有真相。我怀疑上帝更想看的也许是深夜的"戏剧"——梦境中的期盼。深夜是另一个世界，那时地球的这一面弥漫着与白天完全不同的消息，那是角色们卸装之后的心情，那时候如果魔法中得不深，他们可能就会想起类似"马里昂巴"那样的地方，就会发现，每一个人都是那浑然消息的一部分，而折磨，全在于分割，分割之后的隔离。肉体是一个囚笼，是一种符咒，是一份残缺，细想一切困苦都是由于它，但后果却要由精神去担负。那大约就是上帝的意图——锤炼精神。就像是漂流黄河，人生即是漂流，在漂流中体会上帝的意图。

爱，就是重新走向那浑然消息的愿望，所以要沟通，所以要敞开。那是唯一符合上帝期待的行动吧，是上帝想看到的成果。

还有死。怕死真是人类最愚蠢的一种品质。不过也可能，就像多年的囚徒对自由的担心吧，毕竟是一种新的处境。

病得厉害的时候，我写了一首小诗（自以为诗）：

最后的练习是沿悬崖行走／在梦里我听见／灵魂像一只飞虻／在窗户那儿嗡嗡作响／在颤动的阳光里，边舞边唱／眺望即是回想。

谁说我没有死过？／在出生以前／太阳已无数次起落／无限的光阴，被无限的虚无吞并／又以我生日的名义／卷土重来。

午后，如果阳光静寂／你是否能听／往日已归去哪里？／在光的前端，或思之极处／时间被忽略的存在中／生死同一。

至于这个乌烟瘴气的"现代"和"城市"，我真有点相信气功师们的说法，是末世的征兆。不可遏制的贪婪，对于一个有限的地球,迟早是灭顶之灾。只是不知道人们能否及时地从那魔法中跳出来?

您的通信建议非常好,可以随意地聊,不拘规则。确实有很多念头,只是现在总是疲劳,有时候就不往下想了。随意地聊聊和听听,可以刺激日趋麻木的思想。只是您别嫌慢,我笔下从来就慢,现在借着"透析"就更慢。

问候钱老师。

祝好!

史铁生
1998年11月14日

# 给李健鸣(2)

**李健鸣:您好!**

我又写了几行自以为诗的文字:

> 如果收拾我的遗物/请别忘记这个窗口/那是我最常用的东西/我的目光/我的呼吸和我的好梦/我的神思从那儿流向世界/我的世界在那儿幻出奇景/我的快乐/从那儿出发又从那儿回来/黎明夜色都是我的魂灵

大概是我总坐在四壁之间的缘故,唯一的窗口执意把我推向"形而上"。想,或者说思考,占据了我的大部分时间。我不想纠正,因为并没有什么纠正的标准。总去想应该怎样,倒不如干脆去由它怎样。唯望您能忍受。

我还是相信,爱情,从根本上说是一种理想(梦想,心愿),并不要求它必须是现实。

现实的内容太多,要有同样多的智谋去应对,势单力薄的理想因此很容易被扯碎,被埋没,剩下的是无穷无尽的事务、消息、反应……所以就有一种潇洒的态度流行:其实并没有什么爱情,有的只是实实在在的日子(换句话就是:哪有什么理想,有的只是真实的生活)。但这潇洒必定经不住迂腐的多有一问:其实并没有的那个东西,到底是什么? 如果说不出没有的是什么,如何断定它没有呢? 如果说出了没有的是什么,什么就已经有了。

爱情并非有形之物,爱情是一种心愿,它在思念中、描画中,或者言说中存在。呼唤它,梦想它,寻找它,乃至丢失它,轻慢它,都说明它是有的,它已经存在。只有认为性欲和婚姻就已经是它的时候,它消失,或者根本不曾出面。

所有的理想都是这个逻辑,没有它的根本不会说它,说它的都因为已经有它。

所以语言重要。语言的重要并不仅在于能够说明什么,更在于可以寻找什么,描画理想,触摸虚幻,步入可能。甚至,世界的无限性即系于语言的无限可能。

写作所以和爱情相近,其主要的关心点都不在空间中发生的事,而在"深夜的戏剧"里。布莱希特的"陌生化",我想,关键是要解除白昼的魔法(即确定所造成的束缚),给语言或思悟以深夜的自由(即对可能的探问)。要是看一出戏,其实在大街上或商店里也能看到,又何必去剧场?要是一种思绪独辟蹊径,拓开了生命的可能之地,没有舞台它也已经是艺术(艺术精神)。有,或者没有这样的思绪在飘动,会造就两种决然不同的现实。

昨天有几个朋友来看我,不知怎么一来说起了美国,其中一个说:"美国有什么了不起?我可不想当美国人。"另一个说:"那当然,当美国人干吗?"这对话让我感慨颇多,当不当美国人是一回事,但想不想当美国人确实已经作为一个问题被提出、被强调了,事情就不再那么简单。比如,为什么没有人去考虑要不要当古巴人?或者,你即便声称想当古巴人,也不会在人们心中掀起什么波澜,或引起什么非难。所以,存在之物,在乎其是否已经成为问题,而有没有公认的答案倒可以轻视。

我也并不想当美国人,当然让我去美国玩玩我会很高兴,原因不在于哪儿更好,而在于哪儿更适合我。这都是题外话。再说一句题外话:有人(记不清是谁了)曾经说过:不可以当和尚,但不可以不想当和尚。此言大有其妙。

并非有形的东西才存在。想什么和不想什么,说什么和不说什么,现实会因而大不相同。譬如神,一个民族或者一个社会,相信什么样的神,于是便会有什么样的精神。所谓失神落魄,就是说,那个被言说、被思悟着的信仰(神)如果不对劲儿,现实(魄)必也要出问题。

三毛说,"爱如禅,一说就错",这话说得机灵,但是粗浅。其实禅也离不开说,不说怎么知道一说就错?"一说就错"只不过是说,爱,非语言可以穷尽。而同时也恰恰证明,爱,是语言的无限之域。一定要说它是语言的无限之域,是因为,不说(广义的说,包括思考与描画),它就没有,就萎缩,就消失,或者就变质。眼下中国人渐渐的少说它了,谁说谁迂腐,谁累。中国人现在少说理想,多说装修,少说爱情,多言性。中国人现在怕累,因为以往的理想都已落空,因为以往的理想都曾信誓旦旦地想要承包现实。

让理想承包现实,错误大约正从这儿开始。理想可以消失为现实,不可能落实为现实。理想的本质,注定它或者在现实的前面奔跑,或者在现实的上空飘动,绝难把它捉来牢牢地放在床上。两个没有梦想的人,不大可能有爱情,只可以有性和繁殖。同床异梦绝非最糟糕的状态,糟糕的是同床无梦。

我曾经写过:爱这个字,颇多歧义。母爱、父爱等等,说的多半是爱护。"爱牙日"也是说爱护。爱长辈,说的是尊敬,或者还有一点威吓之下的屈从。爱百姓,还是爱护,这算好的,不好时里面的意思就多了。爱哭,爱睡,爱流鼻涕,是说容易、控制不住。爱玩,爱笑,爱桑拿,爱汽车,说的是喜欢。"爱怎么着就怎么着",是想的意思,随便你。"你爱死不死",也是说请便,不过已经是恨了。

"飘飘欲仙"的感觉,在我想来,仍只在性的领域。性的领域很大,不单是性生活。说得极端些,甚至豪华汽车之于男人,良辰美景之于女人,都在性的领域。因为那仅仅还是喜欢的状态。喜欢的状态是不大可能长久的,正如荷尔蒙的分泌之有限。人的心情多变,但心情的多变无可指责,生活本来多么曲折!因此,爱,虽然赞美激情和"飘飘欲仙",但并不谴责或遗憾于其短暂。当激情或"飘飘欲仙"的感觉疲倦了,才见爱之要义。

在我看来,爱情大于性的,主要是两点。一是困苦中的默然相守,一是隔离中的相互敞开。

默然相守,病重时我尤感深刻。那时我病得几乎没了希望,而透析费之高昂更令人不知所措。那时的处境是,有钱(天文数字)就可以活下去,没钱只好眼睁睁地憋死。那时希米日夜在我身边,当然她也没什么办法。有那么一段时间,我们只是一同默默地发愁,和一同以听天由命来相互鼓励。恰是这默默和一同,让我感到了爱的辽阔和深重——爱与性之比,竟是无限与有限之比的悬殊!那大约正是因为,人生的困苦比喜欢要辽阔得多、深重得多吧。所以,喜欢不能证明爱情(但可以证明性),困苦才能证明。这困苦是超越肉体的。肉体的困苦不可能一同,一同的必是精神,而默默,是精神一同面对困苦的证明。那便是爱,是爱情与性之比的辽阔无边,所以令语言力不从心,所以又为语言开辟了无限领域。

相互敞开。人不仅"是被抛到这个世界上来的",而且是一个个分开着被抛来的。人的另一种(其实是根本的)困苦,就是这相互的隔离。要超越这隔离,只能是心魂的相互敞开,所以才有语言的不断创造,或者说语言的创造才有了根据,才有了家园,语言的创造才不至于是哗众取宠的胡拼乱凑。这样的家园,也可以就叫作:爱情。

性,所以在爱情中有其不可忽视的地位,就因为那是语言,那已不仅仅是享乐,那是牵动着一切历史(个人的,以及个人所在其中)的诉说与倾听。

我曾经写过:爱情所以选中性作为表达,作为仪式,正是因为,性,以其极端的遮蔽状态和极端的敞开形式,符合了爱的要求。极端地遮蔽和极端地敞开,只要能表达这一点,不是性也可以,但恰恰是它,性于是走进爱的领地。没有什么比性更能体现这两种极端了,爱情所以看中它,正是要以心魂的敞开去敲碎心魂的遮蔽,爱情找到了它就像艺术家终于找到了一种形式,以期梦想可以清晰,可以确凿,可以不忘,尽管人生转眼即是百年。

人大约有两种本性,一是要发展,二是要稳定。没有发展,即是死亡。没有稳定,则一切意义都不能呈现。

譬如"现在",现在即是一种稳定。现在是多久?一分钟还是一秒钟,或者更长和更短?不,现在并没有客观的度量,现在是精神对一种意义的确认所需要的最短过程。失去对意义的确认,时间便是盲目的,现在便无从捕捉。

我想,发展是属于性的——生长,萌动,更新(比如科学);稳定是属于爱情的——要使意义得以呈现,得到确认(比如信仰)。

所以不能谴责性的多向与善变,在任何人心中,性都是一团野性的风暴,而那也正是它的力与美。所以也不能谴责爱的相对保守,它希望随时建设一片安详的净土。同样的比喻也适于男性与女性。我不用"男人"与"女人",意思是,这不是指生理之别,而是指生命态度——男性的态度和女性的态度。上帝的意思大约是:这两种态度都是必要的。所以,"金风玉露一相逢,便胜却人间无数",那当然是不易的。不易,因而更要作为一种祈祷而存在。

这个话题显然没完,或者也许不可能完,慢慢说吧。

祝　新年好运　己卯吉祥

史铁生

1998 年 12 月 11 日

# 给李健鸣(3)

李健鸣:您好!

总算把年过完了。在民间传说中"年"被描画成一种可怕的怪兽,果然不假。

我是这样想:在"爱的本身"后面,一定有"对爱的追求",即一定有一种理想——或者叫梦想更合适。这理想或者梦想并不很清晰,它潜藏在心魂里而不是表明在理智中,它依靠直觉而不是逻辑,所以它如您所说是"无法事先预料和无法估计后果的情感"。这很明白。我说"爱是一种理想",其原因并不在于此。

您说"也许爱的最大敌人就是恐惧了",我非常同意。我所说的理想,恰恰是源于这"最大的敌人"。恐惧当然不是由性产生,人类之初,一切性活动都是自然而然。只当有了精神寻求,有了善恶之分、价值标准,因而有了物质原因之外的敌视、歧视和隔离,才有了这份恐惧,或使这恐惧日益深刻。人们于是"不敢打开窗户"。倘其不必打开倒也省事,但"不敢打开"恰说明"渴望打开",这便是理想或梦想的源头。这源头永远不会枯竭,因为亚当、夏娃永远地被罚出了伊甸园,要永远地面对他者带来的恐惧,所以必然会永远怀着超越隔离的期盼。

有些神话真是寓意高妙。比如西绪福斯滚动石头,石头被推上山顶又重新滚回山下,永无停歇。比如司芬克斯的谜语,谜底是"人",谁若猜它不出谁就要被吃掉。比如亚当、夏娃吃了知识树上的果实,懂得了羞耻,被罚出伊甸园,于是人类社会开始。

宗教精神（未必是某一种特定的宗教——有些宗教也已经被敌视与歧视搞糟了）的根本，正是爱的理想。

事实上我们都需要忏悔，因为在现实社会中，不怀有歧视的人并不多。而这又是个不可解的矛盾：一方面，人类社会不可能也不应该取消价值标准，另一方面价值标准又是歧视与隔离的原因——这就是人间，是原罪，是上帝为人选定的惩罚之地。我常常感到这样的矛盾：睁开白天的眼睛，看很多人很多事都可憎恶。睁开夜的眼睛，才发现其实人人都是苦弱地挣扎，唯当互爱。当然，白天的眼睛并非多余，我是说，夜的眼睛是多么必要。

人们就像在呆板的实际生活中渴望虚构的艺术那样，在这无奈的现实中梦想一片净土、一种完美的时间。这就是宗教精神吧。在这样的境界中，在沉思默坐向着神圣皈依的时间里，尘世的一切标准才被扫荡，于是看见一切众生都是苦弱，歧视与隔离唯使这苦弱深重。那一刻，人摆脱了尘世附加的一切高低贵贱，重新成为赤裸的亚当、夏娃。生命必要有这样一种时间，一块净土，尽管它常会被嘲笑为"不现实"。但"不现实"未必不是一种好品质。比如艺术，我想应该是脱离实际的。模仿实际不会有好艺术，好的艺术都难免是实际之外的追寻。

当然，在强大的现实面前，这理想（梦想、净土）只能是一出非现实的戏剧，不管人们多么渴望它，为它感动，为它流泪，为它呼唤，人们仍要回到现实中去，并且不可能消灭这惩罚之地的规则。但是，有那样的梦想在，现实就不再那么绝望，不至于一味地实际成经济动物。我想，这就是应该强调爱是一种理想的原因。爱是一种理想或梦想，不仅仅是一种实际，这样，当爱的实际并不美满之时，喜欢实际的中国人才不至于全面地倒向实际，而放弃飘缈于心魂的爱的梦想。

我可能是幸运的。我知道满意的爱情并不很多，需要种种机遇。我只是想，不应该因为现实的不满意，就迁怒于那亘古的梦想,说它本来没有。人若无梦,夜的眼睛就要瞎了。说"没有爱情",是因为必求其现实,而不大看重它更是信奉。不单爱情如此,一切需要信奉的东西都是这样,美满了还有什么好说?不美满,那才是需要智慧和信念的时候。

如果宗教意义上的爱不可能全面地现实,爱情便有了突出的意义——它毕竟是可以现实的。因而它甚至具有了象征意味。它甚至像是上帝为广博的爱所保留的一点火种。它甚至是在现实、和现实的强大包围下的一个圆梦的机会。上帝把一个危险性最小的机会(因为人数最少)给了恋人,期待他们"打开窗户"。上帝大约是在暗示:如果这样你们还不能相互敞开你们就毫无希望了,如果这样你们还是相互隔离或防范,你们就只配永恒的惩罚。所以爱情本身也具有理想意义。艺术又何尝不是如此?它不因现实的强大而放弃热情,相反却乐此不疲地点燃梦想。

我越来越相信,人生是苦海,是惩罚,是原罪。对惩罚之地的最恰当的态度,是把它看成锤炼之地。既是锤炼之地,便有了一种猜想——灵魂曾经不在这里,灵魂也不止于这里,我们是途经这里!宇宙那宏大浑然的消息被分割进肉体,成为一个个有限或残缺,从而体会爱的必要。

在夜的辽阔无比的声音中,确实蕴含着另外的呼唤,需要闭目谛听。(我才明白为什么音乐是最高级的艺术,因为听之辽阔远非视界所能比及。)我们途经这里,那就是说我们可以期待一个更美好的世界,比如说极乐世界。但这不应该被强调,一旦这样强调,爱的信念就要变成实利的引诱,锤炼之地就难免沦为贿赂之地。一个更美好的世界,不管是人间还是天堂,都必经由万苦不辞的爱的理想,这才是上帝或佛祖或一切宗教精神的要求。

现在的一些气功或崇拜恰恰相反,不是许诺实利就是以实利为目的,所以可疑。

您的信中最后说道:"所有你能遇到的意识形态都是为了去

掉你的天性","那不是任何理论所能解决的,只能依靠我们的心性"。这真是说得好。我曾真心地以为真理越辩越清,现在我知道,真理本来清楚,很可能是越辩越糊涂。很多理论,其出发点未必是为生命的意义而焦虑,甚至可能只是为了话语的权利而争夺。思考是必要的,但必须"直指心性"。

先写这些。祝好!

史铁生<br>1999年2月28日

# 给 苏 叶

苏叶：

你好！

去年过年时收到你的贺卡，未能回复，那时我正大病缠身。从九七年下半年始，我的肾全面告危，几乎不能吃饭，更别说做什么事了，所有时间都用于去医院和吃中药，但毫无效果，九八年开始做"血液透析"。

因为肾功能衰竭，毒素不能从尿中排出，进入血液，故称"尿毒症"。所谓"血液透析"，就是通过机器，过滤全身的血液，把毒素排出去。幸而有了这种疗法，否则必死无疑。"透析"倒没有什么痛苦，只是滤去毒素的同时也要丢失一些营养，所以身体虚弱，而且每隔两天就要做一次，每次四个半小时，很是麻烦。不过可以视之为"坐班"或"服役"，人难免是要坐班和服役的。

其实可以换肾，只是我的"膀胱造瘘"似有妨碍，大夫和我都犹豫。不过，我还是想再找专家探讨换肾的可能。

现在还是没有很多力气做事，九七、九八两年没有写什么东西。最近开始记下些零碎的想法，不图发表，只做一种度日的计策。这样一来，倒觉轻松自由。"出生入死"一语不知出于何典，想必是哪位大悟者首创。不入死，对生，总难免还有几分隔膜。

此病之前，上帝抓紧时间安排我去了一趟瑞典，又去了一趟美国。世界果然是有另外的一些很美的地方。这很像是一次向世界的告别，然后我就要踏踏实实地在北京住下去了，这一回真是很难再去别的地方了——肾留在了医院,不得不每隔两天就去会它一次。

问候你先生。你们什么时候来北京,还是要到我家坐坐。

希米也好,上班也忙,在家也忙。希米也问候你们。

祝　新年好运　己卯吉祥

史铁生<br>1998年12月29日

# 给栗山千香子

栗山千香子女士：

您好！来信收到，谢谢您的关心。

我这一年多一直在生病，肾功能衰竭。从九八年开始做"血液透析"，即通过机器把血液中的毒素过滤出去。现在每个星期要去三次医院，每次要做四个半小时，加之"透析"后身体虚弱，可以用于写作的时间就很少了。所以近两年来，几乎没写什么东西。

您把《务虚笔记》读得那么仔细，真让我惊讶又惭愧，中国读者也很少有愿意花这么多时间去读它的。您的那篇关于《务虚笔记》的报告写得非常好，虽然不长，但我感到您是真正理解它的。您若愿意再对它做些评论，我当然很高兴。

我曾在给一位朋友的信中，谈到过我写作《务》的初衷和感想，现打印一份（节选）寄给您，供您参考。

国内关于它的评论不多，但有张柠和邓晓芒的两篇，我以为很好，您也可以注意一下。我不知道这两篇评论最初发表在哪儿，我是从他们寄来的文集上看到的。您若找不到，可来信告诉我，我复印了给您寄去。

去年秋天，有一位佛教大学的教授吉田富夫先生来我家，他似乎很有翻译《务》的愿望，但他说这要取决于是否有出版社愿意出版。随他一同来的还有一位平凡社的出版家岸本武士先生，但他未做任何表态。所以，关于《务》的翻译与出版，我与他们并没有任何约定。

此前，山口守先生和近藤直子女士也都说起过，在日本有人想翻译《务》，但考虑到它的长度和出版问题，便都暂时作罢。

您若愿意翻译《务》，我当然高兴。只是这么长的东西，如果翻译了没人出版岂不太浪费时间？所以还是要先有出版社认可它才好。另外，您也可以与吉田先生联系一下，或向山口先生和近藤女士询问一下，看看是否有人正在着手此事，以免重复。

谢谢您的生日礼物。"射中猎人腿的狮子座流星"是您的先生拍摄的吧？也谢谢他。

但愿由于您的祝福，九九年我能够重新恢复写作。现在真是心有余力不足啊。

祝您全家　九九好运　己卯吉祥

史铁生
1999 年元月 5 日

# 给傅晓红

傅晓红：

  你好！

  我还在做"透析"，每两周五次，每次四个半小时，跟坐班差不多，或者是服刑。刑期无限，大夫说我的情况不宜换肾，"透析"至死方休。"透析"本身倒没什么大不了，只是透前浑身是毒，透后筋疲力尽，仿佛灵魂也随之走漏了许多。所以现在只零零碎碎写些感想，差不多两年了没有什么像样的东西。今后也难乐观，能写几笔是几笔吧。

  "腰间盘突出"也是个极缠人的病，好像只有靠锻炼，把腰肌锻炼得更强健些。若能找到好的中医正骨大夫，也可以试试。要紧的是，慎防腰部用猛力。

  我的电话已改，是电话局强行所为，且无任何歉意。

  替我问候《钟山》各位老友。

  即颂

大安！

史铁生

1999年3月29日

# 给洪如冰(1)

洪如冰：

你好！

来信收到。

俄罗斯当然是个好地方。我曾在空中看过圣彼得堡，看过西伯利亚大片的森林。几百年前人还不太多的时候，大约地球的每一个地方都很美。人多到一定程度就坏事。譬如一颗果实，熟透了的地方先要溃败。溃败在所难免，贪婪的人类原是地球的一部分。一切都是有生命的，生命之途无不是生老病死，以此作为一个过程，料必上帝对人有所期待。关键是人能不能理解这期待。

我现在写得很少，气力不支。上一次病仅仅是让我不要走，这一次甚至让我不要想。所以就少想，何况我的想也越来越孤魂野鬼一般少有共鸣。

诗，我读得少。有时也想写，但不大敢。很可能是我落伍，还是看回到比如说艾略特和里尔克时，觉得有真切和大气袭来。过于先锋的，常让人想起地震前的蚂蚁搬家，不过这也可能正是其意义所在。博尔赫斯的诗也好，平平静静却触动着神秘。神秘不是故弄玄虚，是习常之外的思域，一切事物的终极无不隐没在那儿。有位获诺贝尔奖的诗人说过，"诗是对生活的匡正"。我理解，那就是说，在生活的精彩处应该保留疑问。诗是由困顿迫入平静的心情，弃熟练而见陌生的惊讶，那时或可才有绝途的发现。现在的中国诗人，我爱读西川。现在的很多诗更像是流行歌曲，能让人跳起来,不能让人静下去,或让人温馨一下,却让人无处深想。有评论说,那"是为了忘掉,不是为了记住"。忘掉和记住,当然都不是指诗歌本身,是说生命中不能轻待的东西。诗的另一个难处是,语言既不可平庸,又不可是"诗们"的程式。一种好诗,既是一种开创,又是一种终结,甚至使某些语言从此失效。小说和散文也是一样。比如一说到小说、散文,人们眼前就常会出现一种程式,语气必要是这样,词句必须是那样,姿势被强调了,心魂却浮在平面。我有这样的体会,不经意时倒有鲜活的语言,一旦要写,姿势却把人拿得僵硬。把小说(散文、诗)看成一种东西,是个误会,那其实是很多种东西。就像人的灵魂,自由多样,一样的人只是生物学概念。

就写这些。现在写封信也累,打个电话也喘。我的电话又被电话局擅自变更,且无歉意。

祝好!

史铁生<br>1999 年 4 月 13 日

# 给洪如冰（2）

洪如冰：

你好！

回信拖得很久了。我现在精力好的时候实在不多。

我不大敢具体地评论别人的作品，各人对写作的期求不同，简单地说好或不好，就怕南辕北辙。所以我只能泛泛地说些对诗的理解。我手头正好有一本《荷尔德林文集》，译者前言的第一句话是："在一个思想贫乏而技术占统治地位的时代，荷尔德林为人性奠定了诗的本质。"我想，过去可能过多地看到了诗的抒情和诗人的灵感，其实思想更是重要。思想并非只涉及政治，其根本的关心是人性、人的处境。

我越来越不敢确定什么。世界一向混沌，我怀疑并没有什么客观。写作尤其如此，不过是探问自己的时机，不必苛求公认。"我思故我在"或于科学不利，于写作还是箴言。我常有一种愿望：多多地放弃公认的规则。当然，愿望归愿望，并不因此就获得相应的能力。作家之名我实在是妄得，文学也似与我关系不大，我只是活着，不能不有些想法，便写下来，常常把所思所欲看得比所作所为还要紧。白昼仿佛一种魔法，把一切都清晰地规定下来，掩人耳目地其实藏了许多玄机。黑夜则像一种溶剂，当界线或边缘都模糊起来的时候，存在就更辽阔了些。上帝给人以黑夜和给人以写作的愿望，看起来像是同一种动机。

种种功法，我早就信其神奇，只是懒，不能坚持练，或者缺乏长寿的盼望,故无动力。不过,任何神奇一旦许诺可以到达天堂,以我的愚顽,就想不懂。设若确有无苦无忧的极乐之地,设若有福的人真都到了那里,然后呢,再往哪儿去?心如死水还是另有期冀?无论再朝哪儿举步吧,都说明此地并非圆满,一如人间。许诺可以到达天堂者,令人生疑,那不是要在神名之下做什么别的事吧?造人为神的恶果我们都尝过,余悸犹存。我宁可还是持念着另一种对神的信心——神以其完美作为人性的比照,随时请人自省。天堂是一条无终的路,使圣念得以永恒。

顺便说一句:小说《命若琴弦》是我的。电影《边走边唱》是陈凯歌的,我并未参与改编。但这并不说明,他的缺点就一定不是我的缺点。

祝好!

史铁生<br>1999 年 10 月 14 日

# 给洪如冰（3）

洪如冰：

　　你好！

　　龙年吉祥

　　六月来信早复，还是寄去澳洲。不过丢就丢了，无关紧要。

　　这个全球火爆的"千禧年"，真不知喜从何来。若是纪念耶稣的事迹和精神也好，但由各类政府和商贾操持的庆典恰无此意。缺嘴的中国农民找个由头过节，原是想解一回馋，全世界都至于如此吗？喜庆之风不要变成毛病才好。与其是庆喜，莫如是警告：下一个千年，地球不要被人类的贪婪折腾得更贫困就好。

　　你说，下一个千年中我的病说不定会奇迹般地消除，这自然是美好祝愿，应当感谢，只是与实情相距太远。其实现在活着的人多半要在下一个百年中就死去，而我的死因最可能是眼下这个病。乐观还是建筑在直面现实上更为可靠。况乎死有何悲？无非灵魂又一次迁徙，就像曾经平白无故地迁来此球，此国，此一肉身中暂住。"下凡"与下放异曲同工，一番磨炼自是难免。所要祈祷的，不是来生能有一份全优命运，而是：今生辛苦之所得，不至于到了来世就全忘光。

　　精力不济，恕不多写。祝好！

史铁生<br>己卯岁末

# 给　LLW

LLW：

　　你好！

　　来信收到。

　　肾衰竭不可能有根本好转，但做"透析"后，我感觉比以前好多了。现在仍是每两周透五次。临透之前毒素积累起来，就有些难受，刚刚透过之后又觉虚乏，所以精力好的时候不多，能够读书和写字的时间就更少。这两年写得很少，写也只是片片断断写一点感想，不期成篇，唯抵挡一下无聊的时间。大夫、护士和病友都向我推荐对付此病的经验：游手好闲。

　　我从来不敢答应约稿，现在就更不敢，约稿的压力让人不自由，反倒写不好。文学作品，我现在读得少。印象中好文章确实是有，但得鱼忘筌，一旦要选，却不知到哪儿去找了。况且我非常的不善评论，所以我几乎没写过书评，我总觉得，好书只需要读，条条款款地一归纳倒不知是什么东西了。我这想法大概不对，因为好的评论确实有，也确实必要。但好的评论是另一种创作，是另一领域的思考，借题发挥而已，与原作并无紧密关联。

　　如果我找到我以为值得推荐的作品，我一定推荐给"选家"，但点评肯定会很简单。

　　至于"名家小品"，只好等有了孩子再许人吧。这样的栏目名称让人发憷，让人想起街上名人题写的匾额，想起鲁迅说的"人以文传,还是文以人传"。

祝好!

史铁生<br>1999 年 5 月 24 日

# 给 苏 炜

苏炜老兄：

你好！

八九一别，再未谋面，你带来的毛衣都已经穿烂了。九七赴美，偏你又回香港，但在郑义家见到了你的"巴顿"，便像见到了它的主人。"巴顿"活得还好吗？

常听郑义、北明说起你的境况。带一本我的书给你，聊做纪念。托人带很多书去不大容易，带到郑义处的几本书，希望你也有兴趣一读。其中一套《近距离看美国》，写得极其好，深入浅出，没有激烈的情绪，唯重事实与思考，在国内知识分子中很是流传，大家由此对另一种制度的来龙去脉有了更深的了解。我想，这样的书你也能写，也应该写，它有文学和理论所难及的力量。

我现在身体总不大好，双肾已提前退休，靠每两周五次"血液透析"维持。不过效果还不错，九九年始又能写些短文了。本来今年可能再去美国一趟，但体力不支，想想还是算了。

恕我老眼昏花，手写倍感劳累，只好请你读这打印件了。

后会有期。

祝你一切顺心！

史铁生

2000年2月8日

# 给严亭亭(1)

严亭亭：

你好！

托人带去拙作两本。这部长篇之后，一直生病，九八年开始"血液透析"，至今再没写什么值得寄给你的东西。九七年去美国时，身体已经非常不好。我的同学请我去，说是我再不去，一旦"透析"就去不成了。果然，从美国回来，病情便一日重似一日。所以，很多应该拜访的在美国的老朋友，我都未去拜访，就这样也已经累得要死。

那次去美国，幸亏我那同学有一辆房车，一路上我可以躺着，否则不可能走了那么多地方。我们从洛杉矶出发，去了拉斯维加斯、大峡谷、菲尼克斯、新墨西哥、休斯敦，然后北上，经过达拉斯、孟菲斯、圣路易斯、小石城到了芝加哥，在那儿我发了两天烧，不得不在我的另一个同学家休息了一下。然后又往东，去了大瀑布，到了普林斯顿，在郑义家住了几天，然后郑义带我们去了纽约和华盛顿。到纽约时，我已经是疲惫不堪，那天正好是七月四日，晚上别人都去看焰火，我真是一点力气都没有了，只能在旅馆里睡了。在纽约只住了那一个晚上。美国的城市（除了一些艺术博物馆）实在没什么可看，但这从西至东、从南到北的一路风光真是美不胜收，那才可谓是美丽富饶。

老郑拿来你的照片，看到了你的丈夫、你的女儿，看到了照片中你的家觉得非常熟悉，甚至能看到照片中所没有的你家周围的景色——那一路上我曾看到过很多那样的家。很为你高兴,你是应该有这样的幸福的。

　　先就写这些吧。问候你全家!

史铁生<br>1999 年 3 月 14 日

# 给严亭亭（2）

亭亭：你好！

来信收到。你留下的钱，树生已经送来。书买了以后，我们还是争取托人带到美国，再从美国寄给你，否则邮费太贵。本来，我的一个同学说最近就回来，我们想托他带，结果等来等去到现在仍不见他的影子。他再不回来，我们只好寄了。不过，这些书也不是急着看的，多等等也无妨。

没想到你离开中国已经这么久。看见你，并不觉得中间竟隔了十年，还就像在雍和宫时那样，来了，然后走了，过几天还会来。事实上，现在大家都很忙，在北京的朋友见面的机会也不很多。大家都老了，秋天比不得春天，抬腿就去，拍拍屁股就走，秋天更多的是想念。

知道你活得好，大家都很高兴。

基督精神，真正是伟大。很多事，问到底，都是信仰问题，神性的问题。希米若能读一个函授神学，真是不错。我们常想象，她将来能到一个小教堂去，既领神谕，又能做一点这方面的工作，真是再好没有。

祝你全家好。

铁生<br>2000 年 8 月 14 日

# 给严亭亭（3）

亭亭：你好！

早就说把春节写的这封信写完寄给你，可拖来拖去一直到今天。

那天电话里，X兄简单谈到了对信仰（或神性）的理解。他似乎仍很看重神迹（绩），强调：唯对那功法祈信专一方可获其效力。电话仓促，不及多说。其实我也并不否认神秘事物的确有，只是不以为那是信仰的要点。我想，他所以如此看重神迹，最可能的原因是，他对"神"的理解或认信多在治病的角度——始于治病的期待，终于治病的落实；这便容易使信仰囿于实际。其实，仅从治病角度看——无论是医身（生理）还是医心（心理），他的那些理解其实我也都同意。比如他说：打坐、练功，是心与身的对话；心对身的引领作用很久以来就被现代医学所忽视，而其根治病患的效力，远非西医的局部施治可比。

这类见解我真的都很赞成。不久前读到一篇报道，说是科学家们已经根据量子力学原理，证明了意念移物是可能的。是呀，意念也具能量，何以不可做功于实际？但问题在于：科学不能等同于信仰，功法就能吗？尤其，种种功法明显是指向"身"的，唯着眼于生理的强健与心理的安康。这当然没什么不好。不仅没什么不好，而且我们每个人在劝慰自己的情绪，调整自己的心理时，有意无意都接近运用着这类方法。但要说这便是信仰，便是神在的证明，我就怀疑。神的关怀仅在于身吗？神的作为，仅在于生理强健与心理安康吗？现代医学更是治愈了多少身疾呀，科学更是创造了多少奇迹，难道能以此证明神在？信仰或神性，不是更要指向人的精神和灵魂吗？

但"精神和灵魂"会不会是两个空洞的词？会不会是"心"的同义反复？"精神和灵魂"如果不是"心"（或者还有智，汉语中心智二字经常连用），那又是什么？"精神和灵魂"的关怀，若不落实在"心"的安康或明智，又将脚踏何处？我无能考据这几个词的源头差异，我只能据其流用来界定它们的不同："身"的需要是强健，正如"心"的归宿在安康与明智，而"精神"——却因其不拘一身一心的关怀与落实，和立于有限而向无限的探问，所以注定是无法怡然自在的。唯不期逃避地面对人之"命定的残缺"（刘小枫称为"人的在体性欠然"），"精神"方才诞生。当人面对从理论上说都无从解除的生命困境或谜团时，神才出面，神的存在才可证明。看家护院的是警卫，救死扶伤的（不管所用何法）是医生，减灾灭祸的有保险公司，明确可行的事理属于科学，知其然而不知其所以然的能力当算作准科学或潜科学，唯在人智、人力无望解除的困苦（残缺、欠然、原罪）面前才有信仰的生成。这信仰于是不能在强健、安康和明智面前止步。危困中的精神所以才要倚仗爱愿。牵牵连连或生生不息的灵魂所以一向都在祈祷爱。

但是"爱"，是否又一个空洞的词呢？设若人人都能——如各类偶像所许诺的那样——身体强健、心理安康，怡然自乐，岂不就是爱愿的实现吗？但这差不多是废话，这话等于说：如若灭尽人间苦难，岂不就实现了爱愿？但是但是！清醒的人（有理性的人）都知道，这不可能。正因这"不可能"所以才有信仰的诞生。这"不可能"甚至不是由于社会的不够公正，或法律的不够健全，而是因为人智、人力、人性的生就"残缺"或"欠然"。但凡存在（不论天堂、地狱、人间），则必是两极对立——有限与无限。人以其有限处于无限之中，即是说：人无论走去何处、思向何方，都必陷入迷茫。而这才是神迹（绩）的根本，是神的创造而非人的臆想，是神为人设下的一条无从逃避的恒途——人唯对此说"是"，对人之一厢情愿的臆想说"不"，才可能理解"爱上帝""爱人生"，以及人间的互爱。这本无意义的恒途，唯爱可以拯救，可使其精彩、升华，以别于它类物种终生莫名的存活。

但是，爱，为什么就一定是好的（善）？怎样证明这一点？在人诸多的愿望中，凭什么单单认为爱是上帝的要求？换句话：人是怎样听见上帝的爱的命令的？或者：人为什么越来越难于听见那命令了？就因为人离开生命的起点——或最初的眺望、写作的零度——越来越远了。（就好像戏剧，道具愈益丰富多彩，灯光愈益五光十色，角色却更易迷失其中，更易淡忘戏剧原本的意义——目前国内的戏剧、影视就正是这样，导演们纷纷宣称：只要好看！）而只要你回到生命的起点——回到有限面对无限的清醒位置，回到枯寂渴望着精彩、孤独渴望着团聚的时候，你就会重新发现：那渴望压根儿就是爱愿。或者说：唯有爱，可能救你于寂寞与孤独，可以筑起精彩恒途与团聚的归路；相反，恨唯加重那原初的危困。所以神命虽非人说，却又可由人传。数千年的文化缠缠绕绕，立言者越多歧途越多，任何主义都可能是一眼陷阱。我非常钦佩刘小枫所做的工作，我想他是要把那些缠缠绕绕的嘈杂理清，理回到人可以听清上帝声音的地方；唯不知能否做到。

但是，好吧，就算爱的命令可以听清，终于又能怎样呢？——中国人喜欢这样问，隐含的意思是：终于是死呢，还是真能上天堂？若到底还是一个死，就不如先享些此世福乐；若真有天堂可上，倒还值得投些"良善"之资，以期来世去享那利滚了利的福。这类贿赂性的心理姑且不说，单说中国人似乎更关心人的"中断性"或"结束性"处位；就像通常的神话故事，非给出一个圆满的结尾不可，否则就冒犯了实用传统。但信仰的故事既是在无限中诞生，便注定没有结尾，而是永远的过程，或道路——我怎么想都觉得这其实才更美妙,是神之无与伦比的创意,是人最要感恩的神迹(续)。

对苦难说"是"的,才可能铸成爱愿;对福乐说"是"的,就怕要潜移默化地造就贪图。对苦难说"是"的,不会以实际的效用来作信仰的引诱,而期待福乐的信仰常被现实效用所迷惑。两种信仰之不同的期求,大约就是"精神"与"心"之不同的源头。这点上我觉得 X 兄没想明白。我常纳闷儿:他一生致力于改造中国,为什么不在这根节上看看究竟?我所以后来常想这类问题,实在是出于一个非常简单的逻辑:我不相信一个深陷歧途的人或族,其信仰的源头没有问题;我相信一切结果都必与其初始条件紧密相关。X 兄的血从不平静,对善有着充盈的爱,对恶有着切齿的恨,且其诚实、善思亦少有人能比。所以我有时想,信仰不能仅仅出于善好的初衷,不厌其烦的思辨与言说我看更是重要——信仰的逻辑,非听听那些大师的说道而不能清楚。我相信,理性的尽头才有好的信仰,理性和信仰绝非火与水的关系,而是互补关系,相得益彰的关系。

当然,有可能都是我想错了,或误解了,或听得不全因而理解得片面了。

写多了。因为这些事常常还是我的谜团,与其说是给你写信,不如说是昨晚的电话之后,我觉得又需要把自己理理清楚了。但是真的清楚了吗?常常怀疑。所以写给你,看看有哪儿错了。信仰之事,看似简单,却常混乱,倒应了那句偈:"时时勤拂拭,莫使染尘埃。"我常想这会不会是魔鬼为人设下的最根本的迷局,以便在与上帝的赌博中取胜?如今再想《浮士德》才觉歌德之伟大,才想到他可能是说:这浮世之德,太可能去投在糜菲斯特麾下。

此信所言,勿与 X 兄说。他正一心练功,不可打扰,把病治好是当务之急,信仰之事暂可不论。那天他还说:信此就要拒彼,否则彼长此消,反为其乱。我觉得这里面又有问题:功若为信(仰),医为(技)术,二者就不可比,怎会彼长此消?信者,都不坐汽车吗？只有信仰可与信仰比，只有信仰当言持一；且信仰的持一恰是相对偶像而言，唯偶像可以破坏信仰、把信仰引向歧途——比如造人（或物）为神。信仰与科学大可兼容并蓄，否则倒合了无神论者的逻辑：信仰是反科学的。如若"功"与"医"可相互抵消，足见那功还是术，不过潜医学而已。我真是不信，医而药之，就能动摇信仰，就能使人对信仰持疑？（可能是我病得太多，太相信医药。可是我没觉得那对我的信心有什么妨碍。）若那"信仰"依赖的只是术，或医治的只是身，我又看它未必是信仰了。总之，就像要修你该修的车，同时行你要行的路，一样——治你当治的病，信你真心的信。我看不出治病的手段为什么会影响信仰，就像修车的方法不会决定你走什么路。不过此时还是不要与他过多地讨论信仰问题的好，要劝也只反复证明：车与路，两回事；卖车的若要求你必须去哪儿，那倒可疑。不过我想，任何疗法，无论兼容还是独尊，都需心平气定，单就治病而言，X兄可能已经研究透了。我实在是不敢跟他胡言乱语。你离着近，可酌情言其一二。

不写了。再祝全家：年年好运　岁岁平安！

铁生
2003年1月26日

以上是前回写的。再写几句：我又想，放开信仰不说，那功若为术，说不定也有与现代医学相冲的可能——不同思路的疗法相互干扰，倒是说得通的。不过那功的一些说道，真是左右逢源：病好了是此功有效，病重了是此功排毒，终于治坏了便说是圆满去了。这实在强词夺理，典型的无理性。超越理性的是神启，删除理性的必定是为着人说了算。

前几天有人拿来几张Y讲道的光盘，其中两个观点我也想不通。第一个是老问题：世界既然是上帝创造，他为何不使人类都向良善？Y回答的大意是：上帝相信给人自由是好的，否则人皆一律，上帝觉得枯燥、无趣。Y认为，不会再有比这更刁钻的悬问，也不可能再有比这更透辟的回答。我也曾窃自有过如上的问与答，但发现，如此之答若仅用于说明宇宙的无中生有，倒不妨算得一种机智或浪漫，若以此来证明神的全能全善就不免捉襟见肘。因为明显地至少还有一问：全能全善的上帝就是为了自己开心，便让人间充斥邪恶与不义吗？我想，Y的毛病出在：他把自然的神和启示的神弄混了。在我想，单就创世而言，神的概念与"大爆炸"之类的学说无大不同，宇宙初始之因总归神秘。但是"大爆炸"等等只不过是一种陈述，一种猜想，而上帝之在则是对生命意义的启示，或者说，唯当意义成为悬问，上帝方才临在，一种神圣的指引方才可能。当造物主显现其为救世主的一面时，一向寂寞的生命方才美丽、精彩，一向无缘无故的存活方才有了投奔，一向没有光彩、没有爱愿、没有诗意的感知，方才可能生气勃勃地享其天恩。

　　第二个观点，Y说，他自信仰了基督，便懂得了爱，爱一切，再没有恨，甚至连某些恶事也不痛恨了。恨的心理所以不好，依我看，主要在其既无理性，也无智慧，因而会酿制更多的错误与不义，但这并不意味着可以没有价值标准。爱，不意味着没有善恶之分。一味地使自己圆融于怡乐，这不像耶稣的足迹，倒像遁世者的逍遥。放弃价值，大约也就不会有拯救，只可能有顾自的逍遥。恨着恶事，其实是爱。什么都不恨，等于什么都不爱，只顾着自己的心理平静和生理舒适。说实在的，Y的这种态度着实令我惊讶，继觉悲哀。在自由中这种怡乐是可能做到的，但不是人人都能处在他那样的自由中。Y若听我这么说，可能会对其恨与爱的概念做出种种界定，那当然好。

　　我一直以为"爱"和"喜欢"殊有不同，但人们最容易把这两种感受搞混。说实在的，中国的很多事真让我不喜欢，甚至是厌恶，但却不能说我不爱他。喜欢多指向占有，爱则意味着建设。喜欢是当下的,爱则期待得久远。但是对某些恶行,不言恨,只说不喜欢和讨厌就显得太轻佻。想来,某种恨——这需要细细界定——也是期待得久远,愿那恶行从此灭绝。两种久远的期待,料必有着相同的根。

又写了不少。写到这儿我忽然想,要是你有兴趣,咱们可以不定期地通通信。胡言乱语能让人更自由,因而常能有美妙的思想闪现。这样你也就能开始动笔了。林达那本书就是书信体。我曾想与希米假装通信,但一是假装必假,二是互相太熟悉,说了上句便知对方下句,就没了动力。

好了,再聊。祝全家好!

铁生<br>2003年2月28日

## 给严亭亭（4）

亭亭：你好！

老想给你写信，又总是拖到晚上，可一到晚上就又累得不想动弹。现在打开电脑，找到"亭亭信"一栏，才发现上封信还是羊年春节后写的呢，现在已近猴年。真可谓猴年马月了。

实话实说吧，省得累。我不大会给别人的作品提意见。其实，别人给我的作品提意见，我也是不大听的。写作就像谈恋爱，你说，怎么能听别人的意见呢？我一直相信：听别人意见的写作，和听别人意见的恋爱，都不会有好结果。徐悲鸿有副名联：独执偏见；一意孤行。——写作跟恋爱，是最需如此的两件事。记得当年在北戴河你推着我在海边走，那时我就跟你说过：坚持你自己的。其实，那既是说给你，也是说给我自己。但那时我就发现，你比我更容易受别人影响，老是怀疑自己的对不对。后来我是被逼得没道儿了，爱怎么地就怎么地吧，想怎么写就怎么写了。你是一直都没被逼成这样儿，难免就把"别人会怎么看"想得多了。这么说吧：写作，甚至都不是谈恋爱，谈恋爱也可能会照顾着别人的眼光，比如父母呀，朋友的，以及在熟人眼里是不是光彩；写作压根儿是做梦娶媳妇，全是自己的向往，彻底与别人无关！你得把自己逼到这儿来，逼到梦里去。过去老说"深入生活"，把自己的梦扔一边，追着别人的梦走，那叫深入吗？

你最想的事，就进你的梦。

你最想写的，你就先写它！

我老跟瑞虎说:你能写!理由就两个:一是语言好,二是有想法。再加上无所谓别人怎么说,就全够了。很多曾经写得好、后来写不下去的人,全不是因为别的,一是因为思想枯竭,一是因为老想跟这世界上的什么什么对上眼。

上帝是和每一个人直接说话的。写作也是,一俟发现心里有话,不是说给时尚和别人的,是想说给上帝的,是想说给自己的,是想说给你想说给的人的,那就写。

我有个愿望:等我把现在写着的这个长篇写完(鬼知道能不能写完,能不能好),我就开始写些活着不打算给人看的话(还是太在乎别人了),也不管好不好,也不管对不对。

祝你全家年年好运,岁岁平安!

铁生

2003年12月28日

# 给严亭亭(5)

亭亭:你好!

《二月》令人耳目一新,真是让我羡慕。羡慕那样的心境——既像第一场雪般地安恬,又像第二场雪那样深藏悲悯。文风自然跟随心境,所有的爱愿都不张扬,却流淌得比比皆是。与其说是那雪景衬托了心境,不如说是那心境,才让人感受到了雪的温润与"簌簌有声"。尤其那群孩子,和那一个隐忍而情深的男人,写得既简洁又令人回味。看见那样的孩子,听着他们的谈话,立刻就看见"窗外雪花飞扬",感受到屋里面的融融暖意。

常见电视上有一句广告词:"儿童智而中国智,儿童富而中国富"。怎就不见有一句"儿童纯真而中国纯真,儿童向爱而中国向爱"呢?

那群孩子和那一个男人,构成了一个真正的童话,现代或现实的童话,不是寓言,不是一种刻意的比喻,而是生活本身所固有的——正因其不确定,所以就更加广阔的——象征。这文章一看就是你写的,甚至可以说,非你莫能。我早就相信写作是宿命的。写作的根源,不在命里还能在哪儿?不从你的命中来又入你的命中去,它还能从哪儿来、到哪儿去呢?你的问题就是太轻看自己,倒让些真真假假的"宏大叙事"给吓住了。还得说"细微之处见精神"才是高品位;所谓"宏大",一俟张扬倒要变小,唯浸润在日常之中才更见其深厚。

现在我才想到,前几年你给我寄来两篇文章,我没说什么,这件事可能给你造成了多么不必要的障碍。其实,我没说,只是觉得那是你一向的文风与关注,也再说不出什么,并不意味着不好。写作,法无定法,唯一不变的是向自己的心魂深处去观看,去发问,不放过那儿的一丝感动与疑难。其实,写作也就是为了这个吧——自珍,自省,自我完善。政治才以服务大众为宗旨,法律才要顾及所有的人,商业才要关注专利。写作最像恋爱,有谁为别人恋爱吗?吴尔夫有过一段精彩的话:"对于那些为了公共事业而做出自我牺牲的人,我们应当尊敬他们,赞扬他们,对于他们不得不让自己受到的某种损失表示同情。但是,谈到自己,那就让我们避开名声,避开荣誉,避开一切要向他人承担的职责。让我们守住自己这热气腾腾、变幻莫测的心灵漩涡,这令人着迷的混沌状态,这乱作一团的感情纷扰,这永无休止的奇迹——因为灵魂每时每刻都在产生着奇迹。"

你就这样一篇一篇地写吧,不必朝两边看。

我正读着一本杜拉斯的书,叫《写作》。其中有这么一段话:"写书人和他周围的人之间始终要有所分离,这就是一种孤独,是作者的孤独,是作品的孤独……这种身体感受到的孤独变成了作品不可侵犯的孤独。"

命运,就在那儿,原原本本丰富无比,它才不在乎什么流派和风格呢!走进它,贴近它,就会发现,它比那些所谓的宏大要宏大得多。

祝全家好!

铁生<br>2006年6月10日

# 给《散文(海外版)》

《散文(海外版)》编辑先生：

你们好！

贵函收悉，得知《散文(海外版)》精选丛书拟选收我的三篇散文，很高兴。但关于这三篇短文，有些事要向您们说明，并恳请您们帮助。

《墙下短记》，在被某些文集收选时，出现了一些排版错误，比如漏字，甚至漏段。《关于庙的回忆》，不仅在《人民文学》初次发表时即出现错排，而且我对那一稿也有不太满意之处，事后又做了一点删改。现寄上这两篇短文的修正稿，请你们在选编时以此为准。

《我去看花》一文更是荒唐，内容毫无疑问是我写的，但标题实属伪造。此文原题为《秋天的怀念》，后不知何人，未经我同意，便给了它一个"我去看花"的伪名，并在报纸上发表，我一直愁于没有机会为它正名。得悉贵丛书要在《追求不到的情人》一卷中收选此文，恳请你们借此机会为它恢复原名。多谢多谢！

即颂

编安！

史铁生

2000年2月14日

# 给傅百龄

傅百龄先生：

您好！来信收到，谢谢您对我的鼓励。

九七年以来，我一直在生病，肾功能全面衰竭，现在靠"血液透析"维持生命。这种病和这种疗法，很是耗人体力和时间，所以近几年我的作品很少。这病和这种疗法又是终身不能摆脱了，所以将来也不会写得太多。当然我还在尽力，写作的欲望并未衰减。

寄上一个短篇，《两个故事》，请您批评。您若认为还可以，能在贵刊发表是我的荣幸。

八五年的长春之行令我难忘，我常常想念起那些老朋友，王成刚老师、孙里老师、洪峰……您若能见到他们，请一定代我问候。现在的《作家》多是我不认识的新人了，但《作家》的质量一如既往，在我看来仍是全国领先。这真是很不容易，请您转达我对《作家》所有新老朋友们的衷心敬意。

即颂

编安！

史铁生<br>2000 年 3 月 21 日

# 给谢渊泓

渊泓兄:好!

　　大作拜读。状物言情,真有水浒红楼的风采,令我这"专业的"为之汗颜。早有人说,小说这玩意儿,官军最怵民团。业余写来,不落窠臼,所言皆因真情涌动,处处都是切身感受,必为卖文谋饭者所不及。好话不多说,我既有幸一睹,就以这"专业"的迂腐提一点儿意见。

　　1. 我先是觉得,这古典小说式的语言,似与那段放浪不羁的知青生活有点儿隔。然而,许多简约、平静、洒脱的描画又让我叫彩。然后我这样想:无论是古朴典雅的语言,还是陕北的方言俚语,怕都不宜没个喘息。就是说,一种风格的语言(或过于相似的句式)一贯到底反倒失去节奏,不如只作点睛之笔,如华彩,如谐谑,时隐时现才好。就像围棋,没了空就要死。所谓空,是指某些对话、叙述可以更平白些,更贴近现实生活。阿城的小说料你读过,《孩子王》就在平白与典雅之间运用得恰如其分,到了《遍地风流》就典雅得有些滥,显得刻意了。方言也是,过于难懂的可以就用普通话,否则读者猜着看,倒无暇品味其中的妙趣与鲜活。

　　2. 在德国驱车旅游的内容,以及与你女儿的交流,像是硬加上去的,似与你的"野草"无大相关。尤其某些章节的开端,只不过拉来做个引线,既不尽意,便显多余。我想也许可以这样:有几节单是写远离故乡的生活与思念,远离那段历史的感受与反省,以及与下一代的"沟"与"通"。"洋插队"和"土插队"于你都是铭心刻骨,都是烧不尽的"野草",穿插写来,料必更具新意。

3.既写了,当然能发表最好。我可以推荐给某些杂志,但回忆插队生活的那股热已然减温,未必能够如愿。好几年前就有人问过我:插队生活你还要写下去吗?我说:怕那是永远也忘不了的。又问:再怎么写呢?我说:单纯的回忆已经不够,如果历史会记住它,大概就要以历史的眼睛去看它,看它在未来的生活中震荡起的回响吧。所以,以你的"洋插队"生涯,来看那"土插队"的历史,大约正是一个绝妙的视角。历史,最是要拉开时间和空间的距离来看的,那样才看得更为深刻,不致为某种情节所束缚。

就说这几句吧。迂腐,大概就像我的轮椅,已是终生难免了。就让它去做潇洒的衬照吧。后人不能从中受益,也可从中得一份警示。

蛇年将至,给你们全家拜年了!

史铁生
2001年1月8日

# 给　Z

Z兄：你好！

　　S兄来过，近况皆知。本来已写了一封短信，看看言不尽意，只好拖至今日。

　　其实各种功法，就其祛病健身的功效而言，我一向是相信的。相信的理由与你相同。一种事物，只要有真实功效，就必有其道理，只不过主流思维尚不明其理罢了。就比如特异功能，九十九次是假也不能证明其伪，一次是真便可证明其实。况且有些功法我是亲证其实的。

　　我相信某些功法的神奇效用，但我不认为那就是信仰，或信仰的主要。真正的信仰是不依据神迹的。《圣经》上有这样的话，大意是：不可试探你的神。而强调神迹，则难免是对神的试探。依据神迹的所谓信仰，一定是期待着神的物质性（或福利性）施与，一旦神迹未现，信心便会动摇，这岂不是试探神吗？其实困苦也是神迹，它向人要求着绝对的信心。所以人是神的仆从。中国人更多的时候把这层关系弄拧了，结果是神做了人的仆从——你若给我满意的神迹，我就供奉你，反之我就废了你，再换一个能够满足我的神来。

　　因此，种种神奇的功法，我都不认它是信仰。偏要把它张扬成信仰的，我就怀疑其人的动机。因为一切向人许诺福利的（无论天上地下，今世来生），都像行贿，或似投资，必有它图。它图者何？中外古今，无外乎造人为神（偶像）罢了。信仰不可动摇，神不可怀疑,故一旦人篡了神位,则难免挟神祇以令众生。中国的历史屡屡证明着这一点。

当然,信仰自由,不管那信仰多么离奇,都属正当,唯造人为神一事值得警惕。任何能够赢得信众的事物,都必有其"义"的初衷,而大凡走邪了的,多半都是因为"信"出了毛病。"义"多半是纯真的热情,而"信"必要基于智慧。

所以,大可取其功法为用,却不必对它有绝对的服从。简单说,功法不是神,不过是人智未知的领域,一旦知之,皆可归于科学。科学不能成为信仰,(对古人而言,如今的科学奇迹还少吗?)功法也不能。而那终不可知其原由的生命困境,那终不可灭的种种人生困苦,才是信仰的原因。无论航天飞机(倒退几百年这不是神迹吗?),还是隔墙移物,都不过一个大数与无限之比。即便此数再大,与无限对峙,还是等于零。这零的处境,使人千思百悟,终于返身皈依了爱愿,方才入信仰之门。

至于我嘛,当然会重视你的劝告。其实我也总劝别人练练(不论何种)气功,那肯定是利于健康的,只是一到自己,便三心二意。可能是潜意识的作用,总觉得如此残损不全的一副躯壳,并且一味地给我罪受,我真是何苦再伺候它?但你不同,你应该特别地珍惜健康(当然我也会)。你是太劳累了,身心长期超载是致病之因,沉静下来,专心锻炼,一定会有好作用。你对气功的理解肯定是深刻的。我只想再说一遍:该配合医生的时候,一定要配合,千万千万!因为我们盼着你。因为这世界上有那么多爱你的人。

上帝保佑你!保佑你全家!


又:霍金又写了一本书——《果壳中的宇宙》,不知希米给你们寄了没有。此书我虽不能看得很懂,但还是看完了,觉得处处玄机。比如其中说到科学已可证明到"十一维";说到"多宇宙"。我猜,那是说,多重的维或多重宇宙其实是重叠在一起的,分辨它们的,其实是含于其中的认知者(比如人)对它们的观察与发问。这又叫作"人择原理"。所谓"人择原理"即是说,正因为它产生了如此之人,这人才能对它发出如此之问。

我曾就一个捕蝇器写过我的猜想:一个捕蝇器——即一个纱网做的小笼子,底面有个小烟筒似的通道探入笼中,下面放些臭鱼烂虾,苍蝇闻风而来,横冲竖撞,不期而撞进通道,误入笼中。它进是进来了,但不得归路,出不去。因为它本就不知是怎样进来的。因为它不识三维世界。它无论是横冲,还是竖撞,虽然走了个三维路线,但都是瞎蒙;在它,一切路线都不过是二维行动。三维通道虽然就在它身边,但认识不到,等于不在。这是否可以说明:多维世界其实是重叠在一起的,你在几维,全靠你的几维认知。多维的缠绕,并非一个三维迷宫,而是认知的限制与隔绝。如果我猜得不错,那么,任何维中的智能,就都会符合"人择原理",或叫"自择原理"。虽然高维的可以看清低维的处境,但无极即太极,他看更高维时还是两眼一抹黑。那么就是说,困境是永恒的,此困境与彼困境而已。但不管是几维困境,都救不了自身。正如《圣经》有言,大意是:造人为神,无异于请瞎子引路。这个意思,我想,在任何维中都不会失效。所以我相信,即便修炼果真可以把我们送入更高维,我们依然要面对最终的迷茫,这迷茫依然会使佛法或基督诞生,以作为爱愿,作为信心,作为指引,作为永恒的皈依。而且从"人择原理"看,人是什么?我思故我在。那么思是什么?思即是:思在其中的这个世界所永恒传扬的消息罢了。肉身是其载体。或,此世界即是此消息的载体,而我是我的世界的一部分。由此看来,死,有什么可怕?永恒的消息能死吗?永恒的消息能不需要(或附着于)一种载体吗?这载体能不自称为"我"吗?于是乎"我"能死吗?而"我"的某一阶段的旅行究竟取一个什么姓名(符号),这重要吗?

"透析"之前我曾遇几位行"道家针法"的人,说是扎针,我看其实是布针；数只银针刺进衣裳，并不刺入皮肉，只碰到皮肤即可。他们虽未治好我的病（他们也未许诺一定能治好我的病），但我确实平生头一次感到了那功法的作用（可谓神奇，以后再跟你细说）。跟他们说到生死时，他们笑道：死，那不过是搬一回家——对此我是深信不疑的，无论是从上述的逻辑看，还是从非逻辑的感觉看。当然，这不意味着我们就可以早早脱胎换骨，因为我们永远会是某维世界里传扬的消息；既是传扬，必有距离，距离即意味着差别，差别即意味着困苦，而困苦必向我们要求信仰，而信仰则不可依靠强大的能力——无论科学还是功法，而要皈依苦弱的上帝所指引的爱愿，爱愿不仅是助人为乐，爱愿最是要爱上帝，爱他的这个创造，爱他的命令，即对一切困阻也要心存爱愿，并在永恒的距离中成就那美丽的传扬。截断它是丑陋的，截断它也是愚蠢的。一切都是为了使这寂寞的宇宙中有一缕热情而美丽的心愿传扬；当我们领悟了上帝的神恩与威赫之后，当我们对神说"是"之后，我想，任劳任怨地去走这一条路是人的唯一责任。所以神说：我是道路。

没想到一写又写了这许多，信笔而书，或多有错。这些昏话平时只能跟希米说说，现代人对此多言"太累"。真想去跟你面坐长谈，可恨离不开"透析"。

铁生<br>2002年6月7日

# 给 伯 父

大爷:您好!

来信收到。整天瞎忙,未及时回信,多多原谅。

您能在姐姐家多住些时日最好;有人照顾您,闲来游山逛水,或读书遐想,岂不乐哉?换一种心情,看世间万物或可有不同的角度。其实所有的事,都是生者的事,所谓"万物皆备于我",都在于人怎样看它。

中国人多忌言死,好像有谁终于能躲过去似的。您能如此豁达地想这件事,真好。大娘去世突然,固令人悲伤,但她安然而归,免去许多折磨,也是她善良一生的善果、艰难一世的酬慰吧。咱家的人好像都这样,我爸,我妈,我奶奶,都是一下子就走了。三姨叔有一回谈到我爸,说"二姨兄一生仁义,死都不拖累人",说得我心酸,不由得便想:只有来生报答他了。

来生,是一件既不可证实也不可证伪的事。不过有时想想,每一个人不都是从那虚无中来的吗?何必又怕回那虚无中去?况且,既已从那虚无中来过,为何不可再从那虚无中来呢?

再想想,有哪一个从那虚无中来的人,不自称是"我"呢?至于姓名,不过是个社会性符号。曾有道家人跟我说:死,不过是搬一回家。

寄上我最近出的一本书,全是我在"透析"后写的,其中多也写到对生死的理解。此书不久香港"三联"还要出一版。

我还是照常"透析",一周三次,如同上班,已经习惯。希米忙着她的一摊子事。身体都好,您别惦记。

姐姐的糖尿病千万要注意,最近我才知道了这种病的严重性,但不要害怕,只要不使其发展。这个年龄,最要紧的是健康。

祝全家好!

侄　铁生<br>2002 年 6 月 18 日

# 给陆星儿

陆星儿：

你好！

听安忆说，你病了。相隔太远，难以慰问，寄拙作一本，供病中解闷。此书正如其名，都是我在"透析"之余零零碎碎写成的。

生病百弊，也有一利，即可觉得是放假，没什么任务，想睡便睡，想写便写，一切随心所愿，写来倒多自由。这是一个资深病者的经验；你初来病界，万勿以为无利可图。

刘庸说：世人终日慌忙，所为无非名利二字。此不过一家之见，其实更根本的两个字是：生死。

无端而降生人间者，究因论果，总归逃避不开生死一题，况且这是六十分的一道题。若看此题太难，绕开不做，其余的题即便都做到满分也还是不及格。这是一道近似"哥德巴赫猜想"式的题，先给出结果——生乃一次旅游，死则一期长假——然后要你证明过程。这实在不是一道简单的题，谁说它简单谁就还没弄懂题意。

扯远了，回过头再说病。

资深病者的另一种经验是：把治疗交给医学（不必自己当大夫），把命运交给上帝（人不可能找到一条彻底平安的路），唯把面对现实的坦然态度留给自己。

还有，资深病者的最后一条经验是：旁观者轻——甚至"轻得令人不能承受"。所以，一是要把病检查清楚，做到自己心中有数；二是及时决定对策，不可贻误时机。

初次给你写信,就这么冒昧地说生说死,似多不当。

倘不忌讳,咱们还可以再说。说不定,说来说去,你就说出一本书来。

祝你好运!

史铁生

2002 年 6 月 23 日

# 给田壮壮

壮壮：你好！

你送的三张碟，我认真地都看了。有点想法想跟你说说，不管对不对。

最突出的一个想法是：玉纹的内心独白删得可惜了；在我看，不仅不要删，那反而（对于重拍）是大有可为之处。因为，那独白，绝不只是为了视点，更不单单是要拉近与观众的距离，在我理解，那特特地是要划出一个孤独、封闭的玉纹的世界。什么人会整天自己跟自己说话，而且尽是些多余的话？一个囚徒，一个与世界隔离的人，一个面对巨大精神压迫而无以诉说者。而那独白，举重若轻一下子就得到了这种效果——即于众人皆在的世界里（如画面和表演所呈现的），开辟出了玉纹所独在的世界（靠的恰恰是那缓慢且莫名的内心独白）。这效果，在我想，是除此手段再用多少细节去营造都难达到的。所以那独白才似无视常理，有时竟与画面重叠，仿佛拉洋篇，解说似的多此一举。作为通常的画外音，那无疑是多余，但对于一个无路可走的心魂当属恰如其分，是玉纹仍然活着的唯一证据。

这是费穆先生的本意？还是我的误读，或附会？我想应该是前者，否则按常理，他怎会看不出这独白的重叠与啰嗦？但我斗胆设想，费先生的孤胆似还有些畏惧——这条独白的线索不可以一贯到底吗？比如说——在志忱到来之前，那独白是一个封闭绝望的世界；志忱到来之后，那独白（譬如"我就来，我就来"），则是一个尚在囚禁但忽被惊动的心魂,以为不期然看到了一种希望时所有的兴奋、奔突、逡巡;而当玉纹与志忱心乱情迷似乎要破墙而出之际,那独白的世界即告悄然消散,不知不觉地就没了;再到最后,志忱走了,或从礼言赴死之际始,那独白就又渐渐浮出,即玉纹已隐隐感到那仍是她逃脱不了的命运。

另外我想,要论困苦,礼言不见得比玉纹的轻浅。若玉纹是独白的锁定,礼言则几乎是无言的湮灭。"他也不应该死呀"(大意),这样的台词太过直白。尤其是,这样的人也许就死了,死得无声无息,死成永久的沉默;唯其如此,"他也不应该死呀"才喟叹得深重。我胡想:设若礼言真就死了,会怎样?志忱和玉纹就可解脱?就可身魂俱爽去投小城之外的光明了?——这些想法,于此片或属多余。我只是想,当初的影片可能还是拘泥于人性解放,但人性的解放,曾经(或仍然)附带着多少人性的湮灭和对人性处境的逃避呀。

可否用无言,用枯坐,用背影,也为礼言划出一个沉默的世界?费片中,有一场礼言发现志忱和玉纹告别的戏,我想,也许倒是志忱和玉纹不止一次地发现礼言悄然离去的背影要更好些。那个沉默的世界几乎连痛苦的力气都没了,唯沉默和不断地沉没下去,沉没到似乎那躯壳中从不存在一个人的心魂。在我想,礼言是绝不要哭的,哭是最轻浅的悲伤,礼言早应该哭完了;如今礼言觉察了志忱与玉纹的关系,对于这个无望又善良的人来说,只不过是久悬未决的一个问题终于有了答案:我确凿是多余了。他应该是静静地走。哪有哭,然后自杀的?

设若礼言果真死了,后面想来更有戏做;那时志忱和玉纹的纠葛或可至一个新的境界。结尾可以开放:如此局面下,志忱当然还是要走的,但逃离的是其形,永远不能解脱的是其心,他多半会给玉纹留下个话儿,留下个模棱的期冀。玉纹呢?心知未来仍是悬疑,因而独白再现;此时的独白,有多种意味——可能重归封闭,可能又是一个湮灭,也可能有另外的前途。从而"小城"才不白白"之春"一场,但也可能就这么白白。

无言的湮灭,独白的囚禁,以及未来的悬疑——悲观如我者,看这几乎是人生根本的处境;而这才构成戏剧的张力,生活的立体吧。你说拉开距离,似仅指今日与往昔的时间距离,观众与剧情的位置距离,但重要的是(剧中与剧外)心与心的距离,或心对心的封闭。人性的一时压制,似不难解放(譬如礼言果真一命呜呼),唯娜拉走后如何,还是永远的疑虑。在我想,小城的寓意,绝不止于一启恋人关系的布设与周旋,几年前从电视上看到此片,竟留下与《去年在马里昂巴》相近的印象,如今细看才知错记。但何以错记呢?绝不无缘无故;此片中若有若无地也飘荡着一缕气息,像"去年在马里昂巴"那样的一个消息:要我们从现实醒回到梦中去!中国人轻梦想,重实际(有梦也多落在实处,比如发财,比如分房和得奖),这戏于是令我惊讶中国早有大师,只是又被埋没。

其他都好,不多说。词不达意,见面再聊。信,唯一的好处是可以斟酌,此外一无足取。

祝好,并问候令堂大人!有一年知青晚会,她特意从主席台上下来跟我说话。前些天在电视上见到她,老人家的真诚、坦荡、毫无修饰的言词让我感动。

铁生
2002年8月15日

# 给 陈 村

陈村：

　　听说你儿子想不通你弯弯拧拧的为什么是户主，想得有理。看来接班之事处理不当势必形成抢班。我劝你不如看清形势早早让位，也做上几天"太上皇"。若恐幼主无知，致江山不稳，亦可由吴斐"垂帘"些日。想来我比你少些忧虑，人死国亡反倒省事。

　　给"皇上""太上皇""皇太后"拜年，祝陈氏江山永固！

铁生　希米

2003 年 1 月 30 日

# 给南海一中

南海一中高一(6)班
尹军成老师并全体同学：

来信收到，迟复为歉。体弱，眼花，用惯了电脑，恕我就不手写作答。

第一个问题：称呼。我想，同学们讨论的结果十分准确：先生。我先于你们出生，此事千真万确、铁案如山。但抢先出生并不意味着优势（何况这事也由不得我），后生可畏才是一定。

第二个问题：《我与地坛》一文的标题，可不可以改？其实，取怎样一个标题，完全是出于作者的习惯、喜好，甚至有时是出于偶然，但是木已成舟，改就多余。就比如我的名字，没几个人说好，但改来改去我担心别人就不知道这是谁了。不过各位完全可以据己所好，给它改个天花乱坠；甚至内容也可以改，只不过要注明改编，或其实沧海桑田那已经是你们自己的作品了。取题的原则，在我，一是明确，二是简单，三是平和。我不喜欢太刚猛，太豪华。内容也是这样，要像跟哥们儿说话，不要像站在台上念诗、念贺词或者悼词。诗意，要从意境或氛围中渗透出来，不是某些词句的标榜——这不是结论，只是我自己的看法，仍可探讨。

不过，当然了，要看你写的是什么，如果是轰轰烈烈的事，或许就要有另外一种标题。我刚刚又发了一篇《想念地坛》，开篇第一句话是："想念地坛，主要是想念它的安静。"最后一句话是："我已不在地坛，地坛在我。"是呀，地坛的安静使人安静，离开它多年，一经想起，便油然地安静下来。所以，我——与——地坛，轻轻地念，就够了。

　　说句题外话：命运无常，安静，或者说镇静，可能是人最要学会的东西。你们离高考也就几百天了，要镇静地准备好镇静。高考真是一件无奈的折磨。今年，我的朋友中（当然是他们的儿女）又有"惨遭不测"者，本来上清华、北大绰绰有余，不知怎么一下就考砸了。那样的打击，我信不比我当年（残了双腿时）的小。怎么办？镇静！一百年的事怎么可以让十几年来决定呢？当你们走到四十岁、五十岁……九十岁，回头看它，不过区区小事。但若失去镇静，就怕会酿成千古恨。我完全没想到，有一天，我对我的病竟有些感恩之情——我怕否则，浮躁、愚蛮如我者大概就会白活。

　　祝你们快乐，又镇静。

史铁生<br>2003年6月24日

# 给 S

S兄:好!

譬如生死、灵魂,譬如有与无,有些事要么不说,一说就哲。其实我未必够得上哲,只是忍不住想——有人说是思辨,有人说是诡辩。是什么无所谓,但问题明摆着在那儿。

"绝对的无是有的",这话自相矛盾。所以矛盾,就因为不管什么,要么不知(不能说也不能想),一知(一说一想)就有了。所以,这句话,躲闪不开地暗示了一个前提:有!或有对无(以及"绝对的无")的感知与确认——可是这样来看,绝对的无,其实就不可能有。

"到达了无限",这话还是矛盾。不可到达的,才是无限。无限,只能趋向,或眺望。但这就又暗示了一个趋向者或眺望者的位置。所谓"无极即太极",我想就是说的这个意思。所以我总不相信"人皆可以成佛",除非把这个"成"字注明为进行态,而非完成时。

那就不说"到达",说"就是"——我,就是无限!行不行?还是不行。我,意味着他和你,当然是有限,有限不能就是无限。

那就连"我"也去掉,也不说,一切主语都不要——你们这些咬文嚼字的人!只说无限本身,行吗?无限本身是存在的,这总没问题了吧?是,没问题了(暂不追究"无限"谈不谈得上"本身")。不仅没问题了,什么也就都没了,绝对地无了——但发现这一点的,肯定不是无限本身。"天地无言",无限本身是从来不说话的。

岂止不说话,它根本就是无知无觉,既不表达,也无感受,更不对种种感受之后的意见有所赞成与反对。唯有限可以谈论它、感受它、表达它,唯有限看出它是无限本身。无限是如何与如何的,怎样并怎样的——这不是别的,这正是有限(譬如人)对它的猜想,或描画。

那就再换句话,这样说:既然无限是存在的,这无限,不可以自称为"我"吗?是的,不可以,也不可能。无外无他才可谓无限,无外无他谈何"我"哉?无限只能是外在,或他在,一俟称"我"即为有限了。

你说这是纠缠词句,是限于人的位置,在折磨逻辑。而你是亲历其境,实际地体验了无限,进入了它,成为了它。虽然我不怀疑你说的是实话,但你注意到没有:实际上你还是在一个有限的位置上(此岸),描述着与无限相遇的感受,猜想着那种状态之无限延续的可能。实际上是,有那么一阵子,你进入了一种非常状态,即与素常束缚于人体(心智)的感受迥然不同的感受。但问题是:实际上,你不能证明那样的状态已是无外无他,你不能用短暂的状态证明终点,证明永恒;相反,倒是那状态的短暂,表明了它实际并不无限,而仍然是有限之此岸向无限之彼岸的眺望。其实,有很多途径可以体验无限,进入无限,但你还是不能说:我就是它,我已经成为了无限。

当然,你那"短暂状态"是如此的不同寻常,完全不同于寻常的想象、眺望和猜想,以至于谁也没法说它不是真的,不是实际——如果这还不是真的,不是实际,那就不知道"真的"和"实际"到底是要指什么了。

没问题,我绝不怀疑那是真的,因为刨去感受(感知),"真"就丧失了根据。但我倾向于把"真"与"实"区分开;比如梦,便是真而不实,因为它终于要醒来,醒入"实"。这么说吧:无论多么玄虚短暂的感受,都可堂堂正正地称真,但一入实,则必有后续——接下来是什么呢？然后又将怎样？看不到随后的无限困阻，就会真、实混淆，那是梦游状态、艺术或精神病状态——我不是说这统统不好，我只是说：真，可以不实；实，也可以不真，比如说实际中有多少误认。

"不实之真"不仅可能，而且是"实际"的引导，譬如梦想是现实的方向。但我要说的还是：不能没有"实"，不能停留在梦里。但这不仅仅是说，人不得不干些务实性工作，更是说，生活（世界、存在）是从不停留的，尤其不停留在人的美好心愿中（或可心的境况里），因而无论人还是别的什么，注定都在困阻重重的过程中，永无终点——而这就是实，实在，或实际。这么说吧：感受是真，信念是真，而那困阻重重的恒途是实，加起来叫作"真实"。某些信仰之所以有问题，就在于，他们说也总是说着"迁流不住""变易不居""不可执着"，但盼望的还是一处终点性的天堂，并不真信一切都在无限的行走、寻觅与眺望中。

我有时想：一缕狗魂，设若一天忽离狗体而入人身，怎样呢？它一定会在刹那间扩展了的自由中惊喜欲狂，一时不知（或来不及知）人身也有限制，而误以为这就是无限，就是神了。（恕此话有点像骂人，实在我是选了一种最可爱的动物来作比喻的。）那么，人与超人——借用尼采一个说法——的关系，是否也就这样？（所以尼采的"超人"，使惯于作等级理解的人们倍受刺激，其实呢，他是强调着超越的永无止境。）

当然，你可以设想那短暂状态的无限延长。而我当然就不应该强词夺理，说那毕竟只是设想。因为设想也是真，也是存在之一种，正如梦和梦想是存在之一种，甚至是更为重要、更为辽阔的存在。（那正是"超人"的方向吧？）但超人之"超"，意味了距离，意味了两端。所以，我如果说"那毕竟是设想"，也只是指：无论"超"到什么程度，仍也不能到达无限，仍也离不开有限一端的牵制。

在我理解，你的意思之最简明的表达是：因那短暂的亲历，已足够证明那非凡状态的确有,足够证明无限的存在!既如此,无限可以在彼,为什么不可以在此?它(彼)可以就是无限,为什么我(此)不可以就是无限?我曾经不是它,为什么我不可能终于是它?(插一句:佛徒所谓的"往生",大致就是这样的期求。)

而我的意思之最简明的表达是:我当然相信那短暂状态的确有,相信无限的存在。我的不同意见(或补充意见)是:无限的确在,不仅不能证明有限的消灭,而恰恰证明了有限的永恒。彼岸的确有,缘于此岸的眺望;无限的存在,系于有限的与之对立。反过来也一样。其实我对你那亲历毫不怀疑,我想说的只是一点:此岸与彼岸,是互相永恒地不可以脱离的!缺一,则必致有限与无限一同毁灭。

我记得那天的话题是从身魂分离开始的。在我想,你那非凡状态,正是身魂殊为明显的一次(一种)分离。曾有哲人说:超越生死,唯身魂分离之一径——此事不细说,细说就没头儿了。

只说分离。又有哲人说:上帝的创造,即在分离——分离开天地,昼夜,万物。于是乎无中生有!无中生有,实为无奈之词,姑且之说。因为即便高瞻远瞩如老子者,也还是立于有限之维,也难寻遍存在之无限的维度,也只好称那猜想中的无边无际为"混沌",为"道"。而这"道"字,正是指"无极即太极"吧,正是指永恒的行走与眺望吧?我看这不是某人或某维的局限,这是存在的本质,失此而为不在。存在既始于分离,就意味着对立,唯对立中才有距离——空间,时间,乃至思维之漫漫——才是存在。对立消失,一切归零,即成不在。而虚无不言,虚无一言便又是对立的呈现——即"存在"对着"虚无"的言说(眺望、感受、描画)。

我的意思还是:那老子不可言传之物(之在,之态),谁也不可能就是它,谁也不可能脱离有限而成为无限,谁也只能是以有限的位置做无限的行走与眺望。虽然超越常人之维的所在多有(别有洞天)、异乎常人的自由多有(妙不可言),但每一种可能都是一种限制——此即维也,所以无论何维都不可能就是无限。因为一极既失,必致全面回零——虽然这其实办不到。

(多说一句:神在,一种是由亲眼目睹或"调查属实"来证明,故其强调神迹;另一种,是以有限证明无限,以人的残缺证明神的圆满,证明神在。而神在的圆满,是有限如人者永难抵达的,这就有了一个好处:造人为神的事便难于得逞。)

我有时想,宇宙的多维,多就多在观察角度很可能无限。一观,即一维。常人观至三维、四维,高人则可能看到了五维、六维的情景。但无论多少维,脱离观察,就谈不上存在。

物理学中有一说,叫作"人择原理",意思是:人类常惊讶地问,世界何以如此(利于人类生存),而非如彼(那样的话就少了全部的麻烦)?回答是:正因为世界如此,才诞生了人类,人类才能对世界作如此之观与问,如此之观与问便使世界呈现为如此。

这样看,我们的一切感受与表达,不过是如此世界的如此消息。简单说,世界有消息发散,故而有人——有某种感受与表达,谓之曰"人"。所以我猜,一维一世界,各有其消息要发散,故必各有其类人之物(之心,之思,之魂,之观察角度)存在。只是,比如人与人之间的难于沟通,维与维之间就更难逾越。

无限是无限个有限的连接,多维之每一维都必面对无限。因为,无限与有限互为因果。因而绝难期待无苦无忧的天堂。串维的事很少发生;一旦发生,人即谓之"成仙""得道"或"特异功能",并沾沾然以为一限既破,无限料必可及。

好吧,就算对立永恒,但对立不可能是这样吗:张三你在此岸,李四我(先甭管用什么妙法)去了彼岸?

我看还是不可能。要是李四说他到达了更多自由的境界(更高维),我还信,但他要是说到了彼岸,我就没法信。彼岸一到,莫说"彼岸"已成此岸,只问:这"彼岸"可还有没有彼岸?倘其没有,就又回零——我猜,其实这零,绝死也是可以归的,绝傻也是可以到的。

我猜,灭绝一端,甚至神也不能。比如,神若失去人的追求,就很像人失去狗的跟随。又比如,人为狗主,神为人主;狗跟随着主人跑,正如神指引人的道路。又比如狗虽然追着人跑,只是看重人给的一些好处,只是看人活得比它富足,却看不见人的无限追求,以为人的日子真是快乐到了极致(极乐),所以,人若也只是贪图着神给些好处,而不把神看作是一条无限的道路,神也就成了人(造人为神的勾当亦多是这样的思路),而人呢,看不见无限也就成了狗。

所以,这类信仰,多是信一处实际的、终点性的天堂——当然可以设想它是在来世,或另维。而另一种信仰,把神看作是人不可企及的善好境界,则一定是看清了"无极即太极",所以相信神不在终点,而在无极的道路上。

《圣经》上说,"看不见而信的人有福了"。无极的路是看不见头的。看不见,才谈得上信仰或信心。到达了,是实得(当然是得种种好处),不是信。实得不是因信称义,是因利称福。说看见了头的,是期望并欣喜于实得之可及(如某些教主或主义的许诺),当然也非"信"之本义,是物利尚未实得同志仍需努力。所以,这类信仰,多是无实利而不信的。所以,以实际的到达作为信仰的依据,一开始就走了板,不过是贪欲的变相或"升华"。

不过,说来说去这一切还不都是人说?还不都是拘于三维、四维之人类的逻辑?而另外的存在,又岂是人维可以说得明白、想得透彻的?以三、四维之人心人智,度无限之神思神在,岂不像"子非鱼,安知鱼之乐乎"?

这样说,当然了,我一定理屈词穷。但是,这样说,实在是等于什么都没说,等于什么都不能说,等于什么都可以说或怎么说都行。怎么说都行的东西不如不说。怎么说都行的东西,最可能孕育霸道——怎么摆布你怎么是。比如,跟着怎么说都行的教主或领袖走,他说什么是什么,你还不能辩。这让我想起某些气功师的治病,治好了,证明他的伟大;治不好,证明你还没有完全相信他的伟大;治死了怎么说?说你已经在他伟大的指引下圆满去了。

"信仰"二字,意味着非理性,但不是无理性。无理性就是怎么说都行。非理性是指理性的不可及处。恰恰是理性的欲及而不及,使人听见绝对的命令。比如生的权利和追求幸福的权利,就不需要证明。比如,人的向爱,就是自明的真理。但,倘若谁说"跟我走,就到天堂",那你就得拿出证明,拿不出来即近诈骗——比如伊甸园中的那条蛇。

总而言之,我是想说:"到达"式的天堂观,原就是期求着物利或权力,故易生贪、争、贿赂与霸道。"道路"式的天堂观,无始无终地行走——比如西绪福斯——想当然就会倾向于精神的自我完善,相信爱才是意义。

再有,人不可以说的,不知谁可以说。神可以说吗?可自古至今哪一条神说不由人传?想来只一条:有限与无限的永恒对立,残缺的人与圆满的神之间有着绝对的距离——唯此一条是原版的神说,因其无需人传,传也是它,不传也是它。绝对的命令就听见了。

有个问题总想不透:基督教认为"人与神有着绝对的距离",而佛教相信"人皆可以成佛"——这两种完全相悖的态度难道是偶然?

闲来无事时跟朋友们一起瞎猜,有人说,基督信仰(的原初)很可能目睹过天外智能的降临,所以《圣经》中的神从不具人形,只是西奈山上的一团光耀。今天你又跟我说,佛家、道家很可能也是亲历过某种神奇状态。两种猜想都很浪漫,也很美妙。因而我想:说不定这正是两种文化之大不同的根源。由于"对初始原因的敏感依赖性",演变至今,便有了如此巨大的差别。——此一节不必认真。

这两天再看《西藏生死之书》,其中的"中阴"呀、"地光明"呀,确实跟你说的那种感受一样。所以我对我以上的想法也有疑虑;很可能如你所说,我们在人的位置上是永远不可能理解那种状态的。但我又发现:书中说到的那些感觉或处境,还都是相对着人的感觉或处境而言(或而有)的。所以我总想象不出:一种感觉,若不相对着另一种感觉,怎么能成为一种感觉?一种处境,若不相对着另一种处境,将怎样描画(或界定)这种处境?换句话说:我不能想象一种无边无际的感觉怎么能够还在感觉中,或一种无边无际的处境,怎么还可以认定是一种处境?无论是"言说使人存在",还是"痛苦使人存在",其实说的都是:有限使人存在,有限使无限存在,或有限与无限的对立使存在成为可能。

　　有兴趣,再聊。我这人好较真儿,别在意。于此残身熬过半百,不由得对下场多些考虑。

　　祝好!

铁生<br>2003年6月25日

# 给姚平

姚平：

  你好！

  你要我为你的新书作序，我愿效劳。记得我以前为你的第一本诗集写过一篇序，现在找出来看，发现我已无法写得比那篇更好。不能写得更好倒不如不写，否则露出狗尾。

  当然，以前那篇序主要也不是因为我写得好，是因为你们——你和你哥宗泽——在生命这条艰难的路上走得好；因为你们行走的姿态，我的文字沾了一份荣耀。

  "听野草在那里拼命地生长，坦然如我。"

  "反正/在妈妈面前输到哪步田地都有奖品。"

  ——这是永恒的诗句，如今读来仍让我感动。为此，我在那篇序中写过："这样，在以后的几个二十二年中就既会迎候成功也能够应付失败了。"

  一转眼真的差不多又过了二十年了，这二十年自然不比那二十年，但艰辛的性质是一样的，生长也仍在继续，奖品也只能还是那样的奖品。大道不变。变的只是道具，是五颜六色的舞台灯光，是某些剧情的细部，而人生戏剧的戏魂其实从未稍有更改——我们还是在上帝与魔鬼打的那个赌中。

  如果你愿意，就还是以那篇序为序吧，我看倒更是意味深长。当然也可以请一位更了解你的人，把你这些年具体的写作路程介绍给读者。或者，我这封信也可以算作对以前那篇序的补充，与那篇序一同在你的书前占一页位置。

问候你的父母,问候宗泽,问候你的妻儿,祝你全家好运!

史铁生

2003 年 7 月 29 日

# 给 肖 瀚

肖瀚先生:您好!

那天聊得很开心,回来就找您和张辉先生的文章看。读《圣徒与自由主义者》时有些感想,并触动了一些我久有的迷惑,现把随手的笔记传给您,有空请批评。

1. 在不产生昆德拉的土地上,别指望产生哈维尔。在没有自由主义氛围的地方,为信仰而死的还有两种:"肉弹"和叛徒。便有仁人、志士、硬骨头,其思想质量与信仰取向也难与哈氏比肩。

但在未产生哈维尔的土地上,却要指望产生昆德拉,否则就毫无希望了。正如我们那天所说:尤其言论自由,是首要的。

2. 所以,要紧的不在有无信仰与圣徒,而在有什么样的信仰和为着什么的圣徒。施特劳斯说过这样的意思:到处都有文化,但非到处都有文明。这逻辑应该也适用于信仰与圣徒。恐怖主义和专制主义,论坚定一点都不比圣徒差,想必也是因为有着强足的精神养源。

那天我们说过,"精神"一词已被败坏,不确定能养出什么来。尤其是贬低着思想的"精神",最易被时髦掏空,空到里面什么都没有,进而又什么都可以是。

3. 我很同意您对昆、哈的看法,他们并不是对立的位置。贬昆扬哈,或许是自由的土地上应该做的,在另外的地方就怕种瓜得豆。我特别赞成你这文章的末尾一句:"我们只能激励自己去做卡斯特里奥,却无权要求别人去做自由的铺路石。"

4.不知您对犹豫和软弱是怎么看?那一定都是坏品行吗?或者:坚定不移、视死如归就肯定都是好品质?是圣徒的根本,或"精神养源"之首要?

比如软弱,在我想,原因之一是不想受折磨,原因之二是不想让亲人受折磨,原因之三是不想让一切无辜的人受折磨。这不是正当的和美好的吗?再说犹豫,一切思想必都始于犹豫,而非坚定不移(疑)。唯在思想不断发掘的尽头,才可能有美好的信仰,或精神——当然,为自己的犹豫和软弱找借口的人也会这样说,但这也不能说明犹豫和软弱就一定糟糕。

5.我常想,人是怎样听到上帝的声音的?无缘亲聆神命的凡夫俗子,可怎么分辨哪是人传,哪是神说?为此我曾迷惑不已。直至读到刘小枫先生的一些书,读到"写作的零度"与"自然正确"等等,方有所悟;也才懂了上帝为什么要那样回答约伯。只有回到生命起点,回到人传与不传都是不争的生命处境去,才能听到上帝的声音。亚当、夏娃或人的最初处境,是什么?是分离、孤独、相互寻找与渴望团圆。

这当然还不是爱的全部,但是否可把这看作是上帝对爱做出的暗示?起点是情感,而非志向。志向皆可人传,可以是人替神做出的价值判断,可以走到任何地方去。而情感,或人的相互盼望,却是人传与不传都在的事实。

6.这就又要说到蛇的诱骗。诱,即引诱人去做神;骗,即人其实不可能做成神。想做神而其实做不成神的人,便把人传的价值冒充为神说的善恶,于是乎"恐怖"与"专制"(以及物欲的迷狂)也就都有了合理合法的精神养源。

7.我担心以上文字已经有些卖弄了。您是这方面的专家。我一向对学者心存敬畏,是真话。因为我越来越赞成"少谈些主义,多研究些问题"。我所以要说以上这些千疏百漏或不言而喻的话,实在是要为下面诸多难解的问题作铺垫,找理由,甚至也许是——但愿不是——找借口。

8. 直说吧:这世界上最让我同情和做噩梦的,是叛徒。直接的原因是:我自知软弱,担心一旦被敌人抓去事情总归是很难办。当英雄吧,怕受不住,可当不成英雄势必就做成了叛徒,那更可怕。敌人固然凶残,可"自己人"也一点都不善,难办就难办在这两头堵上。要是当得成英雄就当英雄,当不成英雄也可以什么都不当,那我的噩梦就没了。有位残疾人写过一句诗:"在妈妈那儿输到什么地步都有奖品。"这诗句常让我温暖,让我感动。但叛徒的身后没有妈妈,他身前身后全是敌人!世上有这样的人,却很少有为他们想想的人;或私下里想想,便噩梦似的赶紧掐掐自己的腿,庆幸那刚好是别人。

9. 所以我想不好:一个怕死怕疼怕受折磨的人,是否也配有理想和信仰?

我想不好:一个软弱并心存美好信仰的人,是不是只配当和尚?否则一个闪失,是不是就得在圣徒和叛徒中任选一种?

我想不好:一个不想当和尚的软弱志士,一旦落网,是该挨那胸前的一枪呢,还是该挨这背后的一刀?何况事情还远不这么简单。

比如说:一个圣徒可以决定自己去受刑与赴死,他也有权为亲人做同样的选择吗?要是没有,他就可能做成叛徒;要是有,这权利是谁给他的?因为他是圣徒,还是因为他要做圣徒?

10. 记得哈氏写过他曾在一家酒吧前被暴打的经历,权衡利弊后他还是退避了。这让我松了一口气。当然我知道,这口气更多的是为自己备下了借口,绝难与哈氏的退避同日而语。我还知道:莫说亲人受累,便是只身去受那酷刑,怕我也还是顶不住。为此我羞愧多年,迷惑多年,庆幸多年。庆幸明显是不够,与此同时去赞美圣徒呢,好像也不足补救。要是魔鬼和圣徒一起都把叛徒也是人这件事给忘了,想必,这现象应当别有蕴意。

（注：这里所说的叛徒，单指暴行下的屈服者，不包括为荣华富贵而给别人使坏的一类。）

11. 我甚至想：置亲人的苦难与生死于不顾者，是否还够得上圣徒？当然，与此相反的行径肯定是不够。这样看，做圣徒就还得靠点运气了：第一别让敌人抓去；第二这敌人不要是太残忍的一种；第三，在终于熬不住折磨之前最好先死了，或忽然可以越狱——咳，这题怎么越做越没味儿了？

那就换一条思路：一个为了亲人不受折磨而宁愿自己去遭千古唾骂的人，是否倒更近圣徒些？就算是吧，但明显离我们心中的圣徒形象还很远。

那就再换一条思路：要是在任何情况下，"自己人"都不把"自己人"当叛徒看，行不行？要是敌人不把人当人，咱可不能无情无爱地把"自己人"逼到绝境，怎么样？好像还是不行。因为敌人并不手软，要是"咱的人"因此被一网打尽，咱的事业可咋办？

看来真是这样：在没有自由主义——比如信仰和言论自由——之广泛基础的地方，圣徒难免两难。那么昆德拉与哈维尔的同时并存，这件事是偶然还是必然？

所以还有一条思路："咱的事业"到底是啥事业？是为了"咱的人"强旺起来，还是为了天下人都是"自己人"？套句老话儿：是某某专政呢，还是"天下大同""自由博爱"？后一种思想氛围下，才可能出现圣徒吧？比如甘地，比如马丁·路德·金，比如曼德拉和图图，比如他们的思想和主张。

12. 刚刚看到图图的一本书：《没有宽恕就没有未来》。单这书名就让我明白了许多事。甭说得那么大，就比如一小群人，相处得久了也难免摩擦、矛盾和积怨，要是还想处下去——还有未来，没有宽恕则不可想象。何况数千年的人类，积下了多少恩怨呀！一件件地都说清楚也许能办到，当反思的反思、当忏悔的忏悔自然更是必要,但若睚眦必报或"千万不要忘记"地耿耿于怀,那就一定没有未来了。

但问题马上又来了:把历史的悲剧丢开不提,是否也算宽恕?当然不是。但为什么不是?人应该宽恕什么,惩罚什么,警惕什么,忘记什么和不能忘记什么?这就不单是坚强可以胜任的了,不单要有强足的精神养源,更要有深厚的思想养源。

13. 跟以往的圣徒一样,哈维尔的伟大也是更在于他的思想和主张。哈氏一定没有刻意去当圣徒。圣徒肯定不在主义的张扬里,而多半是在问题的研究中。所以我特别尊敬学者,相信那些埋头于问题的人。要是我说刘小枫和陈嘉映等人即近圣徒,我也许是帮倒忙,但他们的工作依我看正就是神圣和产生神圣的工作。几千年几千年地义愤填膺和挥舞主义,号召得人们颠三倒四、轻视思想、怠慢问题,是个人就会贬低理性、嘲笑哲学,摇摇旗子就是一派精神,大义凛然却是毫无办法。

14. 理性,在目前的中国至少有两种意思:一是指墨守成规,不越雷池一步;一是指思考,向着所有的问题;想不清楚可以,蒙事和"调包"的不算。所以我相信,不管什么事,第一步都得是诚实(怪不得良善之家的教育都是首重诚实呢),否则信仰也会像"精神"那样被败坏到什么都没有或什么都可以是。我忽然想到:其实任何美好的词,都可以被败坏,除非它包含着诚实的思考。

诚实真是不容易做到。我所以佩服王朔,就因为他敢于诚实地违背众意。他的很多话其实我也在心里说过,但没敢公开。这让我读到布鲁姆的一段话时感慨良多,那段话总结下来的意思是:你是为了人民,还是为了赢得人民?——这样的逻辑比比皆是:你是为了真理,还是为了占有真理?你是想往对里说,还是想往赢里说?你是相信这样精彩,还是追着精彩而这样?……

15. 所以软弱如我者就退一步:如果不能百分之百地公开诚实,至少要努力百分之百地私自诚实。后来我发现这也许是不自由中自由的种子、难行动时的可以行动、不可能下的一种可能、非现实深处的现实埋藏，或软弱者不能再退的诚实底线——不过这也许有点可笑：谁知道你退到了哪儿？谁知道你终于还会退到哪儿去？

这实在是问题，而且不因为知道这是问题这就不是问题。

谢谢你们那天的款待。有空并有兴趣时，可来我家聊天。
问候您的夫人。问候张辉。

史铁生
2003 年 8 月 24 日

## 给 山 口 守

山口守：

您好！信收到。

从您讲课的角度看，这个计划当然挺有趣。但是我最不会讲课（别说讲课了，连在大学里听课我也没有过），又最害怕作报告。今年五月，应王安忆之邀，我去复旦大学和中文系的学生们做了一次交谈。这完全是王安忆为了成全我去一趟上海而苦心安排的。事先我反复强调：是交谈，不是讲课，更不是报告。实际上我只讲了五分钟，算是开场白或自我介绍，然后就是由学生们提问，王安忆和马原帮我一块回答。我想，北大的事，如果也能取此种方式——即严格意义上的交谈，也许我还能应付，否则我怕要晕场的。

其实我对文学很少研究，写的东西也没规没矩的。我总认为我并不是一个严格意义上的作家，只能算个写作者。我的写作——在上海的那次交谈中我也是这样说——只有一个动因，即：对我来说生命就像一场冤案，生活总是存在疑难。因而不得不多想一想，把想的变成字，就成了写作。我很少研究写作技巧、文学流派或种种主义，不能对研究文学的人和也想写作的人有什么帮助——倘若大学生们有兴趣跟这样一个人聊聊，不拘范围，不存奢望，尤其不要把场面弄得太严肃、太隆重、太张扬，那样的话我们倒是可以试试。还有，您说"我们两个尽量少讲，请你们两位多讲"，不知残雪意下如何，我的意思是相反，或者平均。三五个人时，我还会说些话,人一多就不知说什么。

  我还在按部就班地"透析",感觉比以前好多了。时间倒是有,唯精力不济,因而工作效率极低,那个长篇还在二十万字左右徘徊。

  我一直以为东京也是北方,整个日本都是北方,怎么也有梅雨季节?真是孤陋寡闻。十月北京再见吧。

  祝一切顺利!陈希米也问您好!

史铁生
2004年6月24日

# 给章德宁

章德宁:你好!

　　看来我还是干不了你给的活儿。主要是因为,我从未针对某一篇小说有过研究;我天生不是做学问的料。我读过的小说本来就少,况且都是得鱼忘筌。我看小说,主要是看方式,看角度,准确说是看作者的态度,或位置。所以经常是看个开头就够了。我对故事(或事件)没兴趣。语言呢,我更以为不是可以研究和学到的——尤其是对写小说的人而言。语言的风格(其实也是限制),在于个人的性情,实在说是天生的。而语言的可能(即发展、潜力),则在于写作者的态度、写作者把自己放在怎样的位置,以及想象力的丰沛还是贫乏。而想象力,很可能又联系着荒诞感,比如说:一个活得得心应手之人,和一个命途多舛之辈,其想象力的方向自然是会有不同的。

　　在我看,这些都不是靠钻研文本可以得到的,要靠培养,自我的培养。好比一个演员,有过一次成功的表演,便把这技巧拿到以后所有的角色上去用,岂能有好结果?写作,尤其是小说,真的每一次都是第一次,拿经验来对待它是不行的。就像每个人都是独特的。恨不能是这样说:经验,恰恰是写作者要千方百计去摆脱的;然而又很难摆脱,这便是限制。写作的困苦就在于这个限制,写作的趣味就在于破这个限制;其实活着,也全是这么一回事。博尔赫斯说过这样的话,大意是:世上所有的事,都是一件事的不同侧面。

所以,这活儿我就算了。要是你愿意,我倒是可以说说我对小说(或写作)的理解,泛泛地说,不单针对哪一篇。不用别人,咱俩说就最合适。说好了你拿去用,说得不好只当聊了一回闲篇儿。对不起了。

祝好!

史铁生

2004年6月29日

# 给米晓文

米晓文：

　　你好！

　　我仍按部就班地"透析"，已近七年，感觉比以前好了很多。请转告师长、校友们放心。看了《重逢》，感慨油然。写两句话，聊表对母校的思念与感激之情：

　　　　久困残身不远行，梦遥常系幼时情。
　　　　忽得老友传今照，更助新盘认故朋[①]。
　　　　且喜耄耋秋光好，叹何半百不春风[②]？
　　　　王郎[③]无迹空留巷，桃李童歌唱美名！

①　感谢米晓文寄来照片、光盘，使我亦得见故友。
②　见师长古稀、耄耋秋光正好，思我辈年方半百岂不仍在春风？
③　王郎者王大人也，事迹难查，仅赖斯巷而知名。

　　　　　　　　　　　　　原王大人胡同小学六四级毕业生
　　　　　　　　　　　　　　　　　　　　　　史铁生
　　　　　　　　　　　　　　　　　　　　2004年7月6日

# 给北大附中

程翔老师暨高一(3)班全体同学：

各位好！

谢谢来信。四十六封，一一读过，无不让我感动；尤其是封封有感而发，绝少套话。这要归功于程老师的教学思想，当然也与各位高材生的勤学分不开——北大附中嘛，名不虚传。

我只上到初中二年，"文革"一来即告失学，故一直对"高中"二字心存仰慕（更别说大学了）。今得各位夸奖，心中不免沾沾。人都是爱听好话的，虽非罪过，但确是人性之一大弊端，所幸私下常存警惕。

互相称赞的话还是少说，虽然都是真心。说点别的。

我有个小外甥，也上高一，我送给他四个字：诚实，善思——依我的经验，无论古今、未来，也无论做什么工作，这都是最要紧的品质。学历高低，智商优劣，未必是最重要的，我一向以为对情商的培养才是教育的根本。所谓"知己知彼，百战不殆"，"知彼"多属智商，比如分析力、想象力、记忆力，以及审时度势的能力；"知己"则指情商，是说要有了解自己、把握自己的能力。情智兼优自然最好，却偏偏智商一项由不得人，那就在情商上多下功夫吧。一个人如何才能有所成就呢？依我看，一要知道自己想干吗，二要知道自己能干吗，三还要知道自己必须得干吗。

听说某些人考大学，一味投奔那些高分录取的专业，生怕糟蹋了分，结果倒忘了自己喜欢什么，和自己的才能在哪儿。如此盲从,我担心他一辈子都是人云亦云,即便虚名屡屡,也难真有作为。

什么是"必须得干"的事呢?比如说你得吃饭吧?得活命吧?凭什么你总能干着自己喜欢的事,却让别人管你的饭?换句话:凭什么他人俗俗,你独雅雅?幸好,二十几岁时我明白了这个理儿,就到街道工厂去干活了,先谋一碗饭吧,把自己从负数捞回到零,然后再看看能否得寸进尺。炸酱面有了,再干吗呢?我想起上学时作文一向还好,兼有坷坷坎坎的二十几年给我的感受,便走上了写作这条路。幸好是走下来了,其实走不下来也是很可能的。不过我想,只要能够诚实地审视自己(知己),冷静地分析客观(知彼),谁都会有一条恰当的路走。

说说文学。

谁都会说"文学",但未必说的是一码事;"文学"二字,乃天底下含义最为混淆的词汇之一。常有人问我:"您写啥呢?"我说小说。"什么题材呀?"我却回答不出。一般这样提问的人,心中预期的回答大概是"工业题材""农业题材""军事题材"等等——真不知这话是谁发明的,根本就不像话!你要说"工人题材""农民题材"倒还靠谱儿,"文学即人学"嘛。这类不像话的话,我猜是由一度被奉为金科玉律的写作理论——"深入生活"——引出来的。所谓"深入生活",大概的意思是:你要写作吗?那你就得到农村去待一阵子,到工厂去待一阵子,或者到军营、医院乃至监狱去待一阵子,体验体验那儿的生活。我就想了,以我的身体条件是绝难实践这套理论的,那么是不是说,一个大半时间坐着、少半时间躺着的人就不配写作了?我挺不服气,心想凭什么你们的一阵子是"深入",我的一辈子倒是"浅入"?于是不管那套,既然有想法,我就写吧。后来我才慢慢明白,要让那条金科玉律不死,非中间加上"思考"二字而不可,即:深入思考生活。其实,任何生活都有深意,唯思考可使之显现。生活,若仅仅是经历,便似一次性消费,唯能够不断地询问它,思考它,向它要求意义,生活才会漫展得深远,辽阔。所谓胸襟宽广,所谓思想敏锐,并不取决于生活的样式,而是与你看它的角度与深度相关。最为深远、辽阔的地方在哪儿?在心里——你心里最为深隐的疑难,和你对它最为诚实的察看。(顺便说一句:诚实,并不是说你就不能有隐私,有秘密,而是说你不要对自己有丝毫隐瞒。有些事说出来不好意思,你也可以不说,但你不可以不想,不能一闭眼就算它没了。)比如作文写得好不好,并不在于你怎样活过,而在于你怎样想过,或想没想过。有同学问我是怎么写《我与地坛》的?我的经验是:到那儿去待一阵子不行,待一辈子也未必就行,而是要想,要问。好像是爱因斯坦说过:提出问题比解答问题更要艰难。超棒——从王迪同学信中学到的一个词——之人,多有一脑袋或一辈子的疑问,因而才有创造。

所以,学习也是一辈子的事。我常跟我的小外甥说,就算你北大了,清华了,博士后了,学习也不过是才开始。世界上那么多书,还不够你读?人世间那么多疑难,还不够你想?读书重要,思想更重要。书是人写的,古圣贤之前并没有书,或只有很少的书,何以他们竟能写出前无古人的书呢?还是要靠观察,靠感受,靠思想。因此就不必为北不北大、清不清华过分忧虑。你跑一阵子,我跑一辈子,还不行吗?我早就认定自己的智商是中等,这份诚实(情商)让我受益匪浅。俗话说了,小时候胖不算胖。人生确实像爬山,每爬一段都会有些人停下来。北大了,清华了,那不过是说起跑还不错,但生活是马拉松,是铁人三项,是西绪福斯式的没完没了。

再说了,就算你北大了清华了,剑桥了哈佛了,"诺贝尔"了,就一定是成功的人生吗?比如说,你一辈子也没别人一阵子跑得远,这咋办?又比如说,你一阵子比别人一辈子跑得还远,然后又咋办呢?怎样才算成功?什么才是成功的人生?——这就算我留给各位后生高材们的问题吧。提醒一句:这问题,你不回答你就停下来了,你回答你就别想靠一阵子;反正是愚钝如我者已然大半辈子了,尚未找到标准答案。

祝新学期一切顺利!

史铁生
2005年2月21日

# 给孙立哲（1）

立哲：

我们那天的讨论，阴差阳错地离开了一个很好的角度，即你所说的：边界。

这个"边界"，顺理成章地应该导致这样一个结论：我（们）只可能谈论我（们）所能够感知的世界，但当我们谈论生死的时候，我们却习惯地预置了一个（我）们所不能感知的世界——即（我）们生前的世界，和我（们）死后的世界。问题当然还没有完。但越出"边界"的谈论明显是一种错误。也就是说：这个问题应该限定在那条"边界"之内来谈论——或许这样才能引出有益（或有效）的结果。

铁生

2005年5月7日

# 给孙立哲（2）

立哲：

1. 我说"越出'边界'的谈论明显是一种错误"，是指：用逻辑的（科学的、实证的）方法谈论"边界"以外，或期待"边界"以外的清晰，明显是不会有结果的。原因简单：逻辑，不过是宇宙之无限可能性中的一种。

但并不是说就没有谈论它的另种可能；比如用猜想，即你说的"类比"和"感悟"。也并不是说这样的谈论就毫无意义，其意义恰恰在于触到了"边界"，以及这"边界"将为"感悟"提供怎样的"启示"。

2. 其实那天你还说了一句很有深意的话，即：没有谁能够找到无限。换句话说就是：没有任何存在可以抵达（或就是）无限。再换句话说：存在即有限。再换句话说：无限即不存在。再换句话说：无限的存在，恰是因为有限的反衬（比照和猜想），否则它无声无息、无从存在。

因而，无限并不独立（或客观）地确有，而是相对于有限而在。

3. 当然我们可以设想，无限以无限多的状态客观地存在着，但结果注定还是迷茫。这迷茫导致两种可能：一种是为这迷茫中的生命寻找意义，另一种则利用这神秘来打造——说到底还是俗世的——权力。所以，种种信仰看似千差万别，实际无外乎两种取向：期求权力的，多半是以许诺一个可及的天堂（用你的话就是"上帝有了边儿"）为特征；而期求拯救的，则看重这一条无极之路上的爱愿。

4. 拯救,何以偏偏要倚重爱,而非恨,也非其他呢?这问题曾让我迷惑很久。现在我这样想:唯爱愿可以顺应无限,或体现无限;爱,必意味着朝向他者的寻找与连接,乃至使一条无限之路趋于有序,即充满快慰或欢愉。而恨,则意味着断裂和封闭,从而导致无序和毁灭。而其他,不管什么,除非利于爱愿,其实都是白搭;比如阿波罗登月,其意义,恰在于证明了科学之于人生意义的无效——即无论科学发达到什么程度,人生的谜题都不因之而有所改变。

5. 当然,一切有限系统都难免耗散殆尽(收敛),终将走向无序和毁灭。人类的理性和爱愿自然也不例外。这就必然地提出了你说的问题:爱和向善的内部意义和外部意义各是什么?假定其内部意义已属确然,问题便只是它的永恒性了。这问题稍后再说。

6. 语言总是包藏许多暗示。"没有谁能够找到无限"暗示了:必须有谁在找,无限方可显露其不可以被找到的属性。而"设想无限的存在"则暗示了:唯当有人在设,在想,否则它根本就不发散任何信息。所以,一切讨论无限的尝试,无不先自暗示了一个前提:有限之物,或有限之观察点的先在。

7. 时间最是一个谜团。但时间肯定是宇宙的一种客观特性吗?我倒以为,说它是人的一种主观特性更为确切。或者说,它是宇宙的无限可能之中所包含的,所诞生的,(由人所体现的)一种可能与一种限制。每一种可能,同时都是一种限制,此即"维"也。就是说:是人生的矢量性质,使宇宙有了时间。而在上帝眼中,则未必如此(即你所说的弥漫或密度体系)。

8. 据说在宇宙被创造的瞬间,便诞生了无限的可能(无限之维)。所以,没有时间,或有着另样的时间的存在,都是创世神的事,这类事件只给人以限定——限定在此一时空之维,并不向人敞开他的缘由,所以也不要向他要求意义。而启示神是有时间的,它来到此一时空之维与人共历同样的困苦,即所谓"道成肉身"吧——你可以把这想象成是一种思悟的降临,向无奈中的众生要求意义。

这便又提出一个问题:如何证明神的存在?

回答之一:既有被创造物,顺理成章就应该有个创造者,此即创世之神——且先不管他叫"上帝"还是叫"大爆炸"。

回答之二:既处于无奈,又要求着意义,启示之神便应运而生——他不用逻辑说服你,他用逻辑的无能来说服你,故曰"启示"。他强行地,要一种看不穿"边界"、看不见终极的生命,必须接受一种终极价值——具体是什么另当别论。但凡智力健全者,都必然地会在那"边界"上为自己树立一种信念——这便是启示神的作为。

9. 回过头来再说爱愿。设若前述理解不错,时间确是由人所体现的宇宙性质之一,那就不能以一概全,以时间概念去猜想"外部"。前面说过了:无限之所以在,必以有限的比衬为前提。那么就是说,大凡无限得以显现处,必有有限在那儿猜想,否则无限就会就压缩为零(或大爆炸之前的奇点)。那么是不是说,"外部"只要存在,便必有其——类似于时间的——过程在展开,便必有其——作为比衬的——有限系统存在?这有限系统不叫人也行,但总之是一种生命。我猜:生命并不是蛋白质的专利,生命可有其各式的形式与基质。

好了,"外部"要么没有,要么就仍然是有限与无限的对峙。倘是后者,是有限感知与无限未知的永恒对峙,"轮回"或"灵魂的延续"等等是否就已得到证明?——当然还是猜想。

10. 再说"内部意义"。事实上我们也只能探讨"内部意义"。其实这"内部意义"的优劣,刚才已经说过了。再想强调的是:爱,必须首先是一种个体信奉,否则会导致思想的捆绑,精神价值一旦公有,结果难免又是专制。但是,爱,又必然是以关注他者为特征、为己任的,自我封闭和拒斥他者恰恰是恨的根源——这是另一种问题了,很大的问题,科学、哲学最终都要落实其中的问题。

11. 说点另外的想法:我总以为,未来的科学(尤其是物理等等)必要引入心理参数,即观察或观察点。其实"相对论"已然表明了这一点。现代物理学(比如"量子力学"和"测不准原理")似乎也已证明,失去观察的所谓"本质",很可能是一种虚妄。因而我想:所谓永恒,即是有限与无限的永恒比衬,即是观察与被观察的永恒对峙,即是"我"与他者的永恒共存。

倘其真若如此,死是什么呢?

铁生
2005年5月19日

# 给阎阳生

阳生老兄:好!

我实在是帮不上你的忙。原因有三:

1. 六六年我刚满十五岁,智性未开,整天就知道玩,对"红卫兵"的来龙去脉几近一无所知;及至毛泽东接见了,才觉事情有些严重或伟大,然而出身不济,也便只好羡慕加旁观。说实在的,到现在我也没弄清那都是怎样发而展之的。所以我倒真是盼着你的书出来。

2. 写作一事,千差万别,各人有各人的优势(或关注点),唯扬长避短才有好效果。写"清华附中"的那段历史,非我之长,而你恰是责无旁贷。

3. 刚刚写完一个长篇,实在是太累太累。还有些东西想写,也只好先放放。这个长篇写了三年,连看书的时间都挤掉,这一两年我该读读书了。

建议也有三:

1. 多写史实,少写态度(价值中立),一切留给后人评说。

2. "价值中立"其实也难,那就让各种态度自由表达吧——比如你那天说的:采访一百个人。就是说,一方面由你来调查、核对、陈述历史,一方面反映各方人士(对那段历史)的态度。当然,意见越多不同就越好——还是"价值中立"。

3. 所采访的对象,今天都在干什么,想什么,也可以写。总之是这一代人,他们的今天和未来,不可能跟那段历史没关系。

你怎么忽然变得自信不足,谦虚有余了呢?写作这事,依我的经验看,重要的是四个字:诚实,善思。然后像财迷攒钱那样,一点一点去积累,写,同时持一份"只问耕耘,不问收获"或"成功不必在我"的心情。

祝一切顺利!(赶紧落笔,一旦把自己陷进去,就只剩下成功了。)

史铁生

2005 年 7 月 14 日

# 给姚育明

**姚育明**:好!

我刚刚写完一个长篇,用了三年,三年中别的什么都没写。我现在精力非常有限,一星期最多有十二小时——不"透析"的四天中的上午,可用于写作,所以手头没有任何东西可以给你。一定要编就编本薄的吧,或者无限期地拖一拖也可以。

回答问题:

1. 我动了写作的念,大概是在一九七五年。

因启蒙老师是位导演,我先中了电影的魔,开始写一个剧本,虽自以为颇具"反潮流"思想,其实仍逃不出"文革"模式。当然没能成功。

一九七八年开始写小说,第一篇叫《兄弟》,发表在西北大学的文学期刊《希望》上(此刊只出了三或四期)。最早被正式刊物选中的小说是《法学教授及其夫人》,发表在《当代》一九七九年第二期。

2. 《毒药》是我在《上海文学》发表的第一篇小说,现在跟当时的看法一样:很一般很一般,得奖实属侥幸。八十年代的写作比现在容易出名,这说明着进步——现在的普遍水平较高,也隐含着一种悲哀——即中国文学一度的沉沦。

3. 这本集子里,比较好的是《我与地坛》,原因是其他的比之不如。《记忆与印象》中的几篇也还可看,原因是新近写的,但愿不是"与时俱退"。

4. 我的写作题材实在是非常狭窄,毫无疑问,是与我的阅历紧密相关。除了在"广阔天地"里串了一回"联",喂了三年牛,剩下的时光我都是坐在(或睡在)四壁之间。这样的人居然写作! ——对不住啦,某些文学理论。

5. 我在另外的文章中写过:我的创作,第一是为了谋生,第二是因为虚荣,两者都有了居然还不满足,这才发现了荒诞。荒诞就够了吗?所以还在写。

6. 完全彻底没有原型的人物,就像完全彻底脱离了人间的叙事,是不大可能的。处理方法嘛,既可遵循古今中外已有的一切方法,亦可遵循古今中外尚无的一切方法。是的是的,明显的真理都像废话。

或者这样说吧:文学给我们提供的,不是挤满了方法的仓库,而是一片无边无际的空,要你为它添加一点有意义的声音;有意义但又不是老生常谈,不是老生常谈却又离不开人一向的处境。乐观地说:人可在那儿,以有限的脚步作无限的行走。悲观地说:无论你走到哪儿,前面还是无边无际的空。

乐观与悲观夹击,心里难免会生出一点询问着意义的声音——心里生出的声音和书上读来的声音,可真是不一样啊!这声音会死吗?古往今来多少人死了呀,文学却还活着。那就让这声音无限地伴随我们的行走吧,死也未必是它的尽头,虽然有时它会昏迷。

7. 近年来,对我影响最大的作家是刘小枫。让我说,学者、哲人也可入作家列,尤其应该得到诺贝尔文学奖的关注——它为啥不设哲学奖呢! 对我影响最大的作品,是刘小枫所写、所译、所编的诸多书文。以我的孤陋寡闻,看现今的文学批评,刘小枫的《圣灵降临的叙事》实在是成就最高的一部。

8. 成功的含义有二:一是自己满意,一是排行榜说好。同时做到这两点真是很难。我常被很多别的事所诱惑,但想想,都做不来。

9.不为钱累,才可能写好文章,才可能办好文学刊物。不过,穷人写出好文章的例子古今不乏,但穷人办好刊物的有吗?想法子找钱去吧,《上海文学》!说不定会有1至N位既有钱,又懂得"别指望文学能赚钱"的人会支持你们。

祝您和您的同事们好运!

史铁生<br>2005 年 7 月 15 日

# 给胡山林(1)

胡山林先生:您好!

寄来的(包括寄到《北京文学》的)和托杨少波带来的书,都已收到。谢谢了。我真是有点承受不起您这么隆重的评论。

我的情况您大概都知道,学历浅,读书少,生活面又窄,走了写作这条路,起初实在是抱着试试看的态度。这态度,对于我,很可能恰到好处。直到现在也还是这样,每写一篇自以为要紧的东西,都先下一个失败的决心。其实,也许哪一篇对别人都不要紧,只是自己觉着非写不可,是心里的要求,或是百思而似解非解的问题。所以我从不敢妄称是搞文学的,不过是个写作者罢了。

我压根儿就不是能做学问的人,所以也确实没有什么学问,这不是谦虚,是实情。但心里却总有些想不完(想不好,想不透)的问题,也是实情。这大概就是我写作的出发点。而且后来我想,这不该是写作的出发点吗?

文学,越来越像个声名显赫的怪物了,一旦从暗夜的疑难走进明确的白昼,便妄自尊大得忘了本。我真是羡慕那些学识渊博、才华横溢、精力充沛的人;便自窃想,要是他们换一种思向,定会在那疑难中大有作为。我就像不经意间触到了一处矿藏的边缘,自己无力挖掘,说给别人,不以为然者多。

您说命运对我不公,真也未必。四十几岁时,我忽然听懂了上帝的好意,不由得心存感恩。命运把我放进了疑难,让我多少明白了些事理,否则到死我都会是满腹惊慌。

近日读了一本书,《精神的宇宙》,送您一本。我不敢说全读懂了,但自觉有所启发。您相信灵魂和转世吗?其实简单。我写过一群鸽子,说要是不注意,你会觉得从来就是那么一群在那儿飞着,但若凝神细想,噢,它们已经生生相继不知转换了多少次肉身!一群和一群,传达的仍然是同样的消息,继续的仍然是同样的路途,克服的仍然是同样的坎坷,期盼的仍然是同样的团聚,凭什么说那不是鸽魂的一次次转世呢?人亦如此。就像戏剧,唯道具的变迁而已,根本的戏魂是不变的。于是才有了一个真正的问题:那又怎样呢?这一切,又都是为着什么?唯当那鸽群离合聚散,呈一片灿烂的闪耀、欢愉的飞舞、悠然的鸣唱之时,空茫的宇宙中才有了美丽。灵魂,便是借助那必然要耗散的肉身,创造着有序,铺陈出善好吧。"子非鱼",没人知道鸽群懂不懂这个。但作为懂得了这一点的审美者、审善者,同时也是倡美者与倡善者,岂不应当感恩?不过,然后呢?一切一切,都终于有个完吧?"剩一片白茫茫大地真干净",多么令人沮丧。但是,谁说终于会有个完的?其实没有!"空无"是什么?是势,强大到极点的势,因而是成为一切的可能性。通常所谓的"无",是指无物质,无能量,无时空。"有生于无"当然是不错的,但那是说,有物生于无物,有时空生于无时空。而绝对的无是不可能有的。绝对的无是指什么都没有,怎么又会有了无呢?所以,有是绝对的。有什么呢?有势,甚至可以说是有欲;"空无"之所有者,乃成为一切的可能性也!"空"和"有"相互为势,宇宙大概就是这二者之间无穷的轮回吧?

所以我总是不太相信许诺了终点的信仰,比如极乐,比如成佛。所以我倾向于基督,因为那是指向一条永恒的道路。中国文化特重目的,轻看过程,连民主也被认作是达到经济繁荣的手段。其实,除了过程或路途,人能得到什么呢?所以我说过,幸好这过程或路途是无穷的。这实在是上帝的恩典,以便人可以展开无穷的善好追求。去问问那些渴望终点的人:终点到底是啥?料他们假设都假设不出（道理）来。他们只可能人云亦云地说那是一处无苦无忧的极乐之地。但无苦无忧又是怎么个乐法？他们会说：你不到那儿你就不可能知道。我觉得这至少是一种懒惰，只想有人（或有神）把他们一下子送到一处只剩了享福的地界，以至于连这份福是怎么个享法都懒怠想。其实基督也许诺天国，但那是在永恒的道路上，而道路难免会危难重重，所以他其实是说，天国只可能降临于你行走在道路上的心中。说来有趣：一种信仰是成佛，上天享福；一种信仰是成肉身，落地与人同苦。如此截然相反的信念，其中必大有道理。

  说长了。还是等您来北京时再聊吧。但不必专程来。其实，我们可以通过"伊妹儿"交流。说来惭愧，到现在我还不会上网，因为网的发达是在我"透析"之后，仅有的一点力气不想再送给它。有什么见教您可以传给陈希米，她会打印出来给我看。网的两样好处我准备接受，一是查资料，二是伊妹儿。

  本想等我的新长篇出来后再给您写信，也算有一份报答。谁料"人文社"做事中规中矩一丝不苟（应该感谢他们），到现在刚刚二校，就先不等了吧。待书出来后再寄给您。

  我还是每周透析三次，自觉比前几年要好多了，各项化验指标都趋正常。请您放心。

  祝您全家好！

史铁生<br>2005 年 12 月 1 日

# 给胡山林（2）

胡山林先生：您好！

谢谢您对《丁一》的评论。尤其谢谢您对我的作品一向的关注、一向如此耐心的阅读和评价。

正如您文中说，人的理想和困境是我"在作品中不断探讨"的主题。此一回《丁一之旅》更是侧重了困境——理想本身的困境，或者说理想本身所埋藏的危险。人类并不乏种种美好的理想，但是千百年中，却常见其南辕北辙。也许，更要重视的，并不在理想是怎样的美好与必要，而在其常常是怎样败于现实的。

丁一的心愿谁能说不好？尤其，这心愿大约就是人类理想的源头。混沌初开，"有生于无"，其时分离就已注定，差别就已注定。故自诞生之日始，人便在注定的孤苦中开始了相互寻找，尤其是心魂的相互渴盼。可怎么走来走去却与原初的心愿越来越远、竟至背道而驰了呢？就因为"人要取代上帝成为神"吧，以人定的善恶取代神的要求；进而相信一切理想（或梦想）都是可以实现的，且务以其实现为成功、为快慰。结果正如您所说，违背了自由原则，倒成就了强权与专制。

所以丁一不是要实验，而是要实现。（娥或还有着实验的意图，对实现保有警惕。而秦汉心里是清楚的，故对"丹青岛"既予赞赏，又存疑虑。）心魂隔离的现实催生了爱的理想，使丁/娥走进激情飞扬的戏剧，但最终，强烈的实现欲使丁一忘记了戏剧的原则；或对于他，戏剧原就是一个并非有意的借口。人一落生便向往他人,但同时,这倾向已然携带了危险。这危险,并不止于别人的歧视与攻防——对此依看得清楚:可怕的并不在爱情的扩大,而在权力的扩大。爱情与权力,可谓同根同源。

戏剧的位置,标明了理想的位置。但理想不能存在于现实吗?不对了,理想恰是存在于现实的,恰是现实需要着理想。"人生的理想状态"不能存在于现实吗?好像也不对,正如戏剧不仅存在于现实,而且诞生于现实,"人生的理想状态"也是这样——比如说存在于"写作之夜",存在于无比辽阔的虚真。因为,思或想也是现实一种;现实中不能没有它们,而它们确也无处不在地影响着现实。

"现实"和"实现"的关系,大概是这样的:不可实现的事物,不等于不可以追求。而追求,证明了被追求之事物的存在。而大凡存在的事物,必参与和影响着现实;说它"不现实"通常是不欲追求、甚或不许追求的借口。可是追求,总归意味着"欲实现"。但是实现,常又因为"不现实"而行不通。这样的矛盾,使得"存在"的含义特别值得深究。存在,既不同于现实,又不等于实现,它还指向着"虚真"——即无形之在,或不实之真;强调它"不现实"的,或源于不见,或意在抹杀,而必以其"实现"为快慰的,则因弄错了位置而可能走火入魔。

老子说:"有为利,空为用。"比如建房,一个六面体,若无门窗之空,便不能用。又比如懂围棋的人都知道,你落子再多,若终未造空,也还是个死。与此类似的还有篆刻,要留白,所谓"疏能跑马,密不透风",意思也是要给人想象的余地。再比如人体,不管多么婀娜多姿,倘是死腔儿的,气血也难运行。

理想的意义,正如戏剧,在于象征。人祈祷着美好的生活。人对美好的想象与追寻永无止境。但尽善尽美的生活却不在大地上。因而人创造了戏剧(及种种艺术),来弥补这单调甚至僵死的生活,以期听见并符合那最为深远的召唤与要求。因而戏剧(艺术)天生来的——用刘小枫的话说——是"象征叙事",是"圣灵降临的叙事"。"别尔佳耶夫说得不错,所谓'象征是两个世界之间的联系,是另一个世界在这个世界上的标记。'是"无论你如何看,也看不够、看不全、看不尽其意味"的。而"此世中最大的象征者是耶稣基督",即那至善至美者对永处残缺之人类的启示。但人却不可能就是他。但圣灵却可以降临在人的心中。

理想的不可实现性在于:1.实现了,就不再是理想,但永远都会有无穷的召唤在前头。2.尽善尽美之于人,永远都在寻求中,所以上帝说他是道路。3.这道路,一不可由人智规定,二不可由人力推行,否则无论怎样美好的理想,瞬间即可颠倒,恶却随之强大起来。4.但这理想,或道路,又不是可望而不可即的,它永远都是人心中的现实,是如刘小枫所说的:不是"人而神"的实现——即人不可以成为神,而是"圣灵降临"的现实——即"基督精神在此世,才使得真正的象征世界成为可能……圣灵入驻人的心中,是个体生命的重生过程……"

太阳是怎样实现的?照耀。风是怎样实现的?吹拂。故《丁一》强调"虚真"。这倒不是说,理想完全不可落实,而是说这个务实的人间——尤其在这个重实的时代——特别需要强调:实外之真是多么重要!真情,真愿,真心……哪样不是虚真,不是"空为用"?而一味地求实(利),则容易忘记理想,甚至轻蔑和厌倦了理想;就好比重婚姻而轻爱恋;就好比当今的舞台上,灯光变幻莫测,布景诱人眼球,满台"尽带黄金甲",人却似一群群无魂之器被调动得不知所归。而另一面,丁一的一味求实(现),又使那美好的虚真顷刻消散,化作实际的魔障。

我没有见过顾城。我也是从各种版本的民间传说中得知那海岛惨剧的。它确实震动了我。但确实,从一开始我就相信事情绝不会像传说中的那么简单。我并没有向谁核实过什么。跟《务虚笔记》一样,《丁一》也主要是我心里的故事。我只是以"丁一"之名去看那理想的危险。理想的危险正是悲剧所在,它远远高于惨剧。有哲人说过:"悲剧的诞生,在于感受力。"不被感受的东西等于没有,不被发现的冲突并不进入灵魂拷问;唯感受力使悲剧诞生,使灵魂成长。

没有悲剧精神的地方,并不是因为没有悲剧事件,而是因为缺乏那样的感受力。怎么会这样呢?大约还是因为"人要取代上帝成为神",要求一切都统一在自己麾下。黑格尔说过这样的意思:"悲剧的唯一主题是精神的斗争,而且斗争中的两种精神都引起我们的同情。"所以,保留相互对立,但是"都引起我们同情"的精神,是必要的。比如诗人和政治家,其精神取向难免会有不同,如果仅止于互相质问"你为什么不……"则再美好的理想也难免不得其反。所谓爱上帝,就是要对这人间的一切先取爱的态度吧。一个你不喜欢的地方,一种你不喜欢的状态,你却可以爱的态度来对待它。一切真诚的心愿——比如丁一的,也比如秦娥、秦汉和商周的——若能搭建张弛有致,相得益彰,才真正是"理想状态"吧;否则,或者失去旺盛的激情与梦想,或者失去有序的一切人间进程。

祝您全家新春好运!

史铁生<br>2007 年 2 月 1 日

信中仿宋体引文均出自刘小枫的文集《圣灵降临的叙事》(2003 年三联书店出版)。——史铁生注

# 给胡山林（3）

胡山林先生：您好！

　　二月十五日信收到。写作之乐，莫过遇知音。您的理解和阐述，比我的解释更细致，更周全，更易于一般读者接受。评论还得是您写。我于此道还是隔膜，不管是评论别人，还是评论自己。大概是我太受限于自己的角度。也曾有人邀我去讲点儿什么，可一上讲台便不知从何说起，干巴巴的几句就完了。这样的时候我更希望别人提问，并不是说我一定能回答得好，我是对问题本身有兴趣——若是想过的事，便有他乡遇故知的快慰；若被问倒，就有了新问题。这样说是否有些狂妄了？不过，我一向看写作更像解题——为解自己心中之疑。不期对别人有用，事后发现对别人竟也有借鉴，"作家"这碗饭才吃得心平气和。

　　韩少功说过：明确的事写散文，疑难的事写小说。另外我想，用小说写疑难，会更生动、更真切，直叙思想就怕太枯涩。理论的高明是提炼简单，小说的优势是进入复杂。另外，解读者更易站在不同角度说话，写作者难免陷于固有角度而难于自拔。自己解释自己的小说，总觉有些滑稽——是说自己无能呢，还是要堵别人的嘴？这有些极端了，甚或是偏执。事实上，我在上封信中已对《丁一》做了些解释。但那解释，第一仍是站在固有的角度；第二——说句不谦虚的话——它比小说的内涵差得太多了。若一一解释呢，又不如写小说了。

　　我从不认为"主题先行"有什么错；错也是错在被人强迫，

或被强势话语所挟持。个人写作,自然也是要先有个立意,不可能完全即兴而终不知所为。轻蔑思想的,或是不知思想已在,或就是虚张声势。当然,思想也是出于生活,但这差不多是句废话。为什么有人总还是要强调这类废话呢?为了掩盖思想的苍白?

小说就是借尸还魂。魂,即思想,即看待生命或生活的态度。(我猜上帝的创造也是借尸还魂,看这些被吹入了灵气的有限之物,于无限之中,如何找到善美的态度。)有尸无魂,则如性泛滥,继呈性无能,无论"专一"还是"乱交"结果都一样,唯"丁一"固守一处或换着地方地发泄,并无"我"在表达。未老先衰的人群或文化,要么是严格强调传统(固守一处),要么是张扬绝对自由(随便换地方),少有看重思想的,结果觉醒与不觉醒的都不是精神。尼采的"超人"一定是指,人的精神或思想——总归是态度——要不停顿地超越自己。胡适的"大胆假设,小心求证",更是说要保持思想的激情,当然了,实践万万要谨慎。

有点儿离题了(咱们的通信不必太拘于我的作品,大可以更随心所欲些个)。不过我还是同意您的意见:作者也可以直接说说自己的作品,尤其要是能跳出固有位置的话。我只是觉得,现在的作家也好,演员也好,都太愿意走上前台了。自己当然不会认为自己的作品不好,否则干吗那样写和演呢?可这样一来,只怕促销之风更胜。广告不可以没有,否则用户"不知有汉"。但轮番"轰炸"的,就要怀疑是骗——用户替它给电视台行了多少贿呀,倒说是它养着文化!

也许还是像您我这样的交流要更好些,优劣均可畅所欲言,争辩一下也是自然,甚至尖刻些也无妨。眼下的气氛不适合批评,弄不弄离题万里,哗哗啦啦就转向了立场和人格。就此打住。

祝猪年好运!

另外,有家出版社愿意出我的书信集,若将我给您的几封信收入其中,可否？又因我欠着不少文债,想将您与我关于《丁一》的通信先期在刊物上一同发表,您是否同意？等您的回音。

史铁生

2007 年 3 月 6 日

# 给　CL

CL:你好!

你信中说,"有几个兄弟说基督教的神比佛教或其他宗教的都好",而我常听到的却是"佛教比基督教更究竟"。可见大家都感到了二者的差别。我不知道他们认为那差别是什么,但既有差别,大致就是两种:一是境界之高低,一是侧重之不同。

宗教,完全等于信仰吗?是的话,我们就失去了判断和皈依(某宗教)的根据。人们是根据信仰来建立宗教的呢,还是相反?我想是信仰在先。信仰的缘由,是生命固有的谜团;于这谜团之下,求问一条人生道路(或意义)的欲望,使信仰不可避免地诞生。这也正是人——不管自称是有神论,还是无神论——终不能逃脱终极之问与信仰的原因。而后才有了种种宗教。

那么,信仰是否也可以比较个高低呢?还是说,大凡自称是信仰的,就都在同样境界?倘若无需比较,或事实上也没有人去比较的话,那不仅我们的讨论形同废话,就连你所说的"发展""演变"和"产生一改革家,使之焕然一新"也不可能。而信仰之高低的比较,或发展与演变的可能,恰已暗示了更高境界的存在。当然,更高者也未必就能涵盖一切,但它毕竟是更高。

如果我们的讨论(以及自古不断的对神性的思问)不是废话,那又证明了理性的必要。事实上,一俟问到高低,我们就已然被挤到理性这条路上来了。

关于理性,我是这么看:理性是人的能耐,但人无论有多大能耐也是有限，而那生就的谜团是无限，所以理性永远不能代替信仰（所以把科学当成终极价值是现代性荒唐）。理性不能是信仰，但却可以是，甚至有必要是通向信仰的途径。在理性触到了理性的盲域，才是信仰诞生之时。相反，单是跟随了教义和教会的信仰，也可能有幸，也可能有祸——倘那是人造的偶像呢？我相信，耶稣与新约的诞生，一定有着希腊精神的功劳。此前的信仰（不论哪国哪族哪宗），都更倾向着神赐的福利——这大概是原始宗教的普遍特点，唯在此后，十字架上的启示才更强调了精神的皈依，或以爱称义。

你说，"机缘一到，绝不可因为没有理性根据而拒绝"。我这样理解你的意思：绝不可因为某种信仰是非理性的，而拒绝它——当然，信仰所以是信仰，就在于它是非理性的，原因是：那谜团所指向的无限，无限地超出了理性的所能。但是我想，真正的信仰又绝不是无理性的。或者说，通向非理性的信仰之路，但愿不要是无理性的。为什么？这样说吧：理性绝不可以是信仰，但无理性却可能导致迷狂。是理性（而不是无理性）看到了理性的无能，看到了人智的有限，这才可能放弃了人智的傲慢，转而仰望和谛听神的声音。不经理性之如此的寻找与自我扬弃，甭说拒绝，先问：人是怎样接受或皈依了某种宗教的呢？只凭机缘？那么无理性的狂热是否也有机缘？机缘就像运气，还是那句话：也可能有幸，也可能有祸。尤其现今之人，都是亚当和夏娃的子孙，要想把"知识树的果子"吐个干净，真是万难。所以，仅凭机缘，于今日就显得更加凶多吉少。

凭什么说，十字架上的启示才更强调了精神或爱的皈依？最简单的理由有两点：1. 自称法力无边，并许诺一个无苦无忧的福乐世界的神明，首先未必诚实（后面会说到理由），其次还像似迎合着人欲。此类信奉的突出问题是：很容易使人滑向逃避苦难、单求福乐的心态。可这还能算是信仰吗？科学以及诸多主义，不都是在这样自称和许诺吗？信仰的要义，我以为是：在永恒的疑难中为精神确立一条道路，或在困苦频频的人生路上为灵魂坚定一种方向。2.再看十字架上的耶稣启示了什么吧。很明显，他没有，也不可能有无边的法力——否则他何至落一个横死？所以，他所有的，也就只可能是一份心愿了。就是说，他自认不能给人一个无苦无忧的福乐世界，他只能到这苦难的人间来，提醒人至死也要保全的一份心愿。这心愿除了是爱还能是什么？这心愿不像任何福利是可以给予的，这心愿只能靠启示，信与不信则是人的事了——这也正是他的苦（苦心承担）与弱（绝非法力无边）的原因吧。所以，这样的信仰并不看重神迹，而强调因爱称义。

但《圣经》上的主好像也是法力无边的（如《约伯记》），这怎么说？值得回味的是，这位神并不对约伯许诺什么，虽然后来他成全了约伯的什么和什么。事实上，这位神并不是救世主，而仅仅是造物主，他给约伯的回答总结起来只是一句话：我创造世界的时候你在哪儿？这明显是说：我创造我的世界，可不是为了照看你的事。也就是在这样的回答中，约伯听见了另一种声音——救世主的声音。

这就说到了两位神，或神的两面：造物主（或创世神），救世主（或启示神）。前者不仅是命运强加给你的，而且必是高高在上、冷漠无情的；而后者的降临则要靠人去仰望，去谛听，你若听不见，他就不在。对于单纯埋头寻食或直视物利的生命，他从来就没有诞生。所以说"看不见而信的人有福了"。也只有"看不见而信的人"能够听见那救世的声音。"看不见而信"这话颇有意味：他不许诺看得见、摸得着的福利，他只启示着看不见、摸不着的那一份心愿。

至于这位救世主后来成全了约伯的什么和什么，那是说：信心，终可以成全你的什么和什么。真的吗？真的因为我信他，他就能终于让我幸福吗？真的。因为，如果你伸手向他要福利，或要一份命运的公平,那你就还是听到救世之音以前的那个约伯,就还是在跟造物主理论,这既是认错了家门,当然也就不叫信心。但如果你听明白了,能够救人的不是那个冷漠无情的造物主,而是要把百折不挠的爱愿注入人心的那个救世主,幸福才可能成真。说白了,这位救世主的救世方针并不是要全面满足人欲,而是要扭转人的幸福观——从物利转向爱愿,从目的转向道路。唯当这扭转完成,救赎才是可能。所谓"基督之外无救恩",我想指的就是这个,并非说基督教之外无救恩,而是说在这样的扭转之外,人无从得救。

这便谈到了善。所谓善,未必仅仅是指做好事。约伯也没做坏事,所以当厄运临头时他感到委屈,埋怨着上帝(还是那位造物主!)不公。利他,做好事,当然是善,但善好像不止于此。那句老话还是说得对:"难的是一辈子做好事。"一辈子呀!这么漫长的路上,谁能保证不会碰上不公与厄运?碰上了,甚至碰得好惨,是否还以神的爱愿为信?还信的,才算听见了救世主的声音——圣灵也才因之而降临。所谓信心,指的就是这个吧。这恐怕不是单靠本性可以达成的。约伯当初的委屈和埋怨,倒更像是人的本性。

其实,"人性"和"神性"二词,已然给出了明确的划分:人性是有限的是残缺的,此即"罪"也。"罪"与"恶"不同,恶是人为,罪(有限或残缺)是那个造物主给的。而神性,一方面是指造物主的冷漠无情你得接受,一方面是说救世主的完美无缺,或他对人的从善从美的要求。从哪方面讲,人性都是不够的。所以才要信仰。换一个角度想:人怎么能信仰人性呢?人怎么能信仰自己(的性质)呢?人要朝向无限远大的尽善尽美,那才叫信仰!所以,我倾向这样的信仰:人与神有着永恒的距离,因而向神之路是一条朝向尽善尽美的恒途。

"人性善"与"人性恶",我更倾向后者。但不是说,我就不信人性中埋藏着善的种子。而是说,倘若只靠一份向善的人性基因,而没有智慧的神性之光照耀,那一点善的趋势,很容易就被高涨着的物欲所淹没,被丰收着的"知识树的果实"所蒙骗。唉唉,时至今日虽不敢说糜非斯特已经赢了,但是悬。

再说另一种许诺了消灾避祸,甚至万事亨通,并在终点上预置了福利双赢的信奉吧。那叫什么?那叫"看得见才信"。我想,信仰通常就是在这儿迷失的,从此一步步走进了"人定胜天"。科学呀,政治呀,经济呀,当然都是必要、必要又必要的,但有一点:那都是看得见而可信的领域。但生命的根本困境,或人生的巨大谜团,是在于:我们以看得见的有限,受困于看不见的无限。我常想,如今这人间就像一个巨大的试验室加厂房,它最终的产品究竟是什么呢?总不至于大家奋斗了一场,富裕了一场就算完吧?所以,在这看得见的试验室和厂房之外,在这看得见的物质收获与享受之外,人一直还在眺望,还在猜想,还在询问生命的意义,这才有了艺术、文学、哲学……我顽固地以为这些行当的本分,就是要追问那看不见的、无限之在的意图。偏偏最近我听一位大导演说:"如果大家总是向我们苛求艺术,电影就无望成长为工业了。"于是我就又多了一份疑问:这人间,可还有什么是不要成为工业的,或不以成为工业为荣的事吗?理发?

说到这儿,不妨先说说国家、民族、地地域域和宗宗派派。在我想,宗教或还与此有些纠缠,而信仰却是(或应该是)绝然地与此无关的。信仰,是人与神的私自联络,不是哪一国、族、宗的专利(这又是它不同于宗教并高于宗教的地方)。原因是,那谜团乃人生的谜团,国不过是它 N 次方的曾孙。国界,更不过是那谜团之外又添的一项人乱——连造物主都看它不是亲生,怎倒混来救世主麾下充数?所以,若讨论信仰,就不必太顾忌"政治正确"。何况,"政教分离"久已有之。谁敢说哪国哪族不是"伟大、勤劳和勇敢的"吗?都是,那就免了这句客套吧。然后再来讨论另一种对谁来说都是的困境:生而固有的谜团!

好像还是得再说说"政治正确"。所谓种种信仰和文化的平等,是指什么？是指:法律承认一切信仰的权利,一视同仁地保护各门各宗的不受侵犯,而并非是说它们在信仰的境界上统统一般高。或者这样说吧:诸信仰是不是一般高,法律管不着,法律只管谁犯不犯法。或者再这样说:不管谁信什么,一样都是合法的；不管谁不让谁信什么,一样都是犯法的；犯法的,法律取消它,而这样的取消是不犯法的。最重要的,也是最容易被忽视的是:这种对多元信仰的平等保护,恰恰明说了信仰与信仰（以及文化与文化,宗宗与派派）并不都是一样的。正因其不一样,不尽一样,甚或很不一样,大家才明智地商定了一份规则,而后共同遵守——即我不赞成你的信,但我维护你信的自由权。文化人的争吵,常在这儿乱了层面,甲强调着的"平等"是指法权,乙强调着的"不一样"是说信念。

讨论问题,最要紧的是别错了层面。一层一层分清楚说,所以叫分析。否则难免是你说你的,我说我的,结果会闹得很情绪化。

事实上,我们无时无刻不在用着理性,虽然理性不等于信仰。我常想对"理性"一词作个界定,又苦于学问不够。我不知英文中这个词有几种意思。我以为,中文的"理性"至少有三种意思:一是说善于思考；二是说乐守成规；三是说善于压抑情感。我所取用的,都是第一种。

"'没有唯一的真理'才是唯一的真理",这话容易引起混乱,让人不知所从。原因是,这话中的两个"真理"并不在同一层面。比如说吧,"人有生存权"是一层面,"人有选择不同生存方式的权利"是在另一层面。当我们讨论何为真理,何为谬误之时,必当事先限定层面,即在同一层面的二元对立中作出判断。比如,"人有生存权"与"人无生存权"相对应,"人有选择不同生活方式的权利"与"人无选择不同生活方式的权利"相对应。真理所以不是唯一的,是因为并不只有唯一的问题,而同一层面的问题,至少不能出现两种完全背反的真理。

错着层面的讨论,结果会是什么呢?结果是对=错,或谁说什么是真理什么就是真理(反正是"子非鱼")。然后呢?然后大家若都是君子,便自说自话,老死难相往来。要么就都小家子气,耿耿于怀,积攒起相互的憎恨。再就都是强人,科学又发达,那就弄点原子弹出来看看谁是真理吧!其实先人明白,早看出这结果大不美妙,故在诸多纷争面前商讨出一套规则,令大家和平共处。

这就又说到了法律。法律的根据是什么呢?凭什么它是如此(比如维护自由),而非如彼(比如像"文革"时那样千人一脑)?料其背后必有着某种信仰的支持,先不说它是什么,但它必得是唯一的。否则岂不还得弄出个法律的法律来?

但这支持着法律的信仰或唯一真理,是不是最高真理呢?就法律——使游戏得以开展,生活得以行进,生命有其保障,社会安定繁荣——而言,它当然是最高。但比如说,就道德而言,法律却是底线。就是说,道德完全可以比法律所强制的境界更高,但无论它有多么高,在现实生活中也得遵守法律这一条底线,不可以己之高,强人之低。

但"不可以己之高,强人之低"这话,又有以下几点暗示或引申:1.道德的高低之别,是确在的事实。2.道德底线(法律)是要全民遵守的;而道德高端却不可能是全民公认的,故不可强制推行。3.但法律并非是一成不变的,其进步或完善又靠的是什么呢?靠的是道德高端(而非底线)所引领下的道德水平之普遍升华。4.因而,道德(信仰、宗教、理想等等)之高低的探讨是有意义的。

自由主义的一大难题,是给不给反自由者以自由?精英主义的一大难题,是谁来确定精英?我想这很可能是个永恒的疑难,未必能够一劳永逸。或许,正是对诸如此类疑难的永恒求问,才是此类疑难的价值所在,才是使信仰、道德和法律可以不断升华和完善的根据。

我只是想:问、问、问……到最后,不能再问的是什么?这时候,才涉及最高真理。比如人不想被杀害,不想被剥夺,对此谁还能再问为什么吗?再比如,人渴望自由、渴望幸福、渴望爱、善、美……这些都是不能再问为什么的。所以这就是神的终极回答,是不可质疑的命令。同时,自由主义的症结也就看得清楚了:忽视了神的声音,将人智当成了终极判断——比如你有你的真理,我有我的真理,从来就没有什么唯一或最高。

我只是想:答、答、答……到最后,不能再答的是什么?比如艺术是什么?你可以问,你真的可以答吗?再比如爱是什么?幸福是什么?自由是什么……谁能给出一个标准答案?是呀,那仍然是神的声音,是神的永恒提问。也许,只有当人将此神问时时挂在心上,答案方可趋向正确。所以,精英主义的危险也就看得清楚了:淡忘了神的声音,把人智当成了终极判断——比如种种主义、种种科学理想、经济前景、商业策略……于是乎真理打倒真理,子弹射中子弹。

(唉,我可能真是个悲观论者。你呢?你是相信浮士德可以永远走下去呢?还是相信他既可以停下脚步,又不会把灵魂输给魔鬼?)

有些真理是自明的。比如说,有没有爱情?有没有灵魂?有没有正义?有没有终极价值?一俟这样的问题被提出,回答就是肯定的,含义就是自明的。因为,如果你说没有,那么没有的是什么呢?这个"没有",最多是指在周围的现实中你没能看到它,而绝不是说它在你心中并不存在。证明是:你一定能说出它是什么,否则你不能说它没有。就在你知道它是什么的时候,它诞生了,并且从此不死。最近我看了一篇别人谈论《理想国》的文章,其中说道:所以柏拉图认为"学习就是回忆",就是因为,那绝对的神音早就存在于我们心中,只不过在后来的现实生活中让我们给忘记了,或是被那"知识树的果实"给搅乱了。

我想,凡属神说的真理(并不很多),都是绝对的、唯一的;而人说的真理（很多很多），则需细细分析。但无论怎样的人说，都要受到神说的最后检验；倘若失去这绝对的检验，法律便也失去了根据。

但是，最大的问题还是：神是什么？这大概就是个需要永远地问，并永远地答的问题；而如此之永恒的问答，才是谛听神命的方式，或接近神愿的路径吧。（其实神是什么，神在哪儿，先哲们早都说过了，只可惜现今的人们没工夫去听。）要我说，现而今最要强调的，是神的三个特点：1. 神（的完美）与人（的残缺）有着永恒的距离。2. 人必须接受的那个神，是那个世间万物的创造者；因而能够拯救人的那个神，是那个人之幸福观的扭转者。3. 即便后者，也不包办人的福乐，不迎合人欲，只给人指出一条完善心魂的无穷路。

你可能已经注意到了，除第一节外，我不说佛教，也不说基督教。因为正如你信中所以说的，"每个宗教都发展了几千年，博大精深，你一辈子皓首穷经也未必能吃透"，所以我不敢说。但不敢说不等于没有想法。事实上，众多自以为信着某宗教的人，也未必都是在吃透了它的"博大精深"之后才信的。这就引出了一个"源和流"的问题，或说是"理论与实践"的问题。我想，每一宗教的源头，都必有其博大的关注与精深的学问，但要紧的还是看其流脉，看其信众于千百年中对它的理解之主流是什么；就好比据其流域的灌溉效果，来判断一条河渠的优势与弱点。唯此，或才有"发展"与"焕然一新"的可能。

近日读一篇西人谈佛教的文章，文中有这样一段话："……但是佛教与基督教之间最重要的区别也许表现在另一方面：对佛教的批评性研究刚刚起步，仅从数量上看……它们之间的数量比大概是一千比一，数量上存在的悬殊差别肯定会影响质量。"对此我深有同感（虽然我不曾统计），不断的言说或研究，对于一种宗教或信仰的完善是非常重要的；尤其因为有了一代代大师的引领，那流脉才可能趋向升华,一旦断流,现实的功利之风便会扭曲精神的方向。

以我的学浅才疏来看,佛教更侧重对宇宙本原的思问——即那位创世神是怎样的。所以,很多物理学方面的文章更愿意引用佛家(及道家)的理论,称之为"东方神秘主义"。(有本很有影响的书,题目就叫《现代物理学和东方神秘主义》。)依我看,这是佛教比之其他宗教"更加究竟"的地方。(最近我又看了一本从物理学角度谈论灵魂的书:《精神的宇宙》。你若有兴趣,让希米寄给你。)但是,最让我不解的是,既对宇宙的本原和存在的本质有着透彻的认识,何以会相信有一个"无苦无忧"的去处(所在或终点)呢?是呀,"无苦无忧"岂非无矛盾的境界?毫无矛盾岂不就是一切的结束?而一切的结束不正是彻底的虚无吗?怎么又会是**有**的呢?

《精神的宇宙》谈到了"绝对的真空"(即宇宙创生之前和坍塌殆尽之后的状态吧)。我理解,"绝对的真空"(或彻底的虚无)必是一种"势",绝对的"势",即再次成为"有"的无限可能性。(所谓"大爆炸"的"奇点",就指这个吧?)这明显应和了佛家的轮回说。但让我百思不解的仍然是,既是"有"的无限轮回,又怎么可能是"无苦无忧"的无矛盾境界?(那"奇点"只是一刹那呀!)以我的能力来看,大凡"有"者("存在"者,或能够意识到存在的"存在者")必都是有限之物,既为有限,便不会是"无苦无忧"。

是呀是呀,我所以百思不解,很可能还是因为,那无限的神秘乃是人的有限智力所不可企及的。但这样就又出来一个问题:谁来掌管这神秘之门的钥匙?或者:谁有资格来解说这神秘的意图?很明显,这事万万不可由人来说;尤其,如若有人自称拿到了神秘之门的钥匙,大家就更要提防他。那么,终归由谁来说呢(总不见得人人都摩西吧)?就由那神秘自己来说吧。即:由一切无能掌管神秘之门钥匙的众生去谛听那自明的真理吧,由确认无能破解造物主之奥秘的心魂,去谛听那救世主的心愿吧,那才是绝对的。而在此前,和此外,救世主尚未诞生。而在我们——这些并不把有神秘之门钥匙的人——听见救世之音、从而扭转了我们的幸福观之前和之外,也便没有任何获救的方便之门。

佛教的另一优势,是疗慰人的心灵创痛,或解脱心理负担。依我看,再没有比佛家/教/学更好的心理医生了,所有的西医的心理疗法都不能与之相比。因为一切心理伤病,大多源于此世纷争。而佛家,是从根本上轻看此世的,是期待往生的,即修到那一处美满圆融的地方去。放弃此世之纷争,便脱离了此世的困苦,或要脱离此世的困苦,必得放弃此世之纷争。希望呢?便更多地朝向一个虚拟的"来世"。一般来说这也不错,用一份跨世的酬报来教人多行善事,当然也不坏。但这便留下了一个巨大的疑问,即那"来世"的有无。就算它有吧,可谁又能担保那儿一定是完美圆融?你不能担保,我凭什么信你?你能担保,那请问你是谁?除非你就是神。于是,就又涉及到神秘之门的钥匙了;无形中就又鼓励了强人,去谋篡神权。根本的问题在哪儿?我想还是在于认错了庙门——把造物主认作了救世主,而后不是仰畏苍天去扭转人性,倒是千方百计地要篡改神性了。

你注意到没有,一种是期待着"上天堂",即去那"无苦无忧"的圆融之地,另一种则是祈祷着圣灵在这困苦频仍的人世间——尤其是自己的心中——降临。我不说佛也不说基督,我只说,大凡信仰无非这两个方向。这一上一下,颇值得思量。或是相信着苦难可以灭绝,或是如一位俄国诗人所言:我们向上帝要求的只有两件事——给我们智慧和力量。

我又想,大凡信仰,无不出于两种绝望:一种是现实的,现世的,或曰形而下的;一种是永恒的,绝对的,或曰形而上的。

有人(我忘记是在哪本书中)说过:东方信仰所以更多的期

待来世,主要是因为(或囿于)现世的绝望,即现实中自由的严重缺乏,使人看不到改变此世命运的可能,所以靠着"往生"的幻景来铺垫信心,靠着压抑愿望来消解苦闷和焦虑。对于东方信仰之趋向的这一解说,我想还是有些道理的。不过究其实,东方信仰的源头,应该也不缺乏形而上绝望——即生命之苦的绝对性;所谓"生即是苦,苦即是生"嘛。但怪就怪在随后的推演:既然"生即是苦,苦即是生",怎又会把"无苦无忧"的圆融之地寄望于"往生"呢?所以就再想象出"脱离六道轮回"——干脆不生。可不生就是不在,不在就是没有,这还有什么好说的吗?这干脆是不能说呀!一切信仰,都是立于有限之在,向那无限之空冥求问着一条行路的,不是吗?就算你"来世"生而为神,修而为佛,但只要在,就是有限;所以上帝(救世主)也是苦弱的。只有那个创世神是全能的,是呀,它创造了这宇宙的一切可能(当然你叫它"大爆炸"也可以)。但就是这位全能的创世神也差着一项能耐:它不能把非全能的人(包括六道之内与之外的在),变成全能的它自己,因而它也就不能救世救人。倒是那位苦弱的救世主想出了一个办法,可以应对那冷漠的全能与全在,即以他那份永恒的、不分国族、不分宗派的爱愿,在这同样是永恒的、造物主的领地上开拓出一条美善之路。我不知道这可不可能,但信仰从来就是"看不见而信"的。

没想到写了这么多。其实这主要是为我自己写的,早就想把此类的问题理一理。你的信正好触到了我的很多迷惑,用笔想比单用脑袋想来得清楚——就像小学生,默写总比背书来得有效。所谓清楚,也只是对我自己,实际(比如你看着)却未必,因为实际肯定会有很多毛病和错误。说归齐我是个业余的,干什么都是业余的,只有生病是专业的。我想只要把问题弄明白了就好。或者明白了"这是弄不明白的"也好。确实,我觉得信仰问题是特别需要讨论的(只可惜愿意讨论的人不多),或者说,信仰恰是在不断的言说中长大的。

春节将临,祝狗年好运!

史铁生
2006年1月5日

# 给 FL(1)

FL:你好!

  谢谢评论。报上说《丁一》写了十年,其实是三年,距我的上一个长篇是十年。三年,是从动笔算,想却想了不止十年。想,并不是指想这篇小说,是想这类事情,这类事情所包含的一些老掉牙的问题。我不知道应不应该想,只是不由得想,就好比超女们的想唱就唱。我看重想,也可以叫思想。电视中的一次歌赛,主持人问一歌手:你这么年轻,为什么喜欢唱这些古老的歌?歌手说不知道,喜欢就是喜欢。令人欣慰的是,这回答赢得了满场掌声。欣慰的意思,好像是说还有个歉意躲在哪儿。是呀,时至今日还说思想,不免要先存歉意。

  若问灵魂是什么,料无人能给出可靠的回答。但一说到灵魂,大家似乎又都很知道它的含义。比如,无需对灵魂一词给出界定,人们便可进行涉及灵魂的谈话,这就是灵魂"无比实在"的证明吧。人们所以看它并不实在,是因为它并不是占据着空间的有形事物。既如此,其背景就难免虚幻,或如你说的"具有尘埃般的'轻浮'感"——《丁一》谓之"虚真"。

  这样的虚实分寸,是不可能事先设计的。所以我很同意你说的,它"来自选定如此生活的命运"。没错儿,命运!我相信写作从来是宿命的。所以一切都只能向命运中寻找;如果命运确凿包含着"虚真"的魂游,并现身实际的"那丁"或"那史",自然而然这虚实就有了分寸。我说过,使人渴望写作的是一团朦胧、纷乱、无边无际但又无比确凿的心绪,它们呼唤着形式而非形式决定它们,写作即是用语言来把它们缉拿归案。

说真的我很少研究小说技巧,我相信那是评论家的工作,弄不好会是小说家的障碍。我甚至想,少读些书或许倒碰巧对了,心里贮备的版本太多会让人无所适从。研究小说的要多读小说,写小说的倒不如多读些其他经典,多向生命最原态的领域去问个死乞白赖。现代的混乱大半是因为,人们让已有的知识、主义、流派等等缠绕得不能抽身,却离生命最根本的向往与疑难——我相信这就是罗兰·巴特所说的"写作的零度"——越远了。

理性一词至少有两个解:一是恪守成规,一是善思善想。相应的写作理性也有两路:一是向已有的作品问技巧,问流派;一是向生命根本的向往与疑难问原由,问意义,技巧而后发生。

事实上,我的写作多是出于疑难,或解疑的兴趣。可是,所解之疑在增加,未解之疑却并不减少。不过,这就是人生的处境甚或永恒的处境吧。问题在于,这只是令人悲哀吗?比如仅仅是"心路历程上的磨难被印上'值得'两个字"?或者是,挣脱一种糊涂,只是以"留在另外所谓糊涂的层面"来赢得"寻常幸福感的保障",即所谓"终极意义的无奈"?

不错,我确曾在这样的无奈面前伫留很久。

正看着的一本书中,有几句话,与我后来的感想甚为接近:

▲"我们的科学和探索向我们显示了,我们作为解谜者和仪式主持者居住在一个深不可测的全体里。尼采似乎认为,在这个谜一样奇妙的宇宙里的有意识的居住者可以再一次经历他发现在古希腊宗教里最值得惊愕的东西:这种宗教生活发出的极大量的感谢。"▲"人类对比我们自身伟大无限倍的事物的感激之情在永恒轮回的新理想里达到顶峰。"▲"尼采展示了扎拉图斯特拉如何达到并表达了最高的肯定:对本来面貌的生活的热爱,变成了让生活永远是其本来面貌的愿望,即我们不完美的天堂永远回归到

其原来的样子。"▲"尼采描绘了未来宗教的某些轮廓:'个人必须奉献给比他更高的事物——那就是悲剧的意义所在;他必须摆脱死亡和时间。……所以人类在一起共同成长,作为一个整体出发……'"

我的理解是:▲正如部分不可能把握整体,人也不可能知晓上帝的创造意图。但人必须接受这创造的后果,正如你若不接受整体,你也就不能作为部分而存在。▲如果人生的一切意义和追求都将随着死亡而消散,永劫不复,那人生真的就只剩下了荒诞和无奈,明智者当然就会主张及时行乐。▲一个相信及时行乐的人,必不相信灵魂,不相信整体可能获得的意义,而只相信个人,相信片断,相信由某一姓名所概括的几十年所能获取的肉身享乐。▲但是,如果生命(或存在)其实是"永恒轮回"的,我们就该对此持一份感激的心情了。因为这样,作为类,人便有了永恒完善自己的可能了,而不至于在某一肉身(个人或片断)的中止处看一切都是虚无。▲永恒轮回证明了:凡存在者,必处于过程中,此外别无可能。这意思是说,并没有终点上的全面酬报,或终结性的永恒福乐。因而,人也就再不能抱怨"永恒的道路"(比如西绪福斯)是荒唐,是无奈,而必须转而看重行走,并从中寻找意义。▲而这即是说,人永远都不可能在完美中,但却可能同时在天堂。而且这绝不是暂时的自我告慰;即便仍然有着糊涂,却与原来的糊涂有了本质不同。▲所以尼采强调,人类要"作为一个整体出发"。(《丁一》是说作为音乐,而非孤立的音符。)孤立的个人或音符,终难免陷入永劫不复。而音乐,或作为整体出发的人类,却可借永恒的超越而使幸福感得其保障。

接下来的问题必然是:怎样证明永恒轮回?

有本书,叫《精神的宇宙》,是位物理学家写的。我看得不能说全懂,但我看出了这样的意思:并没有绝对的无。科学家从封闭的容器中抽去所有的物质,结果那里面却仍然有着什么;这是一点。另一点,古希腊哲人相信"无,不可能产生有",而老子却说"有生于无"。我想,老子的无,是指无物质,就像抽去了所有物质的容器中的状态吧。然而,有,未必只限于物质,未必是单单"物质"可以称为"有"。那么除了物质还有什么呢?还有:空!我理解那书中的意思是:宇宙诞生前与毁灭后,都不是无,而是空。这个空又是什么?我猜,即是成为(或孕育、造就)一切"有"的势!物极必反。空而至极,必以有而代之。这没准儿就是所谓的"大爆炸"吧?可以想象,空,必也是极短的一瞬间。

浪漫些想,我甚至以为,这个"空",或可称之为"欲望"——宇宙的欲望!至少,在已有的词汇或事物中,"欲望"更接近这个"空"的性质和状态;它们都是看不见摸不着但却可以创造一切的"势",即"无中生有"的第一因。

如果那位物理学家说的不错,我的猜解也靠谱儿,永恒轮回就被证明了。就先假定是这样吧,然后我们就可以接着这个话头,再猜想些别的事了。我们完全不必局限于《丁一》。《丁一》不过是(心魂之)一旅,其实每一回写作都可以算得一旅。你的评论是你的一旅,此文是我因你的评论而引出的又一旅。

空不是无,空是有的一种状态。那么死也就不是无,死是生的一个段落。作为整体的人类一直是生生不息的,正如音符一个个跳过,方才有了音乐的流传。所以我们会感觉到灵魂的确在——正好似每一个音符都在领会着音乐的方向。从文化传承,从生理遗传,从基因,或许还从一种更为神秘的情感和理念中,我们感受到魂流不息,谛听到那一种并不悬浮于白昼之喧嚣而是埋藏于黑夜之寂静中的命令、呼唤与嘱托。谁也摆脱不了它,尽管人可以如此如彼地潇洒。

有位哲人说:"死亡,不值一提。"真是的,人总是害怕着最不需要害怕的事。我常不由得想:你要回到那儿去的地方,正是你从那儿来的地方,这可怕吗?你曾经从那儿来,你为什么不能再从那儿来?或者,你怎么知道,你曾经的从那儿来,不正是你的又一次从那儿来呢?你反驳说:就算可以又一次来,但那已经不再是我了!可是请问:曾经从那儿来的,为什么肯定是你?你曾经的来时一无所有,你又一次的来时还是一无所有,你怎么确定你就是你(我就是我)呢?你是在来了之后,经由了种种"那丁"或"那史"之旅,你才成为了你(我才认出了我)的。而这再一次证明,人只能"作为一个整体出发"。"作为一个整体出发",死本来是没什么可怕的,生是充满了超越的欢愉的,虚无是一件扯淡的事,犯不上为之无奈的——远古之人大约都是这么想,生来就是这么想的,所以在宗教的起源处总是充满着感激的。那时人们所怕的,大约只有自己与群体的隔离,譬如音符之于音乐的跑调。所以最初,乃至今日的种种惩罚,根本在于隔离,尤其是心灵的被强迫隔离。而这些可怕的事,现今的人们倒一点儿都不怕似的。

人类或也终将消灭,但"有"不会消灭;那么,就必然会有另外的生命形式,或另外的存在者——存在并意识到存在的存在者,他们不叫人也行,他们叫什么都无妨大局。但他们的处境,他们的向往和疑难,料必跟我们大同小异。因为,大凡能够意识到存在的存在者,都必有限。因为,"有"的被创造——无论是由于上帝还是由于"大爆炸",都无非是两项措施:1.分离,而成就有限之在。2.有限之在,必以无限为其背景。这两项措施,导致了两项最根本的事态:1.人生的永恒困境;这困境尤其要包括,由心灵的分离进而造成的相互敌视与防范,这使得一曲天籁般的音乐噪音充斥——在现代,我看这主要是价值感对人的扭曲。2.正因为困境的永恒,人的完善也就有了无限可能;这完善尤其体现为,以心魂的相互寻找来回归那天籁般的音乐。

昨晚零星地听见几句你与希米的电话,透析后太累,没插嘴,后来就睡着了。今天她走得忙,也没再说。你们好像说的是一个极老的问题:形式和思想。其实我当然不会轻视形式,没有形式就谈不上文学。我主要是想强调:没有思想,形式从哪儿来?尤其是新的形式,从哪儿来?更尤其是恰当的形式,从哪儿来?我最怕人说"从生活中来"以及"从现实的生活中来",这等于是说"我是我亲妈生的",最多算句废话。

好的形式必然包含着好的思想,好的思想却未必就有好的形式——这句话,有人用来证明形式(以及技巧之类)是第一位的,我却以为恰恰证明了思想在先。这问题好像不用多说。比如新的形式,新的形式之前必是没有这一形式的,那么它从哪儿来?再比如恰当的形式,其恰当是对什么而言?

美术最讲形式,或其本来就只表现为形式(形式即内容),所以特别反感用思想来编排它。高明的画家,绝不会是画思想,而是画感觉,画感受。但即便如此,画作的背后还是不可能没有思想的支撑,与引导。不同流派,其实是对世界的不同态度。一说思想就看见开会,就听见理论和宣传,是历史的误会。即便谈论技法,也常是说它如何如何恰切,或意想不到地达到了某种效果。什么效果?不管什么效果,都一定是符合了某种预先的期待。什么期待?无论什么期待,只要不仅仅是卖钱,就必然——或直接,或绕着弯子地——联系着思想。思想可以不够完整,不够严密,不太有说服力,但它确凿是思想不是别的。

我之所以这么强调思想,是因为现在的写作(或文学)太过轻视它、误会它,而更多的关注是对着技巧,什么起承转合,什么张弛有度,或靠花嘴花舌赢得潇洒,或以某种固有的词汇与句式标榜"美文"。好像一切都不过是娴熟与否的手艺,愉悦而已,忘忧就行,谁真往心里去谁是傻瓜。相反,好朋友一块儿说说话,倒是能道出很多真切的心愿与疑难。这心愿与疑难,或不如"美文"好看,或不能赢得广泛的读者。我忽然明白,当今的魔障最要归因于价值感。媒体又这么日益发达,声名又这么日益获利,疑难几乎没脸再见文学。可仔细想想,现而今,似乎只剩下"疑难"一词还可贴近文学的贞操。几乎连"真诚"一词也已沦落。疑难,是绝不会说谎的,而"真诚"也已经学会了煽情。

　　写作者常会担心枯竭,可这人间的疑难会枯竭吗?不仅不会,而且它正日益地向着心灵的更深处弥漫、渗透,触及着宏观所不及的领域。命运的不确定性,应该已经不是问题——这尤其要感谢数、理科学步步深入的证明。问题是,在这不确定的处境中,人只能是随便地走向哪儿呢,还是仍然可以确定地走向哪儿?就是说,"造物主"确定是冷漠无情的,但"救世主"一向满怀热情的明说暗示,人是否听清听懂了?我确实觉得,英雄主义或史诗般的文学已经远去,一切问题如今都更加地指向了人的内心(比如悠久的"行魂"与短暂的"丁一"之对峙)。吴尔夫有句话:"让我们守住自己这热气腾腾、变幻莫测的心灵漩涡,这令人着迷的混沌状态,这乱作一团的感情纷扰,这永无休止的奇迹——因为灵魂每时每刻都在产生着奇迹。"

　　一写就写了这么多,完全是想到哪儿写到哪儿,并不直接关涉《丁一》。《丁一》还是多让别人说吧——尽管这大概是奢望。不过我同意一点(好几个人也都这么说):形式和内容碰得比较顺手的时候并不多,《丁一》算得是好运气。

　　祝你也交好运!

铁生<br>2006 年 5 月 27 日

# 给 FL（2）

FL:你好！

　　传来的文章收到了。这才是好散文,鲜明着散文的两个最要紧的品质:诚实,善思。我把文学的另一个重要品质——疑难——更多地留给小说。(韩少功说,他弄不清的事就写小说,弄得清的写散文,大概也是这个意思吧。)想来,写作——还是说写作吧,因为我从来就不曾研究过什么学——的根本就这三样:诚实、善思多在起点,疑难是永远的终结。

　　诚实,绝不简单,时处今日就更加的不简单。就算我们有诚实之心,我们有诚实之胆吗？人们千言万语地写,是要**表白**什么,还是要**寻找**什么？寻找,那就是说我们曾经关闭着什么,忽视、躲避、隐匿乃至惧怕着什么——当然都是指自己心中的什么；因为外在的寻找多属于科学。我特别想说的一句话是:这些年你几近孤胆独身地在向"绝不简单之地"开进。——这是你每次走后,我和希米常有的感慨与感动。这是表扬吗？千万别这么理解。为什么"千万别这么理解"呢？还是有着惧怕。若是秦腔那帮哥们儿呢,敢对天说:我表扬你！

　　"心被拖累着,小心地收紧着,无缘由地担忧着……""'我就是我'的端庄,是我们无法再找回来的风度。"大概,这正就是写作千难万难要为人找回来的东西吧！但这风度却一向都在受着**别人**的迫害。这迫害也不简单,它是绕了一千八百个弯儿之后得手的。在今天,我看它经常的面目就是:社会价值感。秦腔那帮兄弟何以恁般自由,不受它的迫害?他们没沾染这个,他们自信那是唱给天听唱给地听的,一下子就跳过了社会的种种价值束缚。

你对东北、西北和北京之不同的那段分析,可谓经典。但忍受了千年的西北,其反抗,已不仅仅是在社会层面,明显有了超越倾向,是向天而吁了。反抗,一旦诉诸艺术,必然会指向形而上的疑难;或者说,那反抗,终于触到了形而上疑难,这才成就了真正的艺术。就譬如《圣经》中的"出埃及",已不仅仅意味着走出埃及那块地方了。而比如说《窦娥冤》呢,其冤由,永远都固定地指向几个贪官,或几项措施;这便使真正的悲剧难以诞生。刘小枫在其《圣灵降临的叙事》中说,《圣经》才真正是象征主义的典范。我甚至从那书中读出了这样的意思:好的文学,必是象征主义的——这或许不过是我的误读,且有些极端。

秦腔中那些具体得近乎抽象、凡俗得近乎诡异、平白得好似有所隐喻的歌词,完全是象征主义的——无比辽阔地指向着别处。忽然跳出来用石头砸击板凳的那个人,就好似不堪忍受的魂灵突地跳离了实际,那神情,那凄厉、悲慌又似胆大妄为的嚎喊,直让人不知心惊何处、魄动何由。其实我是最近才听了一回秦腔的(从林兆华的那出话剧中),一听便被震撼。

铁生<br>2006 年 7 月 6 日

# 给冯小玉

冯小玉女士：

  您好！

  谢谢您的来信。尤其要感谢邹卓凡的文评，十六七岁，竟有如此文采与思想深度，实在令人惊讶。

  柏拉图说"学习即回忆"，曾经不懂，活到这把年纪才知道，那分明是在说天赋的确在。比如有些人，未必要经历多少实际的磨难，只需沉思静想即可听达生命源头，即可领会命运根本。这本事打哪儿来的？没人敢说一定，但它确凿就在那儿，一经触动即刻千山万水，实在不像是学到的，更好像恍然记起一般。而愚钝如我者，则只好有劳命运费心刁难（或其实是善意地多请了些"家教"吧），方才有所知悟。

  很久以来，人们就在"先天决定"和"后天影响"二论之间争执不休。依我的经验看，这事其实并不复杂：瓜种得瓜，豆种得豆，但若种在了石头上则啥也不得。（这不是血统论，因为我没说瓜必生瓜种，豆必留豆后。）所以，我辈能够尽力的，只有为后生天才预备下好的土壤。

史铁生
2006年7月17日

# 给邹卓凡

邹卓凡：

　　你好！

　　读罢你的文评，我和我妻子不约而同地赞叹你的这句话："为什么苦难让承受者间接地被打倒，却让爱他们的人直接地强大起来？"

　　但我还是有一点小的疑问：为什么"间接"和"直接"二词不调换个位置？在我想来，被打倒，通常都是直接的，而强大起来必是要间接地经由——爱。

　　上帝，好像也是有两个——或"直接"与"间接"两面。一个是人生来就要面对的，想逃也逃不脱；另一个则是间接地经由爱，方可以降临人间。

　　譬如你说："可那园子本身便存在着，存在了千百年，都不是为了他。"——这是第一个，即所谓"造物主"（当然你叫它"大爆炸"也行）。他创造了一切，但不是为了某一个人创造的，也不是为了某一类叫做人的生命而创造的。

　　又譬如你说："只有走投无路时，才忽地发现那些不声响的东西的可贵。""就连失意之时，仿佛上帝都靠得特别近，冥冥中与自己对视。"——这是另一个了，即所谓"救世主"。虽然他也是"造物主"的作品，但若没有人立于迷茫之中的探问，他便永远隐身于"造物主"的冷漠无情而不能诞生。换句话说：是"造物主"的冷漠无情，逼迫着人去寻找他、呼唤他。

二者的不同，简单说就是：前者更像是为了创造无限，而不得不创造了人类——其无限的造物之一种。既是一种，当然有限，故陶醉于无限的"造物主"并无义务来专门看顾人。而后者，才是人可以向其讨教的一位——讨教有限之于无限的对策。要强调的是：这样的讨教若不发生，这样的"救世主"便也无从降临。

我当年的问题，就在于把这二位给搞混了，或其实是仅见到了前一位，第二位未及诞生，我便急慌慌地向那"造物主"讨要说法了。结果，他以一个冷漠的置之不理来回答我——正像你所说的：这园子以及这个世界，并不都是为了你！（曾经他也是这样对待约伯的，而且他还将这样对待一切人。）然而此后，或唯当此后，唯当你看出了"造物主"的无情无义之后仍然对他的创造心存爱恋，你才可能听出由远而近地有另一个声音传来。那便是"救世主"了（或随便你叫他什么——信心、理想或生生不息的爱愿……都行），他诞生于你的心之绝地，而后却可携你作无限的精神漫游，与你"心平气和地在一起讨论生死、诠释生命"。

所以，你下面这几句话也让我惊叹不已：

"谁说上帝已经豁达到参透生死？他未尝不是用磨难将人折磨成哲人，再让那哲人告诉他何为生死。而苦难的接踵而至正是因为世间关于生死的版本太多，上帝无法估判，像迷惑的孩童不断寻找正确答案。"

是呀，那"第一位"正逼迫着"第二位"在你心中诞生。

人类雄心勃勃，要把宇宙像一本习题集那样都解个清楚，似乎只有这样我们才能把握命运，或只要这样，就能够把握命运。对此我颇有悲观情绪：作为部分，终于有权向整体问个究竟吗？譬如有限，难道可以看穿无限？尤其，那集中之题的解法，未必全要依赖逻辑和科学，说不定更要依靠着比如说艺术与信仰……

艺术，比如说艺术是什么呢？谁也无法说它就是什么，但谁都可以说它不是什么。既然这样，可否这样说呢：它是有限之中的无限可能？

　　唯当心魂可在这块被圈定的有限之地作无限的漫游与自我完善之时,唯当我们看生死如同一曲无穷乐章的有限段落之时,或唯当我们眺望着人类作为整体而行的无穷道路,同时以追求完美的姿态演奏着属于自己的段落之时,"救世主"的热情便会充盈于"造物主"的时空,我们也才有了应对那无穷冷漠的可能吧。

　　祝你全家好运!

史铁生<br>2006 年 7 月 17 日

# 给 谢 菁

谢菁：

你好！

一个人失望，是因为他有希望；一个说自己"还剩一点点信心"的人，也当合此逻辑。希望和信心，都没有外在的对应物，而只是存在于自己的心中。心里没有的东西，你不可能谈论它；一谈论它，它就有了——不在别处，在自己心中。

问题是你给希望与信心的定义都是什么。任何事物，都因遇到挫折或陷入困境，而更其彰显。比如希望，一定是在遇到失望或无望之时才更清晰、明确。所以，我的建议是：无论你觉得有没有希望，都要按有希望那样去做。而这就叫有信心，或才叫有信心。信心，就是在并没有成功的保障之时，只因相信某事物是美好的，所以坚持。就像猜谜，总不能先亮出谜底，再让你有信心去猜。

十七岁，刚会走路不久；我年近花甲了还常常感叹，很多字面上自幼就懂的话，怎么到现在才弄明白！所以，不管什么事，都不要着急。有些一时想不明白的事，先放一放，也许到十八岁或八十岁就看清楚了。人所能要求自己的，只有走好脚下的每一步路，因为有些事是过后来不及修补的。有个小和尚问老和尚：道路曲折往哪儿看？答：往前看。又问：前面看不清呢？答：看你能看清的地方。再问：大雾迷漫哪儿也看不见呢？答：看好脚下。

你的脚下是什么？高考。既然有能力，就考好它！因为，假如考好了也没用，那么考不好就有用吗？

恕我只能写这几句。我现在隔日"透析"一次,总是很疲劳。我现在总想:我要是十七岁,哪怕三十七、四十七岁,那该多好!于是转念:咳,五十八岁又何必不把脚下这不多的路走好呢!

祝你好运多多!保持这样的暗示,也是有好处的。

史铁生

2009 年 3 月 8 日

# 给雨后

雨後兄：

　　你好！

　　把你的诗读了几遍，才读出味道。无论读什么，我很容易受当时的环境和心情的影响。心乱时读诗，甚至完全找不到节奏。我感觉除了第一首，其余几首都很好。就开诚布公地说说我的想法吧。

　　第一首，无论是情是思，我感觉都有些陈旧。陈旧不等于不好，但陈旧不利于诗。诗，要求独具。比如标题——"今晚我将抛弃所有委婉的词句"，可读下来的感觉却是，恰恰没有抛弃你要抛弃的东西。任何久经公认的好情思，都容易流俗为"委婉的词句"。

　　其余几首所以都好，恰是反证。至此我忽然明白了一件事：爱情何以是永恒的主题？就因为爱情永远是不确定的情思，有多少真切的情感，便有多少独具的思绪。而同情却难于多样。比如说，不管是怎样的爱情，人们都可能对它说三道四，谁会对同情指指点点呢？同情和怜悯，无疑都是美好的情怀，但正因其确定无疑，所以难入艺术。

　　你一直说诗不重内容，根本在形式美。当然了，没有形式又何必叫诗呢？形式不美，诗可好在哪儿呢？一篇再深刻的论文，一篇再感人的散文，也还是论文和散文。诗更像音乐，并没有确定的主题，而是灵机一动间的造化，雾里看花般的感慨，是"致虚极，守静笃"之后的情感奔流,甚或觉知的瞬间爆炸。诗当然不等于思想,但它离不开思想;大师之大,既在其通灵的本性,也在其深厚的思想。所谓思想,绝不等同于政治和哲学,真正思想都是"于无声处听惊雷"。连哲学家们都承认诗大于哲,就因为哲是剖析的,诗是全息的。

　　我这人是偏哲的,所以不大敢写诗。近年来成长出一个优点,就是一切随他去吧:天让我是啥我就是啥,我是啥是天让我是。把责任推得一干二净,才敢写了几首"诗",自知不会太好。这是题外话,再对你的几首好诗说一点毫无把握的想法:你的语言,看得出是有意地古朴,但似乎不必太看重语法。有时候,病句会显出特别的鲜活,半半落落的话倒能够增添动感。古朴的句型符合你的绅士趣味,若再点缀些新潮的语式,或更有张力。还有,你那么不在意韵脚吗?不是说刻意押韵,但恰当的韵脚会不会更利于节奏?

　　说真的,我从未钻研过诗(其实什么也没钻研过),不过是老同学老朋友,想什么说什么吧。我特别记得徐悲鸿有副对联:"独执偏见,一意孤行",想必会符合你。我现在用三副对联来要求我的言行。第一,两耳不闻窗外事,一心只读圣贤书。第二,老老实实做人,认认真真演戏。第三就是这副:独执偏见,一意孤行。

铁生

2010 年 11 月 7 日

史铁生